献给王娜娜和蓝利

王娜娜,河南省沈丘县人,2003年被冒名顶替上大学。
蓝　利,陕西省高陵县人,1995年被冒名顶替上大学。

这是我的名字

王扬灵/著

图书在版编目（CIP）数据

这是我的名字/王扬灵著.—北京：中国民主法制出版社，2024.3
ISBN 978-7-5162-3545-4

Ⅰ.①这… Ⅱ.①王… Ⅲ.①长篇小说—中国—当代
Ⅳ.①I247.5

中国国家版本馆CIP数据核字（2024）第047085号

图书出品人：刘海涛
出 版 统 筹：石　松
责 任 编 辑：翟琰萍

书　　名/这是我的名字
作　　者/王扬灵　著

出版·发行/中国民主法制出版社
地址/北京市丰台区右安门外玉林里7号（100069）
电话/（010）63055259（总编室）　63058068　63057714（营销中心）
传真/（010）63055259
http：//www.npcpub.com
E-mail：mzfz@npcpub.com
经销/新华书店
开本/32开　880毫米×1230毫米
印张/8.5　　字数/201千字
版本/2024年8月第1版　2024年8月第1次印刷
印刷/北京天宇万达印刷有限公司

书号/ISBN 978-7-5162-3545-4
定价/45.00元
出版声明/版权所有，侵权必究。

（如有缺页或倒装，本社负责退换）

此时此刻	*001*
在此之前	*005*
在此之后	*187*

此时此刻

此时此刻，鱼多云在别人的胸牌上看到自己的名字：房管局不动产登记处，科员，鱼多云。

"别人"抬起头，她们同时看到了对方的脸，同时恍惚了一下。因为眼前的脸，太熟悉了，她们熟悉它如何由幼龄稚貌长成少女红颜。但这脸，又太陌生了，她们陌生它怎么就从少女变成了中年？完全不一样了。明亮变得沉滞，饱满变成虚浮，人中抻长，牙齿移位，总之，老了。

"……王一鸥？"鱼多云在心里问。

"……鱼多云？"王一鸥在心里问。

政务大厅指示屏上的时间红光闪烁，忽然定格。嘈嘈切切的人群退去，她们都生出了虚幻之感，好像被当头闷了一棒，又好像做手术时麻醉劲儿上来，无法动弹，无法思考，无法说话。

在此之前

1984—1990

1

这是鱼多云的动物时期。不是她自己像动物，而是在她眼里，所有人都像动物。像，太像了，从她有记忆之后。

一个男医生像豹子，嘴和人中分明是猫科动物嘴唇的"丫"形。男医生蹲在卫校家属院后方的菜地里拔葱，脊柱弯曲，力量勃发，仿佛狩猎。"嘭！"葱茎断裂，画面倒转，忽然满世界桌腿、椅腿、人腿，笑声、叫声、骂声，一个女医生塞给她一把葵花子。鱼多云抬头，天，女医生简直是蛤蟆本身，就差呱呱叫了。不远处吮筷子的女孩是只小田鼠，腮帮圆嘟嘟；身边还有只大田鼠，举着筷子，两只眼珠胆怯、专注地随小田鼠的表情移动。

再多的动物鱼多云也说不出来了，只是觉得像。如果她知道世界上有动物园，一定以为自己进了动物园。但她不知道，所以感觉像闯入了异世界，有点惶恐，非常孤独。

三十年后，一位她很尊敬的人对她说："你很有天赋，能够在瞬间捕捉印象。"她便想起这一幕。

这时鱼多云的脑袋被推了一把。鱼多云仰脸看，她的妈，王红梅，围着个白围裙，托掌着两只洗萝卜洗得通红的手，问："你在这儿掂什么瓷脸?"然后俯下身,"到食堂灶房去,有肉吃。"仿佛为了证明,王红梅的嘴里喷出一股大油味的温热的风。

鱼多云撒腿就往食堂跑,跑了两步又回来:"你的花呢?"

王红梅不耐烦:"什么花?"

"白花。"鱼多云指指她妈的头。

王红梅拍她一把:"人这儿结婚呢,我戴朵白花?!"

鱼多云不明白。奶奶给妈妈戴花时说"给玉山戴上",那么花与爸爸就连到一起了。爸爸死了,为爸爸戴上白花,应该是这个关系。鱼多云想给王红梅阐述这个关系,但随即想到要讲这个就得说起奶奶,而一说起奶奶王红梅就会满脸厌恨……那还是算了吧。

鱼多云便说:"那你回去戴上。"说完就跑了,心已经飞到肉上去了。

王红梅愣了一下,压低声骂道:"日你妈的鱼家的崽子!"

鱼多云的爸爸就是在几百米外的卫校附属医院死掉的。大家先是围在病房里,然后又被护士赶到走廊上。走廊尽头悬着扇半圆顶的玻璃窗,鱼多云第一次见这式样的窗,目不转睛地盯着看。它像一块毛茸茸的光织的毯子。假如把脸挨上去……

"这次我不救,谁救谁伺候。"她听见王红梅说。

这话一出,空气像忽然被冻住了,鱼多云想往光织的毯子处走都走不动。

"我伺候够了——我今年都二十七了!"王红梅又说。然后她拖长声哭了。

她一哭,空气才活泛过来,四个本家叔叔才能够说话。嗡嗡嗡嗡嗡,他们七嘴八舌地说。奇怪,他们的话鱼多云听不懂。当然,因为那些话本来也没有表达什么确切的意思。

结局就此铸定了。鱼多云放弃半圆顶玻璃窗，穿过腿的丛林，进入病房。病房里弥漫着冰冷的酒精味，爸爸的白被子也是冰冷的。

鱼多云握住爸爸的手，他的脸模糊不清。

"你想让我救你吗？"鱼多云小声问。

她的小手立刻被握紧。一滴泪从爸爸眼角滴落，亮晶晶地一闪，不见了。

长大后鱼多云回忆起这个场景，总觉得爸爸说的是：云，我想让你救我。

2

王一鸥跟妈妈亲。到了清明，妈妈抱她上山给外公烧纸。

她们住在卫校大院的小红楼，这种筒子楼每层一台幽暗湿凉的水泥盥洗池，没有厕所，王一鸥拉撒都在一只红白相间、描着牡丹花的搪瓷痰盂里。鱼树蕙抱着王一鸥走过盥洗池，一个双眼蒙着蓝翳的瘦弱老人正夹着池里洗碗留下的碎米烂菜吃。

"捡破烂的。"鱼树蕙害怕地抱紧柔软的女儿，快步走出小红楼。

外面就是淡青淡青的了。树冠极大树叶极小的梧桐树，越大的树叶子越小。鸟鸣。清明节的早晨。

抱着王一鸥一边走，鱼树蕙一边说唱："哎——呀，今天可不要下雨呀——下雨了我们可没带伞，老天啊——"

鱼树蕙老是这样。那干吗不带把伞呢？因为她要验证，验证老天的存在。

果然，下山刚回到家，外面就落雨点了。鱼树蕙手扶鹅黄油漆的窗台，回头惊喜地说："看，老天待我们多好，进了门才下雨！"

王一鸥憬然点点头。

王一鸥不知道母亲是因为胆小如鼠，常常恐惧，才老是处于祈祷之中的。她的祈祷对象总的来说是"老天"，偶尔也混个"阿弥陀佛"之类。鱼树蕙无事不祈祷。就算看起来微不足道的事，她也祈祷：明天护士长抽人下乡不要抽到我啊，肺结核病人今天不要把痰沫子咳到我手上啊，中午食堂土豆烧肉的土豆要刮净了皮啊……

上次鱼树蕙到鱼嘴镇四隐村执行计划生育，引产了一个七个月大的胎儿。端着冰凉的白搪瓷长方盘子从简易"手术室"里出来，她刚准备把那血肉模糊的一团倒到玉米地里，那一团却猛一抽搐——"啊！"她尖叫一声，连盘带那团东西一道扔了。

"鱼树蕙！你干啥吃的！"护士长撩开白帘子骂她。

从那以后她更要祈祷下乡不要抽到她了。

老天倒真的经常应允鱼树蕙。下乡不抽她，肺结核病人痊愈，土豆刮净了皮。于是王一鸥经常听见她赞叹："哎呀——我今天运气实在太好啦，老天保佑啊——我今天一切都顺顺当当的呀——"

王一鸥学舌："混混当当的呀——"

王安升，家中的男主人，刚刚由鹤川县委书记的司机转为正式办事员，扭头嗤笑："瓜娃！这月上了十三个夜班，也没见给你多发一分钱。"

顺顺当当的鱼树蕙把王一鸥抱到床上坐下，欢欢乐乐地答："反正没不按时给你做饭。啊，国家拿大头，集体拿中头，个人拿小头；有房子住，有食堂吃，有孩子搂。哎呀——老天保佑。"

不久后的秋天早上，鱼树蕙回家拿下乡穿的衣服，看见自己雇的十六岁的小保姆正在香香地喝热牛奶。有多香呢？就是发出那种"嘶溜——啊，嘶溜——啊"的声音。声音之大，完全盖过了一旁饿得直哭的王一鸥。

鱼树蕙什么都没说，拿起衣服走了。第二天，小保姆不好意思地也走了。第二天,王一鸥被送进卫校托儿所,加入一堆鬼哭狼嚎的婴孩中。

托儿所小院淡蓝的木门成为王一鸥最初的记忆。有一天,淡蓝木门里办婚宴,王一鸥坐在高凳上伸嘴吮鱼树蕙筷头上的一滴红葡萄酒,看见胸前佩花、西服垫肩高耸的瘦新郎,被厚粉埋没了五官的圆脸新娘,和许许多多吃菜喝酒的人。在这旋涡的中央,戳着个只身独自的女孩。她像被谁猛然扔到那儿了。

甜涩冲鼻的液体滴落在王一鸥舌面。

腮帮子像蛤蟆一样下垂,专门化验血液粪便的女医生抓一把葵花子给那女孩:"你从哪来?叫啥名字?"

女孩答:"鱼美云,鱼多云。"

女医生笑了:"到底叫啥?"

女孩想了想又答:"鱼多云,鱼美云。"

3

鹤川县卫校是座白亮的动物园,由电灯和白墙组成,毫无阴影,无处不亮;鱼嘴镇四隐村则光影交错,光是光,暗是暗。

鱼多云的家,是村头的一院黄泥房子,她已经没有记忆了,曾使她非常兴奋。一进门,黑得像失足掉进井里,要过一阵儿才能看清枣红橱柜和橱柜上方大红的年画。年画上,寿星老人、观音菩萨一起头射金光。而从屋里走出屋外,又像从井底猛跳出来,太阳亮得人能栽个大跟头。于是,鱼多云刚会跑,就一遍遍跨过高高的木门槛,加快速度,再加快速度,在光和暗之间来回切换。

这时,爸爸就在炕上叫她了:"云,云!"

鱼多云认为,爸爸就该是躺在床上的。若不天天躺在床上,还能叫爸爸吗?

但有一次,妈妈直挺挺地进屋,把一只红色的皱巴巴的小纸盒塞进爸爸手里。

原来是香烟。爸爸笑了笑,从只剩下三四根烟的纸烟盒里取出一根,摸过"洋火",哧一声,一朵橘红色的花开在爸爸嘴上。他深深地吸了一口,深深地,一口就吸掉了半支烟,简直是气吞山河。

鱼多云激动得两眼亮晶晶,脱口而出:"我觉得你马上要站起来了!"

然而,烟袅袅地熄了,爸爸并没有站起来。

"想吃啥就吃啥,听屎医生的。"王红梅说。

于是,她带鱼多云到丹鹤江里捉鱼捞虾,在卫校食堂偷肥肉,再不济也弄点儿油渣。油渣是猪肉炼油后剩下的东西,嚼起来像凝固的糨糊,但仍然很香。

鱼玉山的嘴油了,肚子就有点儿难受。

但王红梅说:"人都这样了,吃!"她把鱼玉山的头抱到怀里给他擦脸,奶奶偷偷摸摸的脚步声一到窗下,她立刻变了调,"吃死你!早死早托生!还想叫我守多少年寡啊?"

奶奶不敢进来,婆媳俩就隔着窗户对骂。鱼玉山就闭上眼睛,鱼多云在一旁高兴地笑。两厢骂完,奶奶抹着眼泪回大儿子家,王红梅用手背把脸一擦,到卫校食堂做饭去了。

爸爸死后,奶奶彻底不再上她们家的门。王红梅只好把鱼多云带到卫校,还觍着脸塞进职工托儿所。

"你给我宁宁儿的!"王红梅扇鱼多云脑袋一巴掌,拿这个当礼物谄笑着献给托儿所阿姨。

阿姨吊起眼睛又嫌弃又得意:"行了行了,放这放这。"好像鱼多云是一袋土豆或者什么。

鱼多云被母亲推进淡蓝木门。小院中央种着一棵大椿树,叶子像大鸟的羽毛,喷泉般披下来。

第二天,王红梅又拿扇脑袋当献礼。鱼树蕙抱着王一鸥从旁边走过。她先一闪腰避开王红梅舞得老高的油手,然后对王红梅皱皱眉头。

王红梅笑笑问:"这么大了还抱在怀里,没长腿啊?"

鱼树蕙接不住话,手一松,王一鸥溜了下去,找鱼多云:"你到底叫鱼美云,还是鱼多云?"

"不知道。"鱼多云跟她走进淡蓝色木门。

4

托儿所不管饭,但管水果。一只铁皮桶,里面装满酸死人的青橘蛋蛋或切成四分之一大的苹果。鱼多云不敢吃,王红梅跟她说过,托儿所里吃的有毒。

鱼多云跟这些医生、护士、医学教师的孩子熟了,大家互相介绍自己。

我叫王一鸥。田鼠。

我叫周萌萌。猫头鹰。

我叫胡彪小刺郎。狗熊。

我叫六一。像、像……像什么呢?其实是海狮,圆眼睛长直睫毛、活泼泼的海狮,当时鱼多云还没见过。

六一其实叫刘毅,因为他出生在"六一"儿童节,所以小名六一。胡彪小刺郎是卫校体育老师的孩子,体育老师本来真想给儿子取这个名的,无奈派出所不给上户口。

"你叫胡彪,户口上什么就叫什么。"周萌萌猫头鹰样转转圆脑袋,一只眼大、一只眼小,语气很断定。

鱼多云听了问:"真的?"

可她爸爸说过:"你记着,你叫鱼美云,不叫鱼多云。"还说,"我得找他们去。"

当时听完这话,王红梅嫌弃道:"找谁?你这样还能找谁?美云,美云,霉运!怀在肚子里就交了霉运!上树摘什么核桃!多云就多云吧!"

当初是王红梅给鱼多云上的户口,她说:"鱼美云,美丽的美,云彩的云。"

上户口的人问:"什么鱼?"

王红梅大声答:"鱼啊!就是鱼!鱼你都不知道?"

人家上户口的人立马就掉了脸。

这时王红梅刚坐完一个伺候小的又伺候大的的月子,死婆婆嫌是女婴连抱都不肯抱,害得她手腕坠得疼,脚后跟被风吹得疼,洗尿布腰弯得疼。多少委屈压在胸口,王红梅不由得吼道:"就是你妈坐月子下奶吃的鱼!鱼!鱼!"

上户口的人愣在当场,咬牙在嘴里骂了句什么,然后低头狂草了三个字。

回家等鱼玉山发现鱼美云变成鱼多云时,一切都无济于事了。

"户口上什么,就叫什么?"鱼多云又问周萌萌。

"当然。"周萌萌眨眨大小眼再次断定,见鱼多云盯着她的眼睛,抬手朝自己小的那只眼睛一比画,"我这是眼睑下垂肌无力,等我长大了我爸爸就能治。"

鱼多云没再说话,觉得好像对水边的小船松开了手。小船上,爸爸躺着,带着神秘的笑容。"邓丽君的歌听过没有?'蓝的天是新郎,白的云是新娘,这里只有我们俩,姑娘啊姑娘,多美丽的星光……'"小船慢慢荡远,歌声消失在雾气当中,鱼多云感到一阵心伤。"鱼美云"渐渐被遗落在时间中,后来,鱼多云终于忘记了这个名字。

5

六一年纪最大,且有一双炯炯有神、睫毛像钢针的大眼睛,勇猛刚健,是卫校王。他安排大家吹牛。

大家站成一圈,就开始吹。卫校王先举起一块刚从沙坑里捡的红石头,说:"这是霸王龙的宝贝,我左勾拳右勾拳,好不容易才从它嘴里抢出来。你们看它上面的纹,都是火山爆发留下的。你看,你看!"

胡彪小刺郎看了说:"就在你抢这块石头的时候,我从恐龙脚底下挖了一块金子,这么大,这么沉,沉死我了!啊——我、走、不、动、了!"他两手端着那块莫须有的金子。

鱼多云连忙接住:"我看六一把恐龙打死了,小刺郎又拿了金子,我就上去咬了一口恐龙的肉。真好吃啊!比油渣好吃多了。"

周萌萌一只眼大、一只眼小,好像稳固地抓着树干的猫头鹰,抿着小嘴微微一笑。

田鼠王一鸥小心地问:"要不我们拿叶子做饭玩?"

猫头鹰严肃地答:"不,我想拉屎。"

王一鸥忙说:"我也想拉屎。"

"我也想。""我也想。"六一、鱼多云也道,好像拉屎也传染一样。

胡彪小刺郎就建议:"上我家新房拉吧,有新痰盂。"

小刺郎的新家也在小红楼里,这会儿正门窗大开地敞油漆气儿。大家在空荡荡的房内转了一圈,没找到新痰盂,只找到高矮胖瘦不等的几只瓷瓶。

鱼多云捂着肚子指着其中一只靛蓝色的圆肚瓶问:"我拉那里面行不?"

最后大家每人选一只瓶拉了,包括小刺郎。

晚上回去,王一鸥对着饭碗哭:"我没拉,我没拉,六一、鱼多云他们拉了。"

王安升在空里挥舞鞋刷子:"到底拉没拉?"

"她说没拉就没拉!"鱼树蕙伸手挡,"让你不要跟鱼多云玩!农村人……"

王安升不高兴了:"农村人怎么啦?我就是农村出来的,农村人淳朴。"

鱼树蕙不作声。任何意见不统一的场合,她都不作声。

临睡前,王一鸥抱住鱼树蕙的脖子小声说:"妈妈,你能去小刺郎家把那个带花的圆圆的白瓶子洗了吗?"

鱼树蕙顿了一下说:"睡吧。"

这时鱼多云还没睡,还在挨打。

"拉没拉?拉没拉?"王红梅的苍蝇拍子舞得嗖嗖响,一下一道红梁。

"没拉!没拉!没拉!"鱼多云嚎。

"你是刘胡兰吗?"最后王红梅扔了苍蝇拍子说。

拉屎事件后王一鸥转去了县委幼儿园。那儿的老师年轻又可爱,要是鱼多云看见一定会赞叹她们像群羚羊,而相比之下,卫校托儿所的阿姨只好像些老鸟了。

王一鸥学了儿歌:"小不点儿,进茶馆儿。喝了人家的茶,打了人家的碗儿。人家要她赔茶碗儿,她给人家挤蒙挤蒙眼儿。"

鱼多云听完,几步蹿到操场旁的枇杷树梢子上。学护理、临床医学、药学的瘦学生端着铁饭盒，饭盒里装着粥，饭盒盖子上盛着白菜粉条，筷子上插着馒头，像灰蓝色流水从她脚下淌过。

"如果给你三个愿望，你咋办？"王一鸥冲树梢上的鱼多云响亮地喊。她的喊声是桃红的。

"你咪？"晃晃悠悠的鱼多云兴奋地喊回去。

"我第一个愿望是天上掉一千串金链子。第二个愿望是天上掉一千串银链子，都捐献给国家。第三个愿望呢，是再来三个愿望。"王一鸥答。

桃红立刻灰了，鱼多云感到索然。三个再三个，永远可以再来三个，正说明一个都实现不了。她使劲一蹬枇杷枝，大力荡起来。荡啊荡，头都要碰到傍晚冷清的天，而她自己渐渐消失了。

从枇杷树上下来，鱼多云发现天黑了，王一鸥早已不知去向。王红梅肯定还在食堂里洗锅洗碗。在鱼多云印象中，食堂灶房永远像澡堂子一样白雾蒸腾。

的确，在一片湿热的模糊中，王红梅忙进忙出，还忙着骂厨师老张揩她的油。其实王红梅也不是很反感老张揩油，揩揩油，她心里反倒舒一舒。但老张要跟她睡，她就做不到了。她想起了鱼玉山，那么高，那么白。

6

冬天到来前，卫校的人要灌西红柿酱。鱼多云站在王一鸥家门口看鱼树蕙灌酱。灌酱用的是输液瓶，圆鼓鼓的玻璃瓶子放进大锅里煮过，晾干，头朝下底朝上，站在窗台上亮晶晶的一排。西红柿被去皮，切碎，熬煮，变成阳光里半透明的红果肉从玻璃瓶口淌进去。马上要灌满时，鱼树蕙的手一转一收，勺子放回锅里，取个软软的橡皮塞把瓶口塞上。

鱼多云挨过来用脏指甲抠抠橡皮塞,鱼树蕙皱皱眉头,没说什么。

冬天,王一鸥、六一们吃西红柿面,鱼多云在家吃萝卜、白菜、蒜苗。

"我也要吃西红柿面!"鱼多云抗议。

王红梅扇她脑袋一把:"满汉全席吃不吃?!"

过一会儿,王红梅又哄她:"鱼多云你过来。"

鱼多云不动。

"过来!皮痒是不?"

"日你妈……"王红梅走过去,把一圈凉凉的东西塞到她手里。

鱼多云举起来一看,是只塑料输液管接成的手镯,里面灌了菜油,黄澄澄的,漂着结婚时撒在新娘头上的彩色碎箔片。红的,绿的,金的,她戴上镯子把手伸向冬天的太阳,波光点点闪烁,闪烁着。鱼多云笑了。

鱼多云和小刺郎打架,因为小刺郎喊她妈"做饭的"。实际上王红梅就是做饭的,但鱼多云就扇人家。六一大喝一声过来管,没管着,被鱼多云一把推到台阶底下,嘴巴磕成"丫"形。

小刺郎的爸——卫校的体育老师胡老师,满脸笑容与横肉,常年处于一种表演性质的高亮欢乐之中——从小红楼来到鱼多云家的出租屋门口,振振二头肌叫:"姓鱼的出来!"

姓鱼的出来了,是个小姑娘。

胡老师又叫:"大人出来!"

王红梅出来,是个女人。

胡老师振振二头肌回小红楼了,换他老婆来。他老婆还记得屎瓶子的事,上来就是一顿吵。然后就很惨,王红梅拿一串不堪入耳的脏话还给她。

从那以后,胡彪小刺郎的妈妈就不许小刺郎跟鱼多云玩。鱼多云找王一鸥,王一鸥坐在小板凳上吃卜卜星,鱼树蕙蹲在地上给她洗脚;找周萌萌,周萌萌在学拼音,a、o、e、i、u、ü;找六一,一到门前鱼多云先感到一股冷气。

六一他妈抱胸坐在旧木椅子上。上回来时,大人不在,她和王一鸥轮流跟六一亲嘴,她们都想嫁给六一。那时他家多温暖啊!

现在六一坐在小圆桌后,像变了一个人,乖乖地、远远地喝一碗拌汤。拌汤里有白的面疙瘩、绿的菠菜、红的萝卜、黄的鸡蛋絮。他嘴上那块"丫"形的血痂,使他更像海狮了。嗯,所以他妈把他卫校王的桂冠没收,还把他变成这样。

"快上小学了!"六一妈妈忽然说,听起来像是"快要死了!"

鱼多云独自回到出租屋,天渐渐黑去,又到了放电视剧的时间。家家窗户传出歌声:

胭脂,红粉,只能点缀青春,

却不能掩饰岁月留下的伤痕。

有什么可让我刻骨铭心,

唯有你,唯有你,爱人。

1990—1996

1

"热烈庆祝党的十三届六中全会召开",每面淡蓝小旗上印着字,许多面淡蓝小旗串成虹桥,横跨在鹤川县城主街上方。春风来,淡蓝虹桥便鼓得圆圆的。

那并不是一次历史意义重大的会议,就算意义重大鹤川人也不在意。每天早晨,医生看病,护士打扫病房,政府干部泡茶,银行柜员开账,清洁工扫地,卖豆腐脑的开张,王一鸥跳绳。

她是这么跳的:先把绳"啪"的甩到脚下,看它确实死得像一条死蛇了,再一蹦蹦过去。蹦完几个,她抬头看她妈。她妈急得要哭:"期末体育考跳绳的呀,你这是跳绳吗?"

从王一鸥上小学起,鱼树蕙就总急得要哭。

鹤师附小,即鹤川县师范学院附属小学,也即县城内唯一的小学,要求小孩满六岁才能上学。王安升却认为,王一鸥虽然才五岁半,但也该上。

为什么?早上学好啊,早上早毕业,早毕业早工作,早工作早结婚,早结婚早生子,早生子早……反正早了好。而且就算不好,也要早——因为这是规矩之外的事。谁能干规矩之外的事呢?能人。所以,为了让王安升做次能人，王一鸥也必须在五岁半就去上小学。

报名那天，鱼树蕙带王一鸥去报一年级，王红梅带鱼多云去报学前班。四人就在鹤师附小相遇了。

王红梅笑吟吟地问："报名啊？"

"报名啊。"鱼树蕙低头就溜。

王红梅不作声跟上，鱼多云扯她："我看见胡彪了，学前班在那边！"

王红梅咬牙："你给我悄悄儿的。"

到红纸条写的"一年级报名处"，鱼树蕙看看左右，紧紧张张、鬼鬼祟祟地把户口本放到木桌上。桌子那头的男老师刚对"出生年月"皱起眉，鱼树蕙就凑近说："她叫王一鸥，她叫王一鸥！"

男老师脸上现出个了然又有些嫌弃的笑容，翻出花名册底下压的条子和户口本对一对："明天带书包领书。"

鱼树蕙一连串点头刚要走，忽然斜刺里伸来一只手卡住她的手。

"我也报名！"王红梅把户口本拍到桌上。

男老师看看说："你这还差好几个月呢。"

王红梅笑了，指指鱼多云又指指王一鸥："生日就差两天！她能上，我们不能上？！"

后头的家长都瞪大眼看着。

男老师急得两手胡乱向下压："你别胡说，你别胡说！"然后拿眼神猛射鱼树蕙：你搞什么，办事还带个搅事的？

鱼树蕙吓得心都哆嗦，被人抓着手腕又像做贼被拿着，不由得央告："王红梅！王红梅！王红梅！"

王红梅不理鱼树蕙，俯身往桌上一趴，跟男老师顶牛。

鱼树蕙急得要哭。她害怕回去要跟王安升交代。他会怎么说？——

"馍喂到嘴里了吃都不会!"何况他们还送出去好几串香蕉。1990年的鹤川,南北交界处的内陆小城,哪家会买黄澄澄的香蕉?一串得一个月的菜钱!

鱼树蕙只好也趴到桌上去了。后面的人就看见两个女人的屁股,一个瘦,一个胖;一个伶仃,一个浑圆,合起来把老师挡得严严实实。

鱼多云和王一鸥都报上了名。

然后就出现清早跳绳的事。跳也没用。王一鸥不仅跳绳跳不好,丢沙包也不会,玩"屎茅坑"还跳错坑。六一气得直揪自己头发:"全锅烂呀!跟你玩就全锅烂呀!"王一鸥呆呆垂手立在一边。

鱼树蕙有些忧心。等一年后王一鸥无师自通地学会跳绳、丢沙包、"屎茅坑",她才领悟六岁上学是对的。但王安升白眼一翻:"对啥?对,那些'能人'还让娃早上?咱别太老实了!"王安升一辈子怕自己太老实。

鱼树蕙不吭声,转头叮嘱王一鸥:"小朋友那么多,跟周萌萌玩,跟六一玩,不跟鱼多云玩,听见没有?"

王一鸥点头,鱼树蕙说:"你说一遍!"

王一鸥说:"不跟鱼多云玩。"

"好孩子,吃饭。"

吃完饭跑到院子里,王一鸥老远就喊:"鱼多云!我妈不让我跟你玩!"

鱼多云回喊:"没事!走,点火走!"

鱼多云也不会跳绳,但她有新玩法:在沙坑上聚一堆枯枝烂叶,点得火苗乱蹿。火快熄时,她教王一鸥胡踢乱踩,飞得满地红星。

2

班主任李树田，一个头发有点卷、嘴巴细又小、看起来不太聪明的青年（当然在鱼多云和王一鸥的眼里，他也是"大人"），开学要求每人交班费二块五毛。理由是教室门坏了，准确地说是包门的铁皮破了卷起来了，而后勤不给修。

鱼多云回去一说，王红梅眼睛一翻："笑死人了，学校的门坏了要你们修？那校长要盖楼叫你们盖不？我没钱！"

第二天，六一、王一鸥们都交了钱，众目睽睽下，李老师说："鱼多云，限你明天拿来，不然就不要来上学了。"这李老师实在有些夸张。

鱼多云沉重地回到家，从屋角找出王红梅没顾上洗的裤腰带（其实是烂窗帘扭的一根布绳），默不作声地往齐额高的门锁上一挂，预备吊死。

王红梅端个脸盆站在窗口："你干啥？"

鱼多云答："你不给钱，李老师不叫去上学了，要不你跟老师说，要不我就吊死啊。"

王红梅气得"嗤"一声笑了："日你妈……"从裤腰里摸出三块钱，"剩下五毛钱给我找回来！讨债鬼。"

鱼多云第一次拿到钱，摸起来比想象中软，一张绿的二元，一张红的一元，四个美丽的少数民族女人头像。这是钱啊！鱼多云激动地想。第二天路过校门口的小吃摊时她就走不动了，拉丝糖、干脆面、羊肉串……

鱼多云激动地把两张票子在手心里揉来揉去。接着她还没弄清怎么回事，一只手就像狼爪一样把票子抢走了。鱼多云条件反射般地扯住那人：是个男孩子，比她高，跟她差不多瘦，一头黄毛，一脸阴晦，眼珠淡得好像没有，手里捏着她的钱。

"我的！"鱼多云尖声大叫。卖羊肉串的小贩欠了一下身，还是没起来。

男孩一言不发，当胸给她一锤。这一锤可比王红梅打得疼多了，跟铁球砸似的。

"我的！我的！"鱼多云疼得佝偻了还上手去夺。男孩边躲边被她在手背上抠出几条红道，急中生狠，一脚踹倒她，跑了。

鱼多云蒙了，爬起来追了几步，眼睁睁看着强盗和钱杳杳不见。周围人有的瞧着她，有的垂下眼，都沉默不语。鱼多云痛苦地向后一仰，倒在秋天的泥地上。她头边散乱着羊肉串的竹签子、太阳牌锅巴的包装袋、撕碎的作业纸。鱼多云号啕大哭。这时上学铃响了，人流纷纷向前，路过她自动分开，又在她不远处合拢。匆匆的腿脚间，她成了一座孤岛。后来的漫长人生，每当鱼多云再体会到这种感觉，就仿佛又回到了此刻的鹤师附小。

鱼多云不知道自己哭了多久，也不知道是谁把她扶起来推进校门。等她清醒过来，世界不再被白滔滔的泪水糊得什么都看不见，她已经立在空荡荡的操场中央。

已经上早读了。

李老师要赶我出学校，王红梅会杀了我，怎么办？琅琅的读书声中，鱼多云边抽泣边走边想。

得找个比他俩都大的。她望向校长室，在广播站旁边，紧挨着升旗台。

鱼多云泪痕狼藉，手心冒汗，头发里也出了很多汗，整个人大雨滂沱地立到校长室门口。她正要敲门，门自己开了，走出一个男老师："咦，你是哪个班的？"就要把她往外带。

"谁啊?"屋里传出个女声。

鱼多云头一低,从男老师的胳肢窝下钻进去,看见窗边坐着的又老又瘦的女人。她不像动物,像植物,丹鹤江边那种半蔫的长叶子草,微微佝偻着,仿佛护着怀里一点火。

"同学,你怎么啦?"那声音像一只手轻轻软软地放在她头顶上。

鱼多云忙磕磕巴巴、一五一十地说起来,从刚才的黄毛男孩说起,说到王红梅的裤腰带,说到李树田的二块五毛钱,最后说到卷边的门,其实是邵宏伟、党毅力踢坏的。

女校长认真听完,又把那无形的轻柔的手放到她头顶上:"是啊,我知道了,这样可不行啊。"

鱼多云吸吸鼻子,心里生出一股失望。校长这样软绵绵,能治得了王红梅、李树田吗?恐怕连那个黄毛小子都治不了。

辞别校长,她装着往二年级四班走,却一拐弯出了学校。鱼多云决定去公安局。去公安局,找警察,查指纹。那三块钱上全是她的指纹,一定能追回来。

她先问校门口开小卖部的老婆子公安局在哪儿,老婆子一愣,说不知道;又问主街上开文具店的男人,他也一愣,说不知道。于是一路走一路问,直问到卫校门口,她肚子饿了。最后她跑进门诊部抓住个粉红圆脸、戴粉红护士帽的护士又问,那护士是来实习的,和另外几个穿白大褂的男同学一起傻呵呵地笑着摇头,其中一个男同学还给了她一颗蜜桃味夹心糖。

全鹤川竟然没有一个人知道公安局在哪儿!鱼多云含着糖吃惊地想,这些大人是多么没用呀!鱼多云用脖子上的钥匙打开出租屋的门,吃个大冷馒头,闷头睡着了。

晚上王红梅回来带鱼多云去吃食堂,热乎乎的小米粥、馒头、油渣萝卜炖粉条,好香。鱼多云边吃边瞄她妈,不料这天王红梅好像特别累,完全没提钱的事。鱼多云白天睡太多,夜里半梦半醒,好不容易挨到天亮,惴惴不安地去上学。

路过小红楼,只见王一鸥甩着一条绳子连跑带跳,好像带着一轮绳做的光环。鱼树蕙挽着书包在后面追:"别跳了!以前让你跳你不跳,现在不考了偏跳!"

到了教室,没人问鱼多云逃学或钱的事。只有王一鸥说:"鱼多云,你嗓子好了吗?"

鱼多云想,我嗓子怎么了?王一鸥又说:"最近好多人都嗓子疼。我妈给我熬了梨汤,你妈给你熬没?我听见你嗓子里沙沙的。"

鱼多云咳嗽一声:"我才没有沙沙的。"

正说着李树田来了。他看着有点悻悻然,从裤兜掏出厚厚一沓毛票,舔舔手指头挨个儿给大家发钱。发到鱼多云他忽然停住,鱼多云盯着他的脚,心提到嗓子眼儿,只听他说:"咦,鱼多云你没交钱是不是?"不等鱼多云回答,他扬头满教室喊一嗓,"没交钱的不要领钱啊!"然后把那沓脏旧蓬松、卷心菜一样的毛票发还完了。

李树田觉得好像还有个什么事,似乎谁昨儿无故没来上学,随即又想起刚才校长喊他去办公室,批评他乱收费,什么"这是明令禁止的""会给学生造成不必要的负担"。哼,要不是管后勤的老李硬怼他"门卷边不算坏,门没坏后勤就不管",他怎么会赌气自己收钱修?他就把老李供了出来。校长听了叹口气:"好了,门我会叫人修的,你去上早读吧。"

想到这里,李树田就打开书带大家早读:"春天来了!春天来了!"

鱼多云、王一鸥、六一、邵宏伟、党毅力们跟着喊:"春天来了!春天来了!"

李树田继续："我们几个孩子，脱掉棉袄，冲出家门，奔向田野，去寻找春天。"

鱼多云、王一鸥、六一、邵宏伟、党毅力们继续喊："我们几个孩子，脱掉棉袄，冲出家门，奔向田野，去寻找春天……"

3

春天来时，李树田给每人发了一册薄薄的黄色小本本。鱼多云翻开一看，横的竖的格子密密麻麻，比围棋盘看着还晕。"操行什么语，册。"王一鸥一个字一个字地读。

李树田坐在讲台上说："《操行评语册》，都有了吧？以后你们的每一次成绩、每一个表现，我都会给你们在上面打分。最后分数不够的，不能毕业！班长是谁？哦，燕飞飞。学习委员是谁？哦，你协助燕飞飞记录同学们的得分。每周，每周啊，都要家长在上面签一回字。这是教育局要求的！"

教育局为什么要这样要求，鱼多云、王一鸥当然不得而知。王一鸥回家告诉鱼树蕙："老师说这个本子上的分数不够就不让毕业！还要家长签字。"鱼树蕙忙一丝不苟地签了。

鱼多云也让王红梅签，王红梅找了半天笔，找到后边签边说："你学校倒是成他妈的精！"

周萌萌在黄本本后的"扣分标准"里发现一个错字。"不许交头接耳"印成了"不许'胶'头接耳"。盯着这个"胶"字，鱼多云忽然领悟这个黄本本不是从来就有，而是人编的。谁编的呢？她脑海里升起一片灰蒙蒙、怪兽样的人影。

课堂回答问题，得分；作业交得及时，得分；被老师批评，扣分；迟到，扣分……班长燕飞飞举着一支红笔在黄本本间耀武扬威几天后，很快也不胜其烦。因她成天被围着问:"为什么他回答问题得五分我得二分?明明我回答得长!"或者,"昨天老师瞪我一眼你就扣我二分?他被老师弹粉笔头才扣了一分呢!"等等。

燕飞飞受不了了,就不肯再擅自做主(凭心情打分),而整天去问李树田。李树田也烦得受不了,却没有人可以问。就这么到了星期六,大家总结分数,拿回去给家长签字。

王一鸥一翻书包,如堕冰窖,她没有带黄本本!

燕飞飞忙飞上讲台报告:"王一鸥没有带《操行评语册》,扣多少分?"

李树田正烦得头大,加上肚饿还不得下班,就气呼呼地随口答:"扣一百分!"

王一鸥瞬间出了汗。一百分,这哪里还补得起来?不可能了,一辈子都不可能了!

这时鱼多云的手也停在书包里,她也没带。怎么办?不知道王红梅那条裤腰带还在不在?

晚上吃过饭,鱼多云和王一鸥、周萌萌爬上水塔商量去死的事。周萌萌说:"上次我只考了九十八分,小剪子都拿在手上了,还是没有勇气。"

鱼多云说:"我头都钻到我妈裤腰带里了。"

王一鸥哭了。

周萌萌安慰王一鸥:"你妈妈那么温柔,没事的。"说完同情地看了鱼多云一眼,"你回去倒是把你所有裤子都穿上吧。"

鱼多云放眼远望,远方是县城稀疏的灯影和黑黢黢的树丛:"我妈打人,穿铁裤子都没用。"

王一鸥心里轻松了一点,但还是说:"真想从塔上跳下去,一了百了。"

然后大家下水塔,和六一、胡彪们会合,你追我打疯玩了半晚上。

玩完回到家,鱼树蕙正弯腰扫地,王一鸥抖抖索索地上前:"妈,老师扣了我一百分,就因为我今天没带黄本本。"

鱼树蕙愣了一下,慢慢急红了脸,又慢慢急红了眼,眼泪灌满眼睛:"那你毕不了业怎么办?!怎么办?!"说完她把簸箕一扔,用高粱扎的新笤帚使劲抽了王一鸥大腿一下。

"哇!"王一鸥疼得坐到地上,抱着腿哭。

她妈在旁边又哭又喊:"怎么办?!怎么办?!怎么办?!"

回到出租屋,鱼多云也找到黄本本往床上一扔:"我今天忘带了,老师说给我扣一百分!"有本事王红梅你今天打死我——这句她没敢说出来。

不料王红梅两眼看着床单,笑眯眯地说:"明天我要出一趟门,得个三五天,你要吃饭就去找食堂的老张……一个人,行不行?"

鱼多云摸摸屁股,忙说:"行,行,怎么不行?不过,妈你笑什么?"

"日你妈!关你啥事!"骂完,王红梅继续笑眯眯、温柔地说,"赶紧洗脚睡觉吧。"

4

1992年,那是一个春天。王红梅忽然从鹤川消失几天后,又忽然回来了。

鱼多云看着她妈疙疙瘩瘩地提着四五个包从菜园中间走来,感到一阵失落。怎么这么快就回来了呢?

"我没手了!开门!"王红梅高声喊。

鱼多云溜下窗台开门。王红梅快步进来,身上带起一股不属于温带的风,阳光味的风。鱼多云发现她的皮肤变黑了,脸蛋却红扑扑的,简直像变了一个人,不是以前那个王红梅了;又好像卸下了身上的大石头,一举一动都变轻盈了。鱼多云从没见过她如此舒心愉快。

王红梅把那些疙疙瘩瘩的包摊到床上慢悠悠地收拾,嘴里哼着:"离却了众香国遍历大千,诸世界,咿——咿——咿,好一似轻烟过眼……"

"妈,你咋会唱?你唱的啥?!"鱼多云十分吃惊。

王红梅瞪她一眼:"《天女散花》!以前村里搭戏台、放社火,啥事不是你妈在头里?'你咋会唱',哼,我会唱的多哩!"

鱼多云靠到王红梅腿上:"你唱,你接着唱。"

王红梅站起来,从包里抽出条轻飘飘的化纤丝巾,拈个兰花指一甩一抛:

离却了众香国遍历大千,

诸世界好一似轻烟过眼。

一霎时来到了毕钵岩前,

清圆智月广无边,慧业超明不作仙。

幻中幻出庄严相,慈悲微妙自天然!

丝巾冉冉落下,鱼多云抬手像接着一片云彩:"妈,你今天太好看了!"

王红梅收了架势:"好看啥,你咋不嫌你妈可怜!"但她还是笑盈盈的,把厚墩墩的头发往后一甩。随着这笑和甩,鱼多云大丰收了:一大包鲜艳的染色贝壳,一整套桃红色的假珍珠首饰,包括项链、手链、耳环。鱼多云简直快高兴疯了。

接下来一个月,这些首饰被鱼多云全套披挂着,睡觉也不摘下来。上早读时,李树田叉腰看着她:"鱼多云,你,咳……"

王一鸥和周萌萌、六一、胡彪各收到一片扇子样的贝壳。周萌萌说:"你妈去海南了吗?我爸去海南开会时也给我带过。"

鱼多云肯定地答:"是海南,很大的海的南。"其实王红梅根本没告诉她自己去了哪里。

王红梅确实去了海南,而且不是一个人。

这要从两个月前说起。那天王红梅穿件旧白大褂扫完门诊楼,靠在窗户上晒金太阳,手里织着条红毛裤。忽然,一个白白嫩嫩、秀秀柳柳、戴着眼镜的年轻男人冒出来问路。他是这么问的:"您好,医生,打扰一下,请问五官科怎么走?"讲的还是普通话。

王红梅不由得把蹬在墙上的右脚放下来,屁股仍靠在窗台上,尴尬又骄傲地答:"往前,左拐,第三间。"

男人满口谢谢转身要走,王红梅又站直补充:"你要找刘主任吧?那你下午再来。刘主任回乡下看他妈去了,这会儿坐诊的可是个实习的小年轻儿。"

男人愣了一下,抿嘴意味深长地一笑:"谢谢姐啊。"

王红梅一扭脖子收起红线团:"谁是你姐,我也不是医生。"

几天后,跟在这年轻男人身后,王红梅走过丹鹤江上的小桥,走过生着巨大树瘤的杨柳,心里清楚这路通往哪里——通往这个名叫吴永芳的男人的单位宿舍。宿舍里没有别人,但有一张床。

吴永芳的背影化作麻麻的电流在她心里一过。王红梅一甩头,怎么,守完活寡还要守死寡啊?我就不能图个高兴?

在那张床上,吴永芳才知道王红梅是农村户口。

"姐,"他脸上潮红刚退,睁大眼睛用普通话说,"你哪像农村人啊。"

王红梅懒懒一笑:"我爸以前在四隐村当支书的时候,一脚踩重了全村都要抖三抖。我在家里排老小,上面有一个哥、三个姐。我结婚的时候,我爸说家里东西随便拿,但只能拿一样,我就拿了他的收音机。我爱听戏嘛。结果到了新家,发现连做饭的锅都没有——别的姑娘都知道从娘家拿口锅。"

吴永芳哈哈笑了:"姐,你这人太有意思了。"

王红梅也高兴地笑:"都这么说。你呢,你是哪里人,怎么到我们鹤川这穷乡僻壤来了?"

吴永芳的小白脸一黯:"我原先在省城长乐区的农行,他妈的领导嫉贤妒能,把我下放下来了。"

王红梅仔细看看他的脸,知道他没说实话。看宿舍里的样子他应该还没结婚;但就他刚才的表现,却绝非一个愣头青。王红梅便隐隐明白,他是为什么来鹤川了——怕是睡了领导的老婆也不一定。不过了然之后,王红梅非但不鄙夷,反而心疼起来。怎么啦?男女间就这点事,犯得着这么上纲上线吗?领导们自己还不是一样!

"你爸你妈呢?"她又问。

"我爸死得早,我妈靠着我哥,从小看我不顺眼。我哥仗着给我找工作帮了点儿小忙,成天骑在我头上拉屎拉尿,我跟他谁也不待见谁。"吴永芳答。

王红梅更心疼了,把吴永芳搂到怀里,摩挲他软软的头发。这弟弟的名字像女人,头发也像女人一样软啊。

鱼多云第一眼看见吴永芳觉得他像只鸡,小母鸡。虽然吴永芳从哪看都和鸡没有关系,但鱼多云就是觉得像。可能他的气质里有种小母鸡般柔柔弱弱又愚蠢自大的东西,而且嘴唇太过红嫩了吧。

吴永芳第一次上门,既不像食堂老张那样拎着一块腊肉或一袋米,赖着总不走;也不像卫校那位领导那样背着手,头四处转着看却不敢进来。吴永芳大大方方地拎着一个画架、一兜颜料,跟鱼多云笑笑就进到门内,在一方太阳光里把画架支起来了。

王红梅皱眉,笑嘻嘻地支开鱼多云:"去去,去找人疯去。"

鱼多云一听,忙飞一样地跑了。直玩到天黑,才想起李树田说过晚上要开家长会。她急忙跑回家,正要捶门,却听见里面有人小声说话。她扒门缝一看,只见王红梅穿件薄薄的红汗衫倚在床头,吴永芳则光着又白又瘦的脊梁,像个小孩似的把头拱在她怀里:"姐,你不知道我一个人在这里有多孤单,鹤川话我听不懂,他们都拿我当笑话玩。出门放眼一看,天空荡荡,地灰茫茫,中间就一个我,真想死了算了⋯⋯"

王红梅直点头:"我知道,我知道,别胡说,姐在这儿呢!啊,姐在这儿呢,啊⋯⋯"跟哄小孩儿似的。

鱼多云看得一股酸气直冲胸口:这是我妈!你当是你妈呢!砰砰砰就捶门,恨不能把门捶个窟窿。

几年后,卫校托儿所那个两眼分得很开、很像一只鱼的小女孩上了初中,老坐在学校花园台阶上看小说(不知是不是看那些书看的,这只鱼后来真成了作家)。鱼多云坐到她旁边和她一起看,看到白先勇的《玉卿嫂》。玉卿嫂杀了干弟弟庆生又自杀,庆生的白脊梁一下就让鱼多云想起吴永芳了。

说回鱼多云在门外砰砰砰地捶门,王红梅一骨碌爬起来穿衣服:"干啥!卸门板啊!"

鱼多云气得呼哧呼哧的,半天才说:"今晚七点开家长会。"

王红梅看看天,一推她的头:"现在才说,叫我坐飞机去呀!"

5

鱼多云没在晚上来过学校,觉得很稀奇。这么多大人同时出现在小学校园里,沉默又乱哄哄的,一群一群黑灰的暗影涌进教室。

鱼多云在窗户上看了一会儿,李树田在里面吊着眼睛长篇大论,吓唬家长。她又无聊地转到操场,操场上零零散散地立着几个小孩,她都不认识。又逛到小花园,只见有个大人背手立着,原来是女校长。她连忙脚底抹油。

"鱼多云。"

女校长竟然知道自己的名字,鱼多云赶紧立正站住了。

女校长立在花木的阴影里,过了一会儿才问:"鱼多云,你觉得操行评语好不好?"

鱼多云想想说:"我被扣了一百分,我妈说毕不了业,吃屎都没人给我拉啦。"

女校长扑哧一声笑了:"我知道了。"

这是个春天的夜晚,暗幽幽的,还有一点点凉。鱼多云站着,左脚右脚换来换去。过了好一会儿,女校长才又张口:"啊,'请看石上藤萝月,已映洲前芦荻花。'"

顺着她的目光,鱼多云看向蓝砖花圃里种着的那棵大紫藤。紫藤后,月亮不知什么时候升起来了,那么大、那么近、那么圆,像一面大镜子照着她和女校长。新开的紫藤花串葡萄般挂在月亮脸边。

"好看吗?"女校长问。

"好看。"鱼多云仰着脸真心说。

"人活着就这时候最有趣儿。"女校长感叹。

鱼多云想说玩"屎茅坑"更有趣儿,但被空气中的静美压制住了,就什么也没有说。

晚上回去鱼多云又挨了揍。虽然李树田随口说鱼多云这孩子太皮（他对一半家长都这么说），但王红梅原本也没准备打她。问题是回到出租屋后，鱼多云不知怎么心里一阵忧郁，忽然发现自己家这么脏、这么乱，颜色这么难看。而刚才女校长和"石上藤萝月"却是那么好看，怎么回事？难道女校长那儿是一个世界，她这儿是另一个世界？

鱼多云就发脾气说："咱就不能换个家吗？你看，这哪像人住的地方？"不等王红梅反应过来，她又加一句，"你把家里弄得像个猪圈，还好意思带人来！"

王红梅一下愣了，想了半天扶住鱼多云的头把她推出去："你今晚就在外头睡吧，看哪好你睡哪去！"

这时月亮升得很高了，变远了，也变小变冷了，但仍然皎洁又美丽。鱼多云站在菜园里委屈得涕泗横流。心里许多乱七八糟、灰暗莫名的东西左冲右突，化作鼻涕眼泪喷出来。王红梅在屋里听了一会儿，终于感染了女儿的忧郁，只得寻出苍蝇拍，对其嗖嗖嗖一顿乱抽，结束了鱼多云的这个春夜。

第二天清早起床，鱼多云通过肿成一条线的眼缝发现了一样奇特的事物——一幅油画，静静立在床板和墙之间。鱼多云提起它，一个穿红汗衫的女人一截一截出现：纷乱的头发，高凸的额头，眼睛亮得像晴天河里的石头，红脸蛋，大胸脯……是王红梅！鱼多云惊得松开手。是王红梅，又不是王红梅，太多说不清的东西在里头。

哗啦哗啦噗噗噗，王红梅佝偻着腰站在脸盆前洗脸，照旧把水弄得满地都是。但鱼多云今天对母亲有了敬意。

正是看到这幅画的瞬间，王红梅决心和吴永芳去海南。在海南，她花光了全部的积蓄。当然吴永芳也出了钱，鱼多云的假珍珠首饰就是他买的,还有那条化纤丝巾。

回来后,王红梅和吴永芳的恋情又持续了一个夏天。鹤川变得像海南一样热烈澎湃,蝉鸣就是鹤川的大海,在房屋和绿树顶上此起彼伏,潮起潮落。等蝉鸣稀落下来,吴永芳的身影也变得稀落了。他送鱼多云的珍珠首饰上的桃红色光膜纷纷炸开,鱼多云又心疼又手贱地忍不住去撕,最终剩下一堆灰白无光的塑料球球。

天凉下来,王红梅早晨给鱼多云梳辫子,把睡毛了的一边解开编好,再解开编好。鱼多云小声说:"妈,那一边还没编。"王红梅已经起身走了:"胡说,明明编了两个!"鱼多云只好毛着一边辫子去上学。

到食堂,王红梅给馒头放了三遍碱,蒸出来黄得像橘子,苦得像黄连。

吃完晚饭,王红梅两眼发直地对鱼多云说:"我出去一下。"她的脚就带着她走过水流变缓的丹鹤江上的小桥,走过落叶飘飞的杨柳树,走到吴永芳窗前。

天更凉了,王红梅带鱼多云上街,眼光扫到满月馒头店的窗玻璃,不禁惶然扭开脸。那神情像被火烫了,又像被蛇咬了。之后走在路上的她心里只有一件事:我怎么老成这样了?我怎么变得这么难看?

鱼多云的裤脚快赶上膝盖了,早晚秋风一灌,屁股都冷,但一发工资,王红梅马上拿去给自己织了件红色马海毛毛衣。马海毛蓬松,每根线都散发出无数条绒丝,如同光晕。三十岁的王红梅穿上这种红毛衣,被红绒丝的光晕映照一脸,又恢复了青春。可惜毛衣织好后天更冷了,她不得不套上旧外套遮起来。

王红梅最后一次去找吴永芳,吴永芳照旧无奈地、颓丧地接待了她。王红梅脱下旧外套挂在椅子上,用蓬松松、软绵绵、红艳艳的马海毛包裹的胳膊搂住吴永芳:"我软吗?"问完这句,王红梅鼻子酸了,心知自己不会再来了。

这天，王红梅有种明显的感觉，明显感到体内有种燃烧、有种澎湃。她感到身体会再接受一次重大的转变，就像1983年在杨柳林中那次一样。那次，她把村里唯一的大学生鱼玉山约到林间，也问过他"我软吗"。果然，两个月后，王红梅发现自己怀孕了。

俗语说，不要在一块石头上绊倒两次，但以人的秉性，肯定要绊倒两次或两次以上。王红梅再次想用孩子拴住一个男人，结果再一次失败了。

"你想生，就生吧。"吴永芳轻飘飘地说，他真的一点儿都不紧张。

"我们又没结婚，你说是我的就是我的？"见王红梅眼露凶光，吴永芳又慢慢接着说，"我跟那些人不一样，红梅。我活着就想画画儿，想玩。我这辈子不可能结婚，跟谁结婚就是害了谁啊，我的姐姐。"

但可能连吴永芳自己都没想到，仅仅两个月后他就结婚了，对方是鹤川中学一位数学教师的女儿。而且这位女儿不久后就诞下一名男婴，比王红梅诞下女婴只晚一个月。

王红梅大了肚子的事在卫校惹起一片沸腾。那些女医生、女教师、女护士本来不大搭理她的，忽然人前人后对她产生了莫大的兴趣。有人一见她就笑嘻嘻问："王师傅，几个月啦？起好名字没？"浑似不知王红梅是个寡妇，而这孩子没有父亲。

小红楼里的年轻父亲不顺心揍了孩子，做母亲的就搂住哭号的孩子说："'别人的老婆自己的娃'，咋了，连自己的娃都看不上了？莫不是王红梅要给你生老二了？"

这些王红梅都置若罔闻。唯有一次，清早飘雪，她把一大蒸屉热气腾腾的馒头端到外面，鱼树蕙忽然冒出来把一条束腹带塞进小窗口："怎么还拿这么重的东西！哎，我当时也是，八个月了还推病床，多亏这个能提着点儿。旧的,你别嫌弃。"

王红梅也不拿束腹带,也不出声。

鱼树蕙迅速四下瞅瞅又说:"这孩子,不要了吧,现在还来得及。"说完迅速顺墙根离开了。

王红梅撩起围裙擦擦眼睛,在1993年的春天生下一个女婴,取名鱼多彩。

月子坐得非常寂寞,只有几个脸熟的女医生、女护士、女教师把自家孩子穿过不要的旧衣服、烂玩具拿来。

"我们都没指望了,一辈子就这一胎,你还好,能生二胎。农村户口就有这点好处。"胡彪的妈妈半真半假地说。这时大家的注意力都在王红梅那张失去了"那股子劲"的、浮肿长斑的脸上,在那一团粉红的新生命上,没人注意到鱼树蕙的笑容多么牵强,牵强得好似抽搐了。

鱼树蕙刚知道自己也怀了二胎。

6

1993年大暑,鱼树蕙躺到手术床上,护士长伸手一按她的肚子,皱眉叹道:"你胆子真大!这月份可不小了,危险得很啊!"

鱼树蕙满头大汗,细声强笑:"我就说不行哎,王安升非说有办法、有办法,硬是拖到现在,结果还是没办法。"

护士长手底下麻利地准备器械,刀钳发出冰凉的碰撞声。

晚上躺回自家床上,鱼树蕙默默流眼泪:"还是个男孩儿。我真羡慕王红梅,想生就生。"

王安升边挥汗边拿筷子戳炉子上的鸡:"他妈的!王霸槽不也要老二了吗?说他女儿有先天性心脏病——他女儿,腿粗得像船,跑得比我都快!还有那谁,媳妇藏了一年,还不是领回来一个儿子?对外还说是干儿子,可笑!"王霸槽是王安升的发小,原先也是司机,现在在县供销社搞内勤,肥了,是个"能人"。

"光咱是老实人!"王安升总结。每当没干上"规矩"之外的事,王安升就这样哀怨地总结。

"到底是你学校里的谁嘴长把你告了?再等一阵说不定就能行了……"王安升叹着气嘟囔。

鱼树蕙立刻不作声了。

大约两年前,中专毕业的鱼树蕙开始自考医科大学本科,常常学到深更半夜。自考一共十二门课,别人一年过两三门,她一年过六门,飞一样拿到本科毕业证。恰逢此时,卫校的教师编制有空缺,领导就有意调她去当护理专业教师。这可是千载难逢的好机会。老师,工资比护士高,工作比护士轻松,还有寒暑假。

在这个节骨眼上,是谁看出她怀孕的?还把她给告了。鱼树蕙看谁都像,胡彪的妈、六一的妈、周萌萌的妈……一个都脱不了干系。都是学医的,都眼毒。老天,可怕啊,这可怕的世界!

最后,周萌萌的妈调去了学校教临床。她本来就是大学生,一直在传染科当医生,去教学口是不升不降,本人还有些不愿意,因此众人心服口服。为这个结果领导们确实费了劲,举报信太多,凡是有点影能去的人,没有不被告的。

"告他去!看把他便宜的。"多彩能抱出来晒太阳的时候,她爸爸的消息终于不胫而走,全卫校都知道了。然后,王红梅就开始收到这类义愤填膺、半真半假的怂恿。

夜里,鱼多云在外面疯到十点才回家,王红梅正一身是汗地给多彩喂奶,看都懒得看她一眼。鱼多云放下心,咕嘟咕嘟灌了一肚子凉水,用手背抹抹嘴过来看妹妹:"妈,你怎么不告姓吴的?到他单位告去,让领导把他开了!"

"你这瓜怂又在外头叫人灌什么话了。"王红梅眼皮都不抬,倦怠地说。

多彩含着乳头睡着了,王红梅也立刻昏睡过去。在睡去的一瞬间,她做了一个梦,梦见自己身在海南。满溢的海,满溢的蓝,包裹熨帖着她整个人。吴永芳穿着条印着椰子树的花短裤叫她:"红梅,红梅,这儿有一只螃蟹!"

在海南的那几天,无论是颜色、质地、气味,都完全有别于她的过去以及未来,那几天是王红梅人生的"飞来峰"。永远不会有那样的海南了;就算有,也不是1992年那个春天。

当时她和吴永芳住旅馆,生怕服务员要结婚证。结果根本不要。1988年就成为特区的海南什么没见过?他们爱怎么样就怎么样,想怎么样就怎么样。太爽了!

到离开的前夜,淡黄鸡蛋花下,吴永芳忽然说不走了:"留下吧,这地方还能没有活路?你看看满街人腰上别的BB机、大哥大!"

这时王红梅作为一个鹤川人的没出息就表现出来了。她期期艾艾地说:"咱鹤川没大哥大,那么多人也都过得好好的。再说,多云一个人在家呢。"

"你啊你啊,"吴永芳愉快又惋惜地叹了口气,"怎么就不能再勇敢一点儿呢?人活一辈子,怎么能不特别一点儿呢?"

然而跟王红梅分手、跟教师女儿结婚的时候,吴永芳又说:"姐啊,我算是想通了,做人就是这么回事,该干吗干吗。不能太特别,累。"

于是他"该干吗干吗"去了,把"特别"留给了王红梅。唉。

7

对自己有了弟弟又没了弟弟这件事,王一鸥浑然不知。鱼多云倒是问过她妈为什么肚子胖了,是不是屎憋的?接着就吃惊忽然添了个鱼多彩,整天不是哭,就是吃。

鱼多云怀念王红梅的推脑袋、苍蝇拍,还有脏话。有时候她故意激王红梅:考零蛋啊,旷课啊……但王红梅毫不动容。鱼多云一肚子气不知道去哪里撒,就问王一鸥、六一、周萌萌:"你们恨不恨李树田?"

六一、周萌萌眨眨巴眼。王一鸥说:"恨。"

这时黄本本已被卖了废纸。后来鱼多云渐渐明白,管人的人老是一阵儿一阵儿的,被管的人只好也一阵儿一阵儿。只有王一鸥的屁股白挨打了。

鱼多云建议报复:"从明天开始,我们每天五点到学校,叫李树田起床!"

这怕是《半夜鸡叫》给她的灵感。

第二天一大早,天漆黑,鱼多云、六一、王一鸥、周萌萌就困得东倒西歪地上路了。学校大门还锁着,看门的老头一边系裤腰带一边开门:"这么早就上学呀?"

四人走进学校家属区,伴着朦胧天光,眼睛和脑子渐渐清醒过来。鱼多云一马当先,冲进灰色筒子楼,对李树田的门一顿捶。

薄薄的木门后传出女人的梦呓、小男孩儿牛一样的哭叫。李树田邋里邋遢、迷迷瞪瞪地开门:"谁?"

藏到一边的四个人在青灰晨光里对视,捂嘴笑弯了腰。

李树田关门又睡去了,鱼多云再将门一顿猛敲。如是再三。

李树田在门口跳脚,嗓音劈叉了:"谁——犯——闲——贱——?!"

大家边笑得肚子疼边四散逃了。

第二天鱼多云睡过了头，报复事件便也告一段落。后来就下雪了。

初春，一场雾如牛奶般从田野流进学校，漫过阳台上的铁栏杆，进入教室，直铺到鱼多云、王一鸥的脚底。这样当然无心上课，李树田只好准大家出去看。趴在铁栏杆上，她们发现鹤川沉没了，学校变成一只船，不知将航向何方。

鱼多云护着胸口问："你有没有觉得这儿怪怪的？"

王一鸥："怎么怪怪的？"

鱼多云按按胸部："硬硬的，好像一个五分钱，按着很疼。"

"真的吗？"王一鸥把手从鱼多云的领口伸进去摸，还没碰到，鱼多云就大喊一声。王一鸥害怕地说："你不会得了不治之症？"

"不可能！让我摸摸你长了没有。"随即鱼多云惊喜道，"你也有呀！"

"这说明你们长乳房了。"不等王一鸥反应，周萌萌忽然插进来。

王一鸥问："你也长了？"

周萌萌的眼睑肌无力手术还没做成，又患了远视。远视镜有放大功能，现在她从这边太阳穴到那边太阳穴全是眼睛。这使她看起来像会算命。周萌萌扶扶粉红色眼镜摇摇头："我还没长。"

面对巨大的大小眼，鱼多云忽然想起来："周萌萌，你真能背过《康熙字典》？"

周萌萌在两个太阳穴间翻个大白眼："这又是谁说的？第一，我根本没见过《康熙字典》；第二，我干吗要背《康熙字典》？"

王一鸥："好像是李树田说的，说你什么都能背过。"

"这些人又在拿我树典型，讨厌！"甩下这个"讨厌"，周萌萌扭头撞开人群走了，好像讨厌了所有庸凡之辈。

放学时雾散了,但街上仍有种混沌之感。黄昏来得很快。卫校的孩子们走到岔路口,忽然被燕飞飞叫住。

"你,你,"燕飞飞跷着手指点兵点将地点了鱼多云、王一鸥,点到周萌萌时缩回了手,"跟我走,有秘密活动。"

周萌萌得以释放回家,鱼多云和王一鸥只好跟她走。看着前面燕飞飞的背影,两人不得不承认燕飞飞好看,因为所有迎面走来的人都会把视线放在燕飞飞身上黏一黏。县城枯燥,人们连这么小的女孩都看。

燕飞飞的双马尾像两只美妙的圆环在她头两边颤动,她发育早,红色马海毛毛衣勾勒出圆润的双肩。

"哎呀!"燕飞飞忽然站住,揉揉眼睛伸出食指,"看,一只飞蚂蚁!"然后她眨眨卷翘的睫毛,"双眼皮真讨厌,老是夹死虫子。"

这话叫王一鸥羡慕死了,不禁心想:"我要是燕飞飞就好了。"

这是王一鸥的"我要是……就好了"时期。"我要是……就好了",王一鸥经常在心里默默地想。有时对面走来一个极其普通的胖胖的少女,她也会在心里想:"我要是她就好了。"连跟李树田学秦韬玉的《贫女》时,王一鸥也边听边想:"这贫女感觉长得漂亮,还能做那么好看的衣裳,为什么不自己穿起来去嫁给有钱人呢?那样的话,我要是贫女就好了。"

这个时期的王一鸥想当任何人,唯独不想当自己。这也许是因为她总比周围人长得弱小,也许是因为她生就带着鹤川人的自卑。

"咱山里人……"鹤川人常这么说,带着自怜又自恋的语调。好像生为山里人,就是一块单纯又质朴的边角料了;大世界、大世面都跟自己无关了。

燕飞飞转身钻进街边一扇窄窄的院门。鱼多云和王一鸥跟进去,一面灰尘满布的粉白镂空花墙挡在眼前。她们绕过花墙,拐入游廊,深绿的小湖、暗红的旧六角凉亭便忽然出现。凉亭上围着一圈半人高的铁栅栏,看着很突兀,显然是怕人落水新增上去的,现在就有四五个女孩子趴在上面看鱼。

燕飞飞掌控全局地走到凉亭中央:"谁要小便先去小便,待会儿开会就不准去了!"

大家"呼啦"一声,麻雀一般飞向厕所。这园子原是鹤川干休所的一部分,有些年头了,厕所是旧时盖的,还是旱厕。

女孩子们进去后排排蹲下。王一鸥提裤子时忽然说:"听说南方可富了,内裤都只穿一回,不洗就扔掉。"

她这话明显是巴结燕飞飞,因为只有燕飞飞是南方人。果然燕飞飞骄傲地接住:"没错,我们南方人从不穿旧衣服。"

也不能笑王一鸥,那时全鹤川人都对"先富起来"的东南沿海、江浙地区怀着金光闪闪的想象。不过不管如何金光闪闪,鹤川人都始终心平气和。他们接受了"山里人"的命运:天下大了,哪能人人都生在苏杭?

旱厕臭气熏天,奇妙的是紧挨着厕所的一树洋槐花开了,大力地发出甜香。女孩子们鼻尖的味道就变得时香时臭,又香又臭。她们快速跑出厕所,惋惜地回头看那一串一串明洁的白花:"开在厕所旁边,肯定吃不成啦。"

"今天我要安排任务。"回到六角凉亭,燕飞飞说,"大家都认识高飞、黄毛吧?"

女孩们纷纷点头:"认识,成天在校门口剥钱,我也被剥过。"

黄毛?鱼多云想起那三块钱和那一拳一脚。

"他们还……"一个女孩向另一个女孩咬耳朵,"还问我抗'日'不抗'日'。"

"真的?"另一个女孩紧张地问,"那如果真有人要强奸你,你怎么办?"

女孩护住胸口睁大羊一样的眼睛:"我一定咬舌自尽。"

鱼多云一捶栏杆:"说!要我们干吗?!"

燕飞飞红菱般的嘴唇一弯:"勾引他们,和他们结对子,那样我们就也有势力了。"然后她又点兵点将一样点众人,"你勾引黄毛,你勾引王浩,你勾引赵斌,你勾引……"

王一鸥领过任务后呆呆的,感觉好像站在一堵墙前。连她都觉出这事难以实施,但现场仍然蓬勃出一种激动人心、大干一场的氛围。

鱼多云则大惑不解地指着自己鼻尖:"我勾引黄毛?"

燕飞飞确定地一点头:"对!因为你还算漂亮。我最漂亮,我勾引高飞,高飞是大哥。"

鱼多云在嘴里聚了一大口唾沫,在燕飞飞脸前憋了一会儿,转头"呸"的一声全唾到湖里:"我勾他妈的×!他剥我三块还没还呢!"

燕飞飞红润的脸蛋往下一掉:"我回家了。要来我家的跟我走。"

瞬间,凉亭里就剩下鱼多云一个人。天彻底暗下来,湖水把整个小园变得很冷。鱼多云咕嘟着嘴坐在逐渐漫起的水汽中。

8

燕飞飞住在文卫路上的五金店里,前店后家。整个门面漆成火红色,生意当然也很红火。"南方人会做生意嘛。"鹤川人这么说。

王一鸥从敞开的红漆板门进去,稀奇地看见一条L形柜台,里面摆满了一盒一盒的螺丝、螺钉、螺帽。燕飞飞的爸爸,一个穿红色毛背心、黑胖、满脸油的男人,立在L形柜台的拐角处;再往里,一间暗而高的里屋内,燕飞飞的妈妈,一个穿黄色花衬衫、腴嫩、大嘴巴的女人,坐着板凳叉开腿用板刷使劲刷着一大盆田螺，盆里的水绿油油的。

王一鸥吃惊道："这能吃吗？"

燕飞飞的妈一笑，用明显的南方口音说："能啊，从你们学校后面田里的水渠里摸的，好吃的。"

这又明显是种南方口味。王一鸥不由得皱起鼻子，暗暗发了个恶心。

燕飞飞立在旁边，心里一阵不爽快，伸手拉亮灯。

这下大家彻底看清了班长的起居室，他们家把南方的阁楼也搬来了，就在燕飞飞妈妈背后那块肮脏油污的厨房上方。大家没见过阁楼，呼啦一下都顺着红漆木梯往上爬。王一鸥落在最末，但也看清了阁楼的真面目。

悬空、窗户小小、混沌不明。阁楼被分为两半，一览无余的这半属于燕飞飞的弟弟燕俊俊，碎花小帘遮掩的那半属于燕飞飞：小虎队、何家劲、刘德华从墙上探出头来迷人地向她们笑，三指宽的窗台上放着一个泡沫大提琴模型。

王一鸥对燕飞飞说："你睡这儿感觉像玩过家家。"

燕飞飞面色古怪。

王一鸥忙改口："是艰苦朴素。"

燕飞飞满面怒容，勃然转身下楼。

这时燕俊俊回来了。这男孩除了像姐姐一样白嫩，五官全走了形，该大的小，该小的大，该挺的塌。王一鸥盯着燕家爸妈忽然了悟：他们是把两套五官中好的先挑出来给了姐姐，剩下的才胡乱给了弟弟啊。

燕俊俊谁也不看，默不作声地钻进阁楼。只是等大家告别时，他忽然跑下来当众使劲一摁燕飞飞的鼻子："把你鼻子摁塌！"

燕飞飞抬手一巴掌打在他头上。接着便是弟弟喊妈妈，姐姐嚎爸爸，热闹得大家都舍不得走了。

走到凄清向晚的街上,王一鸥才想起鱼多云。她回到湖与凉亭,只见鱼多云果然还在那里,眼睛呆呆地望着前方。

"你回家吃啥?"王一鸥高兴地奔过去问。

"凉馒头吧。"鱼多云抱着书包站起来,肚子里一阵咕噜,身上也冷。

"馒头我只吃馒头心,不吃馒头皮。不过馒头皮卷白糖核桃我吃。"王一鸥说。

鱼多云听得一呆,没想到馒头还分心和皮。

"你没吃过吗?"王一鸥奇怪地问,"那你今晚就到我家吃吧。"

这时她们已走过丹鹤江上的小桥,右手边站着一大片高大的桐花林。桐花正开,好像一群雌性的颠顸的巨人,浑身挂满一串一串甜腻的粉紫色大喇叭。王一鸥打了个喷嚏:"太香了。"

鱼多云从满地落花里捡起一朵,几只吃蜜的蚂蚁从花心爬到她手上:"你看。"

"啊啊,我不拿。"王一鸥把手背到背后。

这时,"咚"的一声,后面伸来一双大手把她俩的头碰了个响。两人大叫一声回头,只见路灯光和月亮光下,一个疯癫的男青年赤身裸体连笑带颠地跑进花林不见了。

鱼多云拽起王一鸥就跑,直跑到卫校大门口:"吓死我了,是小卖部那个疯子,成天光屁股蹲在他家门口,把门口都蹲出了一个坑。"

"我知道那个人,"王一鸥揉着头惊魂未定,"走,快回我家。"

门诊楼闪着红字温馨地就在前方。

鱼树蕙把晚饭端出来,鱼多云吃惊地张大了嘴。两只碗带着盖儿(其实是盅子),揭开露出淡绿微甜的粳米粥;馒头心像两块雪压着碟子边上的幽绿兰草,馒头皮卷白糖核桃则乖巧地躺在另一只碟子里;还有一碟凉拌菠菜,一碟干炸小带鱼。鹤川最便宜常见的鱼就是这种带鱼,鱼树蕙把它凶狠丑陋、龇牙瞪眼的头剁掉,剩下鱼身切成菱形。

鱼多云迫不及待地夹了块鱼咬了一口,满嘴是刺,但仍眯眼笑了:"甜的。"

"吃吧,炸的时候放了点儿冰糖。"鱼树蕙温和地说。

鱼多云把刺都嚼碎咽下去。王一鸥磨磨唧唧地催一口吃一口,嘴里还燕飞飞、燕俊俊地说个不停。特别是姐姐燕飞飞打了弟弟燕俊俊一巴掌,特别响。

坐在沙发上泡脚的王安升冷笑一声:"我还不知道那个姓燕的?超生游击队嘛,生了儿子从浙江逃过来的!"

鱼多云、王一鸥吃惊地咀嚼着"超生游击队"这个词组,很难把它和骄傲美丽、人中龙凤的燕飞飞联系起来。她们仿佛看到一个月黑风高之夜,一身红的燕飞飞牵着弟弟扯着父母,逃出家门,扒上火车……

"他妈的,连开五金店的都有本事生儿子!"王安升气愤地跺出一地水花。

鱼树蕙眉头一皱随即铺平,小声提醒:"孩子在呢。"

鱼多云走时发现王家的布门帘上绣着橘红色牵牛花(其实是凌霄)。再回味,她家夜里开台灯,淡淡橘红的光,把夜晚都变得温暖了。

"你妈太好了。"鱼多云对送她出来的王一鸥说。

王一鸥就用手做个小喇叭,凑上耳朵说了一句话。

这时王一鸥、六一、周萌萌家已从红色筒子楼搬出,搬进新盖的蓝砖灰瓦的平房,一家两间,带一个小厨房。新平房和工人的旧平房很近,鱼多云不用五十步就走到了自己家,真不够她思考王一鸥方才说的:"你妈那么坏,要不你给我妈当女儿吧。明天到我家磕个头就行了。"

在这句话的环绕立体声中,鱼多云推开了自家的门。黄灯泡下,王红梅披头散发,正伸指戳鱼多彩的眉心:"哭,哭!你再给我哭一声试试,试试!"

年仅一岁的鱼多彩没有辜负她,眨巴眨巴眼"嗷"一声放开嗓子哭了。

瞬间王红梅目眦欲裂,张大嘴直喘气,好像要把小女儿摔向地面听个响。鱼多云赶紧冲过去把妹妹救到怀里,俯视坐在小凳子上的王红梅。

我的妈啊,王红梅!这哪是"天女散花"的王红梅?看她那红通通疯子一样的眼睛!看她那揪成鸟窝的头发!看她那被奶水板结了的红马海毛毛衣的胸襟!看她那脸,又肿又皱,还有眼周那些鸟屎一样的斑!最后,这样的王红梅,还发出一声号叫:"哭你妈!全是讨债鬼!"

明天就给鱼树蕙磕头去!鱼多云满心里这么想。

第二天清早,王红梅把冷馒头、豆腐乳、咸菜甩到桌上,把睡梦中的鱼多彩绑到背上,焦躁、仇恨、诅咒一样地说鱼多云:"吃!我还要到食堂上班!一个人养活你们俩,可怜可怜你妈吧!"说完边啃馒头边走了。

鱼多云凝视着肮脏的窗玻璃中王红梅疲沓的背影,不用看都知道,背影前面是怎样一张都没蘸水擦擦眼屎的脸,一对袋子一样垂荡的乳房,还有窝里窝囊的腰和肚子。

鱼多云想起学校门口那只野母狗。年年生小狗,也是这样疲倦,耷拉着眼皮、脚步和一长排的乳房,见了谁都躲。有一天,王一鸥扔给它半个大馒头,它都吃得噎住了。

两行眼泪从鱼多云的眼睛滑到腮边。

走到路上,王一鸥问鱼多云:"今天放学后,你去我家认妈不?"

鱼多云答:"不去。"

9

美术老师秃顶、潦倒,大肚子把衬衫前面顶得满是褶皱,总给人一种宿醉的感觉,最擅长的就是飞快画出一只带蔓儿的葫芦。他喜欢鱼多云:"我教你画葫芦。"

鱼多云把手放到桌子下面:"老师,我不想画葫芦。"

美术老师一愣:"那你想画啥?"又笑嘻嘻调侃,"画好葫芦,以后也当老师。"

鱼多云两眼上翻,嘴巴嚅动,好像很难表达,好半天才说:"我也不想当老师。"

"哟,那你画油画,当大画家去!"美术老师有些不高兴。

鱼多云想想回答:"行。"她有很多想画的东西……那些不属于她的,一下子就消失了的东西;她看到的,别人却看不到的东西。她想用画把它们固定下来。

美术老师扑哧笑了,继而又有些笑不出来——画家?咱山里人——他张张嘴闭上又张开,千言万语汇成一个字:"好。"

音乐老师四十来岁,长着一双牛眼,因为要教几个年级的学生唱歌,嗓子成天"吭吭""吭吭"。经常上课上到一半,他走到教室后面,从竹扫帚上折两根竹枝:"上火了,回去泡水喝,下下火。"

王一鸥回头看着,非常吃惊。那老竹扫帚能有多大功用?泡出来不都是教室里的灰吗?而且动不动这么喝,竹扫帚不迟早被老师喝光吗?喝光了,用什么打扫呢?

"吭吭"老师把王一鸥的小手放在自己的大手心里端详:"指头挺长的,应该学琴。回去问问你爸妈,学不学电子琴?"

老师挑中王一鸥,除了她手长,更因为她爸妈是干部,掏得起电子琴的学费。然而王一鸥回去一问，王安升笑了声说："学那十啥！'学好数理化，走遍天下都不怕'，将来再学财会，坐银行。"鱼树蕙不作声。

从王安升的话中能听出，鹤川人最羡慕的工作就是"坐银行"。好像在银行工作，就能从银行随便拿钱。

家里开小卖部的女同学常看着王一鸥的手指预言："小拇指长，坐银行。大拇指细，数钱币。"王一鸥的手像鱼树蕙。鱼多云低头一看自己的手，心想完了，银行肯定坐不上。周萌萌在旁边用巨大的大小眼看着这一切，扑哧一笑，走了。

10

春天，国家领导人要访问鹤川。

一开始大家都以为是谣言，结果竟然是真的。整个鹤川顿时成了一锅沸水。只有小学生们傻傻的，每天还是上课听课，下课玩耍或穿过泥巴操场去上厕所。学校厕所是座里外贴满白瓷砖的大房子，远望闪闪发光，走进去两大条通坑，通坑定时冲水。

等领导人真的到访那天，鱼多云却只看到一片空白寂静，好像连麻雀也消失了。

大家这么安静是怕吵着领导人吗？不然就是"咱山里人"的心理又来了，平时见不着大世面，好容易大世面自己来了，鹤川人却连忙偏过头不看："咱山里人……"

寂静之中，领导人来了又走。他走后，鹤川才重回沸点，咕嘟咕嘟地热议起来。王安升最为激动，议论最多，虽然他也跟大家一样待在家，连领导人的屁都没闻到。最后议来议去，小学生们印象最深的是，领导人如何上厕所的问题。要知道，从文明的省城到半文明的鹤川，中间可隔着六个小时荒山野岭的路程。关于这段秦岭之中的路程，鹤川人有许多笑话。

比如某年冬天,雪大极了,满山立着老高老粗的冰柱子,车轮上了铁链都跑不动。跑不动只能停着,天黑了,外头雪花乱舞,一车人饿得咕咕叫。这时,某位卫校医生的压力就很大,因为只有他有吃的——一只在省城买的奶油大蛋糕。等天再黑一黑,大家再饿一饿,一个小孩哭了,这只用来给老父亲祝寿的、有许多白胖奶油寿桃的蛋糕,就提前进了众人的肚了。这足见山路上除了冰雪什么也没有。那领导人想上厕所怎么办呢?只好沿路造上许多红砖厕所。

为什么是红砖,不是蓝砖或者灰砖,或者是学校那种大白瓷砖呢?鱼多云、王一鸥疑惑地想。这个问题始终没有答案。因为,这全是大人们瞎编的啊!

有一件事倒是真的,就是领导人走时留下了一幅字:"发扬老区精神,振兴鹤川经济。"

王一鸥问爸爸什么叫"老区"。王安升答:"就是以前打过仗的,现在最穷的地方。要不是穷,领导人来慰问啥?"说完就干他的事去了,留下深受打击的王一鸥。王一鸥觉得生活得挺幸福的,自己怎么就成了全中国最贫穷地方的人?

关于领导人的热议渐渐消停,1995年5月1日,中国第一个双休日到来了。

全鹤川人都觉得不可思议。一周放两天假,这么长的假!鱼多云和王一鸥一到周五就像踩进了棉花糖堆里,感觉前方全是软和轻。

周六全天都在天堂,放开了玩,直到周日的黄昏到来,她们才忧郁起来。天啊,这么长的假日竟然也过完了,而作业呢,还没写。

1995年,便在如此的轻软和忧郁中飞走了。

11

梨花落后清明节,全体师生照例上烈士陵园扫墓。大家当然都很高兴,因为这就是春游。

一个瘦老太太提篮卖白纸花,五毛钱一朵,像簇簇雪,许多人买了别在胸前。大家按班级排队上山,进了陵园的彩绘门楼,站到汉白玉纪念碑前。学生代表燕飞飞抹着两个红脸蛋儿,上去一通声嘶力竭,热泪盈眶。鱼多云左右看看,王一鸥眼睛红了,周萌萌呆呆地若有所思,六一嘴咧得老大在那笑。

礼毕,女校长喊声"解散",大家瞬间进入春游模式。陵园里绿树成荫,亭台成趣,更好玩的是那些灰砖围成的坟包,迎春花垂枝拂拂,好像许多长满绿色丝发的大脑袋。大家在脑袋间你呼我喊,你追我闹,红领巾四处飘拂,好不热闹。

女校长立在亭子里望着这一幕微笑。

王一鸥举着一瓶打开的健力宝跑又跑不快,喝又喝不完,弄得很辛苦。好容易找到鱼多云,鱼多云半躺在一座烈士墓上看天。

"看你白衬衣弄上了泥,小心你妈又打你啊。"王一鸥气喘吁吁地提醒,嘬口健力宝。

鱼多云看着许多白云缓缓漫过蓝天:"不怕,我的衣服我自己洗。"

"你现在就自己洗衣服呀!"

"我还给多彩洗尿裤呢。"

这时李树田走来:"你俩干吗呢?"见鱼多云站起来,头上顶着一朵星星般黄灿灿的迎春花,李树田笑了,"这是你们最后一次扫墓啦!七月就毕业啦,能考上鹤川县中学不能?"

不等两人答话,李树田忽然想起自己到处转是要干啥,发急道:

"还玩儿哪！赶紧往门口走，大部队要回学校了！班长燕飞飞呢？还有学习委员，叫啥来……赶紧召集咱们班的人到陵园门口排队！"

鱼多云听了抬脚就跑，一路呼朋引伴。王一鸥在她身后举着健力宝辛辛苦苦跟着，不时泼泼洒洒地喝一口。

小学升初中成绩出来，鱼多云和王一鸥险险上线，没考上中学的是周萌萌。

周萌萌的妈要求周萌萌的爸去教育局查成绩。周萌萌的爸——外科周大夫，一个脸色暗沉的高个胖子，大厚眼镜也乌突突的，像只不高兴的熊猫——就踩上二八加重自行车去了。鹤川教育局在主街上，是一座有着三层楼的小院，离县委不远，小院中央也有一棵大椿树。

周大夫从树下过，找到"招生办公室"，话还没说完就被怼回去："封卷了，查不成！"

周大夫出门顺手就去鹤中交了借读费。两千块哪！真是肉疼。

夜里，鱼多云被蚊子咬得生闷气，出门一路狂奔，绕过枇杷树，爬到高高的水塔顶。不料周萌萌竟然已经先在，鱼多云挨着她坐下："你可不要想不开。"两人的小腿垂荡在蒸热的晚风中。

月亮像张贴画贴在天空右上角。周萌萌手里拿着块白色的东西，另一手"嘶啦嘶啦"从中扯出闪光的黑丝条。

"我再也不听歌了。"周萌萌说。原来她在扯磁带，旁边已经扯坏了一堆：张学友、周华健……

鱼多云想说你不听了可以给我呀，转念又想到自己并没有复读机。水塔口在她们背后喷出阴凉的湿气，黑暗中鱼多云看不清周萌萌的脸，却想起周萌萌那个经典表情。就是她在人群旁边用巨大的大小眼看着一切，然后扑哧一笑，转身走了的表情。

这个表情周萌萌经常用到。比如，大人们热议红砖厕所的时候，又如前阵子那位鹤川籍的作家在全国出了名，有人便说："我还不知道他？小时候和我一个村的！家里穷得连菜都吃不起，由他妈给他拴个酸菜罐罐带到学校去。脸上成天挂两溜儿绿鼻涕，抬手就擦，把袖口都浆住了。"大人们听了哈哈大笑，在心里记下好再传给别人。周萌萌在旁边用大小眼看着一切，又扑哧一笑，转身走了。

现在，周萌萌失去那个表情了。

第二天早晨，空气清洌，露水沉重，鱼多云带着鱼多彩出门。没走几步，她们的光腿上就起了层鸡皮疙瘩。真凉啊！

这时看去，姐妹俩完全不像。鱼多云不浪费卫校食堂的一粒米、一滴油，头发粗得能当床刷，眼珠黑沉，个高腿长。鱼多彩则完全像吴永芳，小细腰肢，小白脸蛋，嫩嘴巴像是仓促画上去的一条极短的红线。

"好洋气哦，一点儿不像咱山里娃。"卫校人别有用心似的说。

因此，鱼多云看待鱼多彩的态度一直是：外客。她和王红梅才是鹤川人，是一家子；多彩呢，迟早要还给别人的。

有一天，鱼多彩见别的孩子在爸爸脖子上"骑大马"，露出疑惑又脆弱的神情。鱼多云在旁边看着，心里忽然像吹了穿堂风一样通透——把鱼多彩还给吴永芳呀！把鱼多彩还给吴永芳，把推脑袋、苍蝇拍，还有满口脏话还给自己，不是刚好吗？

两个女孩越走，太阳越高，露水蒸发，空气渐渐发热，终于到达目的地。"唰啦"，银行恰在她们面前升起银光闪闪的闸门。

"吴永芳！"

柜台里一位跟吴永芳差不多白瘦、戴眼镜的年轻男人正整理票据，被鱼多云这一号吓得一抖，夹子都掉到桌上："大清早的……什么吴永芳？"

"就是吴永芳！吴永芳是她爸！"鱼多云指着被柜台挡住的鱼多彩，

男人看了一眼,什么都没看见。

紫红头发、靛蓝眉毛的中年女人正趴在桌上剔牙,闻言却抖擞而起,趴到窗口伸长脖子看鱼多彩。"后面那个门儿。"她垂下眼皮笑嘻嘻说。

一个穿制服、领导模样的中年男人忙喝止她:"别胡说!哪来的小娃,快回去!"但他也站起来看鱼多彩,紧绷的黄脸皮下说不好哪里也在笑了。

银行后面确有一扇精钢防盗门,门对着一片荒芜的沙地。鱼多云走上前去举手擂门:"吴永芳,你出来!我是鱼多云,你给我买过珍珠项链!我把你娃带来还给你了!"

静悄悄的,吴永芳不出来。

"哐哐哐!"鱼多云又擂了一会儿,四下寂静,回应她的只有大块缓移的热风。几根草有气无力地摇摇,好像已经尽力。汗水流进鱼多云眼睛,鱼多彩"呜——"地哭了。哭声薄扁,像刀片在空里刮。鱼多云一下发起怒来,朝门吐一大口唾沫:"吴永芳!缩头乌龟!坏蛋!自己的小孩都不要!"唾沫裹着许多大小泡泡淌下去,精钢防盗门发出胆怯的嗡嗡声。

"你别后悔!"鱼多云最后又擂一记。

远远的,鱼多云看见鹤川中学,金绿梧桐树影里,中学灰蓝的大门紧闭。以后就要到这儿上学呀?鱼多云想着,一个熟人踽踽从灰蓝的背景上走过。是女校长。离开学校她好像缩小了,还老了很多岁。鱼多云不由得追上去想叫"校长好",却发现校长右手拎着袋黄瓜。新鲜的黄瓜,带着嫩黄花蒂,校长枯瘦的手背青筋纠结。

鱼多云大吃一惊,随即大失所望。女校长竟然也买菜、吃饭?还吃黄瓜。和王红梅吃一样的黄瓜?

此前鱼多云对女校长最后的印象,是她在升旗台上讲话。她额头开阔，眼睛对着所有人，但所有人都觉得她单对着自己。

"你们，要好好长大，好好读书，将来学成本领，建设国家。"

鱼多云被那目光点燃，胸口鼓胀得要爆出来，恨不得马上读书，马上学成本领建设国家。

这以后，鱼多云再也没有见过女校长，也没有见过吴永芳。原来即使在鹤川这样的小城，人也会像水滴入海、落花入泥一样彻底消失啊。

1996—1999

1

1996年6月1日是王一鸥最后一个儿童节。儿童节平平淡淡地过去，儿童王国平平淡淡地给她销了籍。

鱼树蕙照例摆出四菜一汤，王一鸥吃了两粒米，羞涩地问："妈，外国女人来不来这个？"黄头发，还那么高壮，恐怕不一定吧？

鱼树蕙尴尬地答："怎么不来，来啊。"

王一鸥又问："那猴子呢？"

鱼树蕙又是尴尬又是好笑："别问了，赶紧吃饭！"

王一鸥便吃饭。感觉静静的，她母亲看着她。王一鸥从饭碗里抬起头，只见母亲欲言又止，终于说："以后是大人了，要心里有数！"王一鸥从母亲的眼神里感到自己变了，好像多了某种危险、令人嫌恶的特质；又好像未来有危险、令人嫌恶的事在等她。

王一鸥背上书包走回学校，走进花园。鹤川中学有两座花园，前花园围绕着升旗台，后花园围绕着大音乐教室兼礼堂。音乐教室是苏联时期的遗物，充满外国味儿，墙壁挂满长条的窗，本身似乎就带着乐声。王一鸥的心变得轻松起来。

鱼多云也喜欢花园，尤其是后花园。它们和"石上藤萝月"有亲，和王红梅有仇。脚踏风琴声里，紫丁香、白丁香，丁香丛中立着汉白玉雕像：两位民国少女面对面促膝读书，背部合成一个圆。非常优美，可惜胸被坏男生摸黑了。

课间十分钟，王一鸥走到鱼多云面前别开脸小声问："你来月经了没有？"

鱼多云冷冷地答："嗯。"

鱼多云感觉世界在迅速地膨胀、裂变，丰富多彩又骚动混乱，好像世界也跟她一起进入了青春期。

吴永芳不存在后，鱼多彩就实打实地留在了她家；擀脑袋、苍蝇拍，还有脏话，彻底消失了。

王红梅下班带姐妹俩到卫校澡堂子洗澡，洗到一半骂鱼多云："烫猪毛哩，还没烫够？回去把现成的饭热上！"

鱼多云掉头走出水雾缭绕的澡堂子，冷气一侵，遍身起栗。更衣间和天寒地冻只隔着层钻风的枣红木门，冬天脏衣服的怪臭与刺鼻的香波味儿争相搔人鼻孔。大妈袒着稀松乳房，小孩撅起光屁股，每个人都红得像虾，叫着骂着往身上套衣服。内裤、秋裤、毛裤、外裤，一层层扭在湿黏的皮肤上不肯服帖，越急越冷越穿不上。鱼多云低头看见自己的胸和大腿像面团一般发起来，丑，太丑了，像男生那样平坦多好！迎风奔跑，没有一点儿负担。

蹚着湿漉漉的路灯光到家，鱼多云的头发结成了一绺绺酥脆的小冰棍。她点火热饭，冰棍化了，水珠滴进脖颈。这时王红梅和鱼多彩嘻嘻哈哈地出现，一个抖晃小膝盖嚷"好冷好冷啊"，另一个抖晃大膝盖嚷"好冷好冷啊"！

鱼多云扶门看到这亲亲热热的抖晃画面，心里一阵痛苦，甩头回桌上扒饭。

吃完伏在数学书上乱画，忽听旁边有人说："妈，看鱼多云胡画啥？还以为她写作业呢。"

王红梅在时，鱼多彩就是这么贱。鱼多云坐着比妹妹站着还高一些，刚好方便出手就是一耳光。接着，鱼多云渴望已久的苍蝇拍终于回来了。

"犯什么病？缺你吃还是缺你穿？"王红梅边抽边问。

鱼多云不吭声瞪住王红梅。王红梅抽得更快。

鱼多云敌不住松了口："你不喜欢我，我走啊！"

王红梅停住手一愣，想了想，气笑了："你多大了？还吃奶不吃？走走走，你有本事现在就走！"

鱼多云起身就走。鱼多彩停泪让路，"咣啷"，热水瓶被碰倒，开水和着壶胆的水银碎末灿灿地流淌开来。

"日你妈！"王红梅扔掉苍蝇拍边收拾地面边骂鱼多彩，又把鱼多云忘了。这时鱼多云走不走都显得多余了。

第二天早晨，鱼多云来了初潮。她见过王红梅行事，把一沓黄草纸折一折，变成菱形放在内裤上。王红梅看到一愣，说："省着点儿纸用。"

随着外面的小吃店如雨后春笋般冒出，卫校食堂一天比一天冷清。工人们互相看着，一边隐隐害怕一边侥幸：人多着呢，又不是我一个，看领导咋办。王红梅不会侥幸，也不信领导，只能极力撙节。

鱼多云眼睛肿成一条线，从鼻子里"哼"一声，昨夜的余怒未消。从此她落下一个毛病：每次来月经前必要发怒、找事，找谁的事都行，因为她有满腔愤怒。

上课时，鱼多云感觉许多热的凶猛的鱼争相奔出。她只好死死坐定，帮助草纸捉住它们。课间上厕所，燕飞飞看见她丢掉被血浸得沉重的草纸，再把大张草纸折一折塞到内裤里，不由得大笑："鱼多云，你怎么不用卫生巾？我就说你上学干吗带一大堆纸,还以为你感冒流鼻涕呢!"

鱼多云提上裤子恶狠狠地答:"我一点儿都不想来什么月经。也不想长毛!"说完啐出一大口唾沫。

2

一股热舞的狂潮忽然席卷鹤川,和春风一起。鱼多云发现大人们再也不在电视机前消磨漫长夜晚,而选择去又臭又闷的歌舞厅。没多久,就流传出这样的笑话:某银行系统的两口子,因跳舞认识了工厂下岗的另外两口子,竟然双双出轨,互相交换了老公老婆。

"这下好啊,"人们笑说,"刚好扶贫啦。"

燕飞飞对此一撇嘴说,南方跳舞的地方才不叫"歌舞厅",而叫"夜总会"。"哦……"鱼多云和王一鸥张大嘴,这词一听就更流光溢彩、纸醉金迷——不愧是南方。

狂潮也席卷了王红梅,她渐渐一下班就去跳舞,好像家里只要有馍和鱼多云就够了。半夜跳回来饿了拿个冷馍吃,吃着吃着,发现鱼多云脑袋枕在枕头上冷冷地看着她。

王红梅背过身。下岗既然还没发生,孩子既然还饿不死,就先彻底陶醉进"蹦擦擦、蹦擦擦"里吧。

"不白活一回啊,凤飞彩云追!"王红梅扭动着。舞厅天花板上疯狂旋转的灯球,周围浓稠得令头脑发昏的空气,暧昧不明的人群,都在向她喊话:日他妈,快活一天算一天吧!

王红梅就这么复苏了,在音乐中抛却一切累赘,重新成为一个活蹦乱跳的女人。还是个好看的女人!丰韵犹存。她是从男人的眼神和手掌中体味到这一点的。她不知道,自己其实跟这间破厂房改成的大众舞厅一样,靠灯光和气氛骗了人。她跳得戒断了一切愁烦,戒断了两个女儿,只想舞,舞,舞。

于是,鱼多云不但少了半个母亲,还多了一个女儿。好在只有她在时,鱼多彩乖得很。

放学路上,鱼多云问王一鸥:"你妈出去跳舞不?"

王一鸥答:"不跳。"

鱼多云吃惊:"那你妈晚上干啥?"

"看书,看我!"王一鸥一脸丧气,"就坐在我背后看。"

鱼多云更吃惊:"你又不是三岁,看你干啥?"

"看我写作业。"

鱼多云扑哧笑了:"那你妈看你时看啥书?"

"张爱玲、琼瑶,《红楼梦》。你看不?我借给你。"

"看,我上语文和政治课的时候看。"

说到这里,丹鹤江上的小桥到了。这时江上光线变得昏暗,黄蒙蒙的路灯亮起,桥栏杆上一排秃鹫般坐着、靠着十来个不良少年。几颗红星明灭,他们在抽烟。

每天王一鸥最紧张的就是这一刻。她低头含胸,两腿僵硬,在他们狼和狈般的目光中苦苦跋涉。

"你抓我干啥?"鱼多云甩她的手。

"我紧张。"

鱼多云站住:"怕什么!"她恶狠狠地回瞪那些人。

鱼多云直觉这伙少年和她一样的穷,家里不是有骚爹懒妈,就是有病爷瘫奶。她洞悉他们的无聊和迷茫。他们每晚这样坐在丹鹤桥上,背靠着寒森森、黑洞洞的江水紧盯住来往的每个人,其实根本没什么原因,只是既看不到未来,也不知道现在该干什么罢了。她才不怕。

但隔天中午,太阳很晒,鱼多云和他们迎头撞见,其中一个油头痘脸的，忽然直勾勾地盯住她的胸。很快，那双眼里射出怪异的光，淫邪，恶毒，讥讽，好像要往她胸前扎个洞……鱼多云不禁被那目光击倒了。她头虽然昂着，肩膀却不自觉地下塌、内扣，她含胸了。后来她发现，除了王一鸥，还有很多鹤川女孩走路都含胸。她们也被那种目光击倒了吗？鱼多云在路上细细挑选，最后选中一块尖而轻的红砖残块，放进口袋。

王一鸥却感觉这些少年颇有力量。他们支撑着小城里的邪恶骚动，和江对岸忽然冒出的红绿霓虹灯闪烁的"镭射放映厅""皇家卡拉OK"相互勾连，形成一个不可接近的危险旋涡。不可接近的东西正是有致命魅力的东西，又有势又神秘。

在这种印象的启发下，王一鸥开始了她对两性世界的认识。因为这样的开头，她直到成年都搞不清男人心里到底在想什么，永远隔膜，但觉得他们有势又神秘。

3

燕飞飞是班上唯一和危险势力搭上关系的女生。她现在彻底成了个两眼含星、胸前颤动的美少女，众多追她的人里，就有黄毛。黄毛现在是鹤川少年"黑社会第一把交椅"。

"男朋友还谈不上，吊着他。"燕飞飞这么说。然而黄毛很快就帮了燕飞飞的大忙。

五月，学校开运动会，燕飞飞穿着专门制作的红色制服裙、举"初二（三）班"的牌子走开幕式。举完下来她有些热，就把外套脱了挂在手臂上，一个高高壮壮的高中部女生忽然跑来把她的外套撞掉了。

"眼睛呢？给我捡！"燕飞飞颐指气使。

那女生也厉害，不但不捡，还抬脚上去一顿乱踩，把钉着鲜黄色流苏肩章的外套跺得全是脚印。

燕飞飞气呆了,半晌哑着嗓子说:"今天不给我捡起来,你等着看!"说完留下满是脚印的外套,在"哦哦"的起哄声中一扭屁股走了。

燕飞飞气鼓鼓地回自己班里坐下。这时艳阳高照,树影荫翳,大喇叭呜啦呜啦响,那个高中女生拿着脏衣服穿过操场走来,四处转着头找燕飞飞。没过一会儿,鱼多云和王一鸥还没弄清楚怎么回事,就见燕飞飞佝偻在凳子上捂脸哭。

一个女生告诉她们:"燕飞飞被人照脸吐了一口唾沫。"

王一鸥听了小声嘀咕:"吐了就吐了,她还能咬人家高年级生吗?"

结果这天放学,她们就见了大世面了。学校门口黑压压一片,好像在拍鹤川版《古惑仔》,全鹤川的不良少年都来了。为首的是黄毛,他押住那个高中女生先啐了一口,然后让燕飞飞打。燕飞飞就像扇她弟弟那样扇高中女生的头:"你给我捡不捡?你给我捡不捡!"

太有势了啊!王一鸥惊呆了。作为一个彻底的鹤川人,她对这种出风头的事又害怕又羡慕。她不禁在心里幻想,要是也有人愿为她披荆斩棘,摘星捞月……

所以,不久后黄毛转头"挂"王一鸥的时候,王一鸥真是受宠若惊又真的心惊。

"你不是爱燕飞飞吗?"有人问。

"谁说的?"黄毛怅然中难掩失意,"燕飞飞就是我妹。"

王一鸥不敢拒绝,由着人家押送她回了一次家。正当她绞尽脑汁想如何拒绝时,黄毛趴到她脸上看看说:"远看你还挺靓,近看一般啊。"

王一鸥真是太意想不到了,黄毛"挂"她竟是因为近视眼。他又不学习,怎么会近视呢?反正说完这句话,黄毛就转身走出了王一鸥的小世界,让她继续做干净乏味、无人问津的少女。

几天后,王一鸥郑重地对鱼多云说:"我决心冰清玉洁,与世无争。"

鱼多云摸不着头脑:"为啥?"不争,妈都被人抢了。她不知道那是王一鸥从电影里学的:白衣飘飘的女主角,在青山碧水间娇滴滴地说,我唯愿冰清玉洁,与世无争。

但王一鸥决心执行这个政策后不久就恋爱了。这段恋爱长达一年半之久,把她小小的脑瓜烧得片甲不留,差点没考上高中。

那是个穿淡紫色韩版牛仔裤的少年。鹤川从没有过淡紫色的牛仔裤,在王一鸥眼里,那是紫罗兰色。裤子往上,是宽宽大大、潇潇洒洒的白衬衣,鼓着风帆。风帆上的少年回头,王一鸥看见他白皙的脸、单眼皮的眼。

王一鸥一下就爱上了。这少年是卫校院里一位退休牙医的孙子,刚从省城西洛转学过来。"一屋子光葫芦,没一个爱学习的,"老牙医直抱怨,"还把最皮的撂这儿叫我管!"

王一鸥梦里都在凝望少年的窗。早晨天不亮,她到花园摘了月见草插进玻璃瓶放到他窗口,还压着信。信写在精品店里买来的又厚又硬、压着花纹的韩国信纸上:

月见草花语:默默的爱,不羁的心。

W. Y. O
1997/6/7

最先发现这些信的是老牙医,攒好几封后不耐烦了才给淡紫少年:"你妈把你放到我这儿是让你好好学习,你却给我闹早恋!幸亏你是男孩子,不然我得操多少心!"

少年看完这些唧唧哝哝的信,随手一扔:"谁知道 WTO 是谁!"明明是"WYO"来着。

少年打扮得这么潇洒,又是省城来的,在鹤中很快出了名。有一天,燕飞飞来女生堆里报告最近的重大消息,王一鸥听着听着心里一坠,跑出去在厕所门口堵鱼多云:"你跟贾嘉阳'好'不告诉我?"

鱼多云两手捂住裤腰整个人扭了一扭。她上完厕所老有这个动作,好像这才能把裤子穿正了,王一鸥不由得露出嫌弃的表情。她跟鱼树蕙讨论过,为什么很多农村小孩会在人群里整理裤腰,鱼树蕙答:"你不要跟着学,不雅。"

不雅的鱼多云一脸蒙:"什么贾嘉阳?"

"贾嘉阳说要'挂'你,你不知道吗?"王一鸥拉着老长的哭声。

"挂"这个字在鱼多云脑里化作一段画面:她和王一鸥好好地走着,贾嘉阳忽然扔出一只大钩子,先一甩挂住王一鸥的脖子,再一甩挂住她的腰,于是她俩像软虫一样挣扎着扭起来。

想到这儿,鱼多云打个大哈欠,两腿撇开,肚子挺出,拳头快举到天上,王一鸥看见了她喉咙里的扁桃体。鱼多云昨晚没有睡好,鱼多彩大概肚里有虫,五岁还不敢自己上厕所,半夜想尿、做了噩梦、肚子饿、肚子疼,都喊姐姐。鱼多云一边骂她一边起来给她喂热水、喂干吃奶粉、带她去菜园子尿。鱼多彩边尿边用小手紧紧拉着她的手。

王一鸥瘪瘪嘴转身走了,放学自己早早回家,到贾嘉阳窗下等。

等到天黑,贾嘉阳才神采飞扬地回来,胳膊里夹着只篮球。

"贾嘉阳!"王一鸥喊。

贾嘉阳一愣,好像在辨认她是谁。王一鸥闷了一会儿,忽然整个人像把标枪似的直冲出去,枪头是一封信。贾嘉阳吓得往后一退,篮球都掉了,才接住招。王一鸥已经扭头跑了。

两天后,王一鸥收到回信,也写在一张带卡通画的信纸上,是这么说的：

　　我都不知道你是谁，我怎么就移情别恋、大尾巴白眼狼了？我"挂"鱼多云，是因为无聊！

　　下午放学在校门口等我。

J. J. Y

　　王一鸥差点兴奋得昏过去，旷掉自习课提前在校门口等。甜蜜像一碗烧酒烧着她的心，又像一把锯在拉她的喉咙。等贾嘉阳终于踏着夕阳吊儿郎当地出来时，她都筋疲力尽了。

　　两人并排往卫校走，路灯忽然亮了，仿佛一切花也同时开了。

　　王一鸥扭扭捏捏地问："我们这就算'好'了吧？"

　　"什么叫'好'？"贾嘉阳用普通话反问。

　　王一鸥解释："'好'就是一起上学放学，一起写作业——就是谈恋爱！"

　　贾嘉阳偏着头看她："你几岁啦？"他可不想只是一起上学放学，一起写作业。

　　王一鸥答："十三，快十三了，还差五个月。你呢？"

　　贾嘉阳十五，但他没说。

　　走到卫校的单元楼下，贾嘉阳眯眼趴到王一鸥脸上看了看。王一鸥忽然升起一股不祥的预感——"咱们断了吧，不'好'了。"贾嘉阳果然说。

　　所以，喜欢她的男孩都是近视眼，看清了才发现她长得一般般？王一鸥站在当地，化作伤心耻辱的盐柱。

　　贾嘉阳的爱只持续了不到一盘磁带的时间，王一鸥的爱却一直持续到他回省城考高中。在一片高光中，贾嘉阳越跑越远，脸部逐渐模糊，高光尽头，是遥远繁华、高人一等的省城。

贾嘉阳离开前，鱼多云到牙医窗下喊他。贾嘉阳撩开红绒窗帘看看，不一会儿跑出来。鱼多云第一次仰头仔细看他的脸，发现他是肿眼泡。

"你找我干……"

不等贾嘉阳说完，鱼多云以迅雷不及掩耳之势扯掉他白衬衣上第二颗纽扣就跑。王一鸥紧张地等在单元楼拐角处，双手接住这战利品。

从此事可见，当时日漫《一吻定情》已经入侵鹤川小城。王一鸥的幻想随之换成"我要是F班的相原琴子就好了"。

相原琴子，不，王一鸥把那枚纽扣穿上红线，戴在胸前。但当天洗完澡后扣子就不见了。

她问鱼树蕙，鱼树蕙警觉地说："我没动。"其实是她扔了。

等王一鸥擦干头发坐回书桌前写作业，鱼树蕙才过来严肃且厌恶地说："你好好学习，少'猴'！才多大！""猴"是鹤川土话，"无事作妖"的意思，但鱼树蕙这里还带有"不正经"的批评意味。王一鸥浑身一颤。

"楼上内科张伯伯的女儿你知道吗？早早胡混，找了个不像样子的人，高中都没上完就跟人跑了，现在她爸爸根本不认她！都不知道在外面干什么呢！女人走错一步，就一辈子痛苦！"鱼树蕙提高声音。

后来在王一鸥的成长过程中，卫校大院里不断有少女走错路，踩进鱼树蕙话中的陷阱。像白狐狸一样聪明漂亮，作为卫校歌舞担当的小护士禁不住社会青年的纠缠"失足同居"、结婚，然后在三十岁时带着孩子离婚，孤独苍白地凋谢了；护士长文静美丽的独生女儿，管不住自己，鬼迷心窍嫁了个司机，醒过味来悔之晚矣，得了抑郁症……卫校院子仿佛一座消过毒的大型闺阁，从这里长大的女人必须严严格格、规规范范地结婚生子，才能继续安全活着。然而，王一鸥脱离鱼树蕙后也"行差踏错"，不过那都是后话了。

鱼多云对恋爱结婚这事有她自己的见解。卫校有好些美丽的护士姐姐，纤手纤脚，淡白脸庞，风一吹，额发好像拂动的花蕊。忽然有一天，她们在脸上乱来起来，绿眉毛浮出，红嘴唇凸出，如此不多久，就会有个男人骑着自行车把她们驮走。恋爱结婚，就是变丑，鱼多云想。随后她们就消失了。

4

有一个人没有消失——她妈王红梅。

跳舞是会跳出事，但卫校人没想到王红梅跳出了这么大的事：和一个丧偶的县团级老干部好上了。

老干部本来绝不会来工厂歌舞厅的，但那天在江边散步时硬被一个不长眼的、受过他一点儿恩惠的、在北新街卖牛仔裤的远亲给拉去了。还没喝完一杯啤酒，就认识了王红梅。

老干部已死了一年的老伴是位中学教师，一辈子齐耳短发加列宁装，精神和肉体都是铁板一块：严肃、认真、奉献。待王红梅跳得一身大汗，整个人像大功率音响般往他对面一墩，老干部的心里立刻起了歌声："正当梨花开遍了天涯，河上飘着柔曼的轻纱。喀秋莎站在那峻峭的岸上，歌声好像明媚的春光！"

卫校人背后都说，肯定是王红梅把屁股撅到人家怀里去了，其实真不是。是老干部先鼓起勇气摸王红梅手的，倒叫王红梅大吃一惊。看着不像呀！老干部退了二线，威严虽然没了，但文气还在。

王红梅抽回手，嫌他太老。老干部也知道她嫌自己老，五十六岁了，王红梅才三十五。于是在抓耳挠腮了两个月后，老干部对王红梅说："我是个严肃认真的人，相信'不以结婚为目的的恋爱都是耍流氓'。红梅,咱结婚吧。"

这诱惑是致命的,王红梅差点当场答应,只好紧紧闭住嘴。结婚的好处像秃子头上的虱子明摆着:鱼多云、鱼多彩吃饭上学的问题解决了,而她马上就是县团级领导夫人——快退休的。

王红梅感到凄凉又满足。

老干部的新婚姻遭到他前小舅子的强烈反对。小舅子认为这是对他死去姐姐的侮辱:他姐,一位一辈子兢兢业业、体体面面、没有丝毫差池的人民教师,竟被个婊子样的食堂大姐接了班。

老干部和前小舅子绝了交。

但新的婚姻生活却不像老干部之前想象的那样美妙,反而逐渐滑向前小舅子诅咒的方向——"叫你死前都不得安生"。严肃认真的前妻没让老干部为家里操过一点心,连病都是忙完女儿的婚礼后才生的,因此老干部不知道家庭还可以这样乱套:

一个娇滴滴动不动就扁桃体发炎的小丫头;

一个怒冲冲阴晴不定的大丫头;

一个跳舞成瘾、蛮横无理的娇妻。

而在这之前,他明明看这三个女人都觉得很可人疼啊!还以为老了老了能珠围翠绕,知寒知暖呢。

这天,他终于忍不住说王红梅:"你一个结了婚的女人,能不能注意点儿影响,不要再去歌厅跳舞!"

刚换上大舞裙的王红梅眉毛一立:"我在食堂累死累活一天,晚上还不叫人松泛松泛?有本事,你把我调到图书馆,我立马不跳了。"

"调到图书馆"这事是卫校其他人撺弄的。自从和老干部结婚后,常有人调侃王红梅:"哟!'夫人'还端馍哪?让咱老领导给你换个岗位嘛。"

王红梅气得牙根痒，脸上却不屑地一笑："现在食堂里还有什么事呀，晃晃悠悠就是一天，哪像你们护士，三班倒。我这叫老鼠滚进棉花窝——谁舒服谁知道。"

说得来人讪讪的："倒也是。"

但又有人说："舒服确实舒服，可面上不光啊！叫老领导把你调到学校图书馆呗，既轻松又体面！"

这话把王红梅说动了。卫校的图书馆离食堂不远，是个独门小院，月亮门里两排灰瓦白墙的平房，放着些陈年病案和有用没用的医学书、文学书。她天天从那儿过，月亮门里静得只有鸟叫，满地树荫。有时能看到一个长得像鱼树蕙的女人，穿着白大褂，笑微微地推着辆小板车整理书籍。

回去王红梅就跟老干部闹上了。

老干部很无奈："我和卫校院长倒是熟人，但那芥籽大的图书馆，哪里还用招外面的人？那本就是给带事业编制的人的闲位子。难不成，你还想进体制保险箱呀？"

王红梅这次真把屁股撅到了他怀里："就要进保险箱，就要进保险箱！"

老干部又是笑，又是皱眉："别胡说了，编制是你想要就能给你的？你一个初中毕业生。"

一听这话，王红梅"噌"地站起来，脸上挂了霜："我初中毕业咋啦？你都五十七了！"

五十六！老干部想更正，但气得没说出话来。

"你小姨子扫大街都有编制呢！"王红梅愤愤地揭露，"她上过什么学？"又说，"我跟你图着什么了？图着白天还是图着黑夜了？"

这话更厉害，憋得老干部半天才问："那你愿不愿意扫大街？"

王红梅又不愿："那是老婆子才干的活儿，我就想去图书馆。"

又绕回去了。

退居二线后，老干部每晚都坐在家看电视，看得很认真。鱼多云也想看，但又不想和他坐在一起。后来她发现站到自己卧室的门下，打开的天窗玻璃就刚好映出客厅电视的倒影。

鱼多云仰着头，通过那鲜艳、变形的影子，她看到香港回归，山鸡跟陈浩南扛刀狂奔，至尊宝对紫霞说："你看那个人，好像一条狗啊。"

香港便是这样朦胧变幻，一会儿潮湿嘈杂，一会儿干燥灼热，总之不可捉摸。

香港，比南方更南，比未来更远。鱼多云想，自己今生都不会去吧。

5

王红梅在老干部这里是真娇。这天，家里来了客人，一个是鹤川政协前主席，一个是鹤川政法委前书记。三个老头正就着花生米喝酒，王红梅在阳台喊：

"老王，给我取个夹子。

"老王，把这盆拿走。

"老王，帮我晾被罩，我一个人抖不开。"

政协主席和政法委书记把眉一皱，老干部讪讪的。王红梅还继续喊："叫你呢，咋回事？快！光顾盖不顾洗啊？被头全是你的哈喇子印儿！"

政协主席和政法委书记气得站起来，说声"改日再聊"，走了。

走到外面，政法委书记说："老王怎么晚节不保，娶了这么个不晓事的'妖精'！"

政协主席一缩脖子笑了："老伙儿，心里知道就行了。"

老干部忍气帮王红梅晾被罩，心中却想：你在食堂端的那一笼蒸馍多重啊,到我这里一块布都抖不开了。

因为心里存了气,晚上王红梅再出去跳舞,老干部就更不高兴。好容易等她跳舞回来,又把鱼多云揍得鬼哭狼嚎。

"出去放啥骚?比我回来得还晚,也不管鱼多彩!"王红梅嚎。

"你生的,凭什么让我管?"鱼多云嚎。

"还犟嘴!到底上哪儿疯去了?!"王红梅更高声地嚎。

"跳舞去了!"鱼多云仰脸回嘴。

"嗖!"鸡毛掸子断了。鱼多云没了声,抱紧腿缩成一只球。

老干部在旁抱着鱼多彩劝这个拉那个,最后,放下多彩穿上外套出去了。回首灯光通明的县委家属院,他心中感慨,这里以前都是静悄悄的,现在,他家算出了名。

老干部走进他在县委大楼的办公室。这间办公室下个月就要被彻底收回,新人即将到任。人活年轻时。老干部睡到里间那张曾陪伴他处理紧急文件、事件的小床上,辗转反侧了半夜。

第二天起迟了,大半个县委的人眼看着已经退居二线的老干部清早从办公室离开回家去。有人悄悄笑说,老夫少妻,服不住哇。

老干部回到家,罕见地看到王红梅臊眉耷眼地坐在豆浆、炸馍片和凉拌菠菜后面。

昨晚王红梅也想了一夜,觉得这事都怪跳舞。如果不跳舞,就不会遇见那个像吴永芳的年轻人;不遇见像吴永芳的年轻人,就不会受他的气,就不会回来打鱼多云。

事情是这样的:在老干部和风细雨般的娇惯下,王红梅膨胀了,遮住了老干部的"干部",光剩下个"老"。这么老还能图啥,只能自己乐呗,不然还不把人亏死了。于是,她做了一堆裙子,交上狐朋狗友,成天呼风唤雨,像回到十八岁。昨晚她穿了件喇叭裙,由八片黑色凡尼丁布缝成,跳舞时呼啦啦转开好大一片,亮光闪闪,周围的人都得闪远。

她在跳快四时看见了"吴永芳",心"咚"地一跳,直沉到底。这时"吴永芳"一个甩头,灯光恰好打在他侧脸,睫毛影子都映得一清二楚,她这才知道认错了人。吴永芳现在也有三十岁了吧?

王红梅默默回座位,不料"吴永芳"竟跟上来。王红梅僵僵的,"吴永芳"却随随便便拿她喝剩的雪花啤酒喝:"跳一个?"

舞场跟灯球一起呼呼旋转,王红梅血液乱流,头晕目眩,吃吃乱笑,酒不醉人人自醉。她前进一步,他后退一步,她气恼不进了,他又丢个饵。王红梅气他耍她,又原谅了他。他不过是个什么都没有的寂寞弟弟啊!

然而一个女孩子很快把那空虚寂寞填补了。摆着八片凡尼丁布喇叭裙的王红梅走进灯下,看见那个女孩子。丑死了,吃了多少苞谷才把脸宽成那样,浑身还披挂着农村的太阳和风。

"吴永芳"看到王红梅后先是讪讪的,随即把脸一正。好像他的嘴从没叫过她"姐",手从没搂过她的腰,腿从没挨过她的腿。

一股郁气从胃里直顶到嗓子眼。王红梅伸手接受卫校锅炉工人老聂的邀请,旋转到舞场的另一边,心里喃喃:"要是当年……"

正想着,小碎×拨开昏暗流荡的灯光挤过来:"大!妈!"她用蹩脚的普通话喊,"回去小心挨你老头的揍!"

喊完她调皮地逃回人群,由着"大妈""大妈"的回声在王红梅脑海里反复播放。王红梅立刻回骂,但迪斯科音乐像潮水一样盖过来,把她外强中干的骂声淹没了。

王红梅的喇叭裙摆黯然垂下,头昏脑涨地离开了。

回到家,看到老干部和鱼多彩坐成一排看电视,活像祖孙俩。

"老头揍……"她心里陡然涨起一浪愤怒跟绝望。这时门一响,鱼多云冷冰冰地出现。王红梅也冷静下来，但绝望暴躁更甚，就提起鸡毛掸子。

豆浆、菠菜和炸馍片没能挽回老干部的心，两天后老干部还是提了离婚。王红梅一边吃惊，一边不知怎么竟也松了口气。好像一只老在泥坑旁转悠的狗，终于掉下去了，反而安心。

"行吧，不过就不过吧，我收拾收拾东西。"她说。

这两天老干部夙兴夜寐，跟派出所的前小舅子商量，跟法院的老朋友打点，一定、坚决、绝对不给王红梅张狮子口、耍赖皮狗的机会。王红梅这样干脆，叫老干部也一边吃惊，一边松了口气。

扯完离婚证，为保以后再也没有往来是非，也为了一点余念，老干部给了王红梅三千块钱。

王红梅回卫校重租了一间平房。躺进1997年的冬夜，王红梅长吐一口气，然后轻松失意又自暴自弃地躺得更平——"咱这样的人，没有当夫人的命。"

就这样，折腾了一年，母女三人似乎又回到了原点。

不对，是母女两人。王红梅发现，鱼多云还没回家。

6

鱼多云正滑行在风中。1997年给鹤川的大人准备了歌舞厅，给孩子则准备了旱冰场。两处一样，除了嘈杂的音乐和灯光什么都没有，但人们会用生命自带的快乐去填充它。

"押金十元，每小时二元"——穿上旱冰鞋，半大少年们与其说是滑冰，不如说是"冲冰"，一群一群亡命般地在场中飞速冲撞。若是仔细看，还能看到边吊着石膏手臂边撞的。

鱼多云从母亲再婚起开始滞留旱冰场，有钱时滑，没钱时看。她不想回老干部家。那单元楼的三室两厅里,茶几上铺着旧白桌布,沙发上裹着旧白垫子,床单上铺一层旧白床单。鱼多云偷偷揭开看,发现旧白底下的一切竟都鲜亮如新。黄的鹅黄,绿的青绿,红的鲜红。

这是为什么?鱼多云松开手打了个寒噤。她问王红梅能不能把那些"白尸布"扔了。"死了的那个弄的,几十年都这样,我一来就改呀?"王红梅小声哼哼。

鱼多云只好躺在白布上怀念卫校,怀念灰蓝的旧平房,怀念油污黏嗒的绿窗纱,怀念地上拖不掉的血红油漆点子,怀念使劲磕一下才能关上的枣红木门,怀念门口菜园子嘤嘤嗡嗡、施肥后臭气熏天的绿叶黄花。

周萌萌、王一鸥来旱冰场找鱼多云玩。周萌萌自上初中就学疯了,永远是全年级第一,巨大的粉红大小眼越来越怪异。有次她在前面走着走着,忽然停下冲旁边张牙舞爪,可她旁边根本没有人。鱼多云赶紧用肘子顶王一鸥,王一鸥却毫不在意,说周萌萌学成这样就该怪,不怪才怪呢。

周萌萌在场内观察五分钟后,拒绝穿旱冰鞋。王一鸥刚穿上便被鱼多云拉进池子,加入疯狂的滑冰长龙。不等反应过来她就被甩飞了,整个人摔得平躺在旱冰场上,尾椎和后脑勺同时发麻。从那后王一鸥就打死不下场了,只能在心里幻想自己是风一般的女孩。

鱼多云风一般"嚓嚓"地滑着。场中的音乐震人胸脯,能聒噪死人的土音响把 BEYOND 的声音噪成了崔健:

年月把拥有变作失去,
疲倦的双眼带着期望。嚓——
今天只有残留的躯壳,
迎接光辉岁月。嚓——
风雨中抱紧自由,

一生经过彷徨的挣扎。嚓——

自信可改变未来，

问谁又能做到？嚓嚓——

左一下、右一下地"嚓"着，旱冰场没有暖气，鱼多云弓腰前冲，任冬夜冷风针砭她的脸。在这一左一右的滑翔中，学校消失了，王红梅消失了，鱼多彩消失了，老干部消失了，独自"呼呼"拔节长高、胸和大腿像面团一样发大的恐惧和羞耻也消失了。鱼多云时而用手背抹掉快流到嘴上的清涕跟别人疯笑；时而一脸冷酷一骑绝尘，似要独自闯荡世界。

7

年跟前，鱼树蕙买了一身大垫肩西装式白色大衣，颇有点港范儿，里面搭配浅紫毛衣，灰格子中裙。王红梅在路上看见说："鱼老师，穿得太素了吧。"

王红梅离婚后，鱼树蕙就不知该拿什么脸色对她。苦着脸吧，王红梅泰然自若，同情显得多余；笑盈盈像对其他人一样吧，王红梅毕竟又刚离了婚。

就在鱼树蕙万分纠结的当儿，王红梅已经走过去了。她边走边想：世上就有鱼树蕙这种女人。也不知道哪里不如人，找了个那样的男人，低拐拐小掐掐，生的孩子也蹙蹙缩缩。就这，她还像腿上拴了绳似的除了菜市场哪都不去；偶一出门，树上掉片叶子都怕把头砸了，连食堂工人都巴结。这么活有意思吗？——我不羡慕。

鱼树蕙则望着王红梅的背影想：世上就有王红梅这种女人。别人是趋利避害，她是趋害避利。怎么敢那么活？

王红梅这次回来可把卫校人高兴坏了，活像给每个人嘴里塞了枚十斤重的橄榄，别提多好嚼。"夫人落马"啦，"搞年轻的"啦。

鱼树蕙没有参与这次群嘲。不知怎的，她嘲笑不出来。

王红梅对鱼多云说："我不跳舞了，我卖菜啊。"

鱼多云发出了一声："喊。"

但不久后鱼多云发现竟然是真的，因为她妈晚上回来不再带着热烘烘的烟味汗臭，而是换成了寒冷鲜活的葱气土味。

王红梅起了卖菜这奇怪念头的原因，是卫校食堂的老张出车祸死了。人都说他是管进菜时钱挣太多，"张"死的。王红梅跟老张关系不错，一边伤心一边找领导。

领导说："这事有人接了。"

王红梅忙问："谁接了？你收了他多少钱，我也给！只要换成我。"

领导指着门让她出去，还说再胡说就要告她。

王红梅觉得领导假惺惺。不收钱还能叫领导吗？我没要告你，你反过来还要告我，我有什么好告的。王红梅转身就跑到丹鹤桥菜市场找摊位去了。

"现在干部都下海哩，我反正要啥没啥，就这三千块钱，光了就光了。"王红梅说。

结果搞完摊位，那三千块钱真的光了，而且食堂的饭碗也丢了，领导嫌她旷工。

"人是假的，"王红梅一边害怕一边对鱼多云感叹，"你看你张叔，说没就没了。怕啥，你说人除了死还怕啥，我怕啥？"其实她怕得要命。

于是，王红梅无缝衔接，由舞疯子变成菜疯子：白天蹲在丹鹤桥菜市场看摊，逢周三、周六半夜两点就起，蹭别人的卡车去省城进菜。

半夜山里黑黢黢的，两只大灯破开深夜。灯外的山像睡着的兽，脊背起伏，起伏，没完没了。王红梅睡不着也不好意思睡，她得跟司机逗乐子赶困，贡献嘴头上的便宜——不然人家干吗带她？开夜车太寂寞，遇见前面有车，司机甚至会冒死赶超一下，就为一个抖擞。被险超的司机吓得忙踩刹车，一边骂一边也收到一个抖擞。有了王红梅，这种抖擞就可以免了。

出山后黑夜消失，西洛的天倒扣下来，半明半暗，无边无际，不像鹤川的天被群山圈着，只有茶壶盖大。随着城市的出现，天低俯下来，渐渐被梧桐和电线、楼房割得稀碎。

早晨五点，城市还未醒来，一切还像在梦呓。清洁工是零零星星的，洒水的、拉土的、拉货的大卡车占据大道，纷纷轰轰前行。

蔬菜批发市场则彻夜不眠，大灯高照。冒着顶头风，王红梅跳下卡车，立刻掉进菜和人的旋涡。菜太多了，地面滚着烂菜，水泥台上堆着好菜，人们手里拿着正讲价的菜，来回穿梭的出租三轮车里装满已谈定的菜。谈定了，一辆三轮车奔出去装车，人立刻往下一个棚去，新三轮车又跟上来，人、车都急里慌张。

这是在抢钱呀！王红梅不由得也急慌起来，紧跟住众人旋转。无数菜根上的土抖落着，无数鞋底上的灰驰扬着，来自五湖四海的灰你冲我突。王红梅看了一大圈，叶子菜没敢动，只进了一百斤萝卜、一百斤冬瓜、一百斤土豆。出来后，她对着渐青的天伸长脖子打个干咽。第二次就知道了，她戴上卫校的大厚棉口罩，不一会儿鼻孔的位置就是两个大黑窝。

戴口罩的王红梅也是女人，爱说爱笑的女人。进完菜上了卡车，一问别人的进价，她偷着乐了。

但回了鹤川王红梅就乐不起来了。她天天卖菜卖到午夜。

"日他妈，我非要干到市场关门！明天我还要第一个进门！我干死他们！"王红梅发狠。

不怨王红梅,丹鹤桥菜市场是片丛林,大家在那里互相撕咬使绊子,只要能损人,别说不利己,损己都干。比如,王红梅的五十斤南瓜冻了,她低价刚一出,隔壁家立刻把自己的好南瓜也低价出了:"凭啥让你王红梅出那么多!"结果王红梅剩下的乃至全市场的好南瓜一下都掉了价。她唯一的办法,就是疯咬疯抢,干死他们。

鱼多云看着亲妈,感到她的外表又经历了一次翻天覆地的改变。看那厚棉裤勒圆的粗腿大屁股;看那被风割得丝丝缕缕的红脸皮;看那红萝卜一样的手;看那眼角蒲扇一样的褶,还到处飞眼儿。这才几个月啊,从舞场到菜场,王红梅活活地又变出了个新的自己。

很久后鱼多云才了解,她妈其实从来没有变过。疯狂给鱼玉山找吃食的王红梅,跟吴永芳谈恋爱的王红梅,夜夜跳舞的王红梅,凌晨两点起床边风骚边进菜的王红梅,始终是同一个人。

鱼多云看不下去,扭头继续搓脸盆里的棉衣,盆里的水乌黑。这是她唯一的一件厚外套,实在脏得上不了身了,得洗了放在炭盆上烤一夜,明天再接着穿。

王红梅踢掉带着二两泥的鞋,把脚往被窝里一伸:"大半夜的,你洗它干吗?"

"你管呢!"鱼多云端盆到外面的水池里投肥皂沫。

王红梅把洗小了的红马海毛毛衫从头上拽走:"你比你妈都'猴',还讲干净。去上学又不是去勾男人。"

鱼多云一抬手把盆掀了,棉衣吃饱了水"啪"地摔到地上。鱼多云被自己的怒气吓了一跳:"谁勾男人谁知道。上学?全班就我不上晚自习,要管妹妹!"

王红梅"啪"一下,关灯睡了。

鱼多云摸索着捡起沾了冰泥的棉衣,借着冬夜微弱的光"哧哧"继续洗,感觉自己脚下不断下沉,整个人掉进一个委屈愤恨的黑洞里。下雪了。

第二天天明,王红梅已经不在家了,鱼多云觉得整颗头好冷。难道火盆灭了?不好!她忙翻身起来,火盆果然灭了,棉衣果然还是湿的。

"起来都不知道加点炭!"鱼多云再次恨死了王红梅,咬咬牙穿上湿棉衣。

还好外面太阳出来了。但一开门,"冷"就在她脑门上敲了一棒。消雪更冷啊!鱼多云给鱼多彩裹吧裹吧,两人踩着冰雪往净泉山去。今天绘画社全体社员约好在那里写生。绘画社是鱼多云春天时背着王红梅参加的,为此,她还跟老干部要了十块钱买纸和2B铅笔,半年画出好些球体、圆柱体。

从净泉山上俯瞰,鹤川像被冻进一块又高又透亮的冰里,万物清晰得残酷,拖着长而淡的影。鱼多云在尼姑庵门前等了又等,不见一个人。鱼多彩十分钟闹一次要走,最后被她一巴掌扇好了。

鱼多云等得憋不住到庵里上厕所,发现自己又来了月经。幸亏厕所窗上放着一厚沓草纸。出来她拽多彩回家,整个人又湿又冷又疼,折成菱形的草纸又一直往后腰跑,一路走得十分艰辛。

过后鱼多云才知道,原来这天的社团活动早取消了,因为只有她家没有电话,所以没有接到通知。

8

1998年除夕夜,王红梅警告鱼多云:"你今天少找事,我不想叫你流眼泪。"因为过年不能哭,不然一年哭到头。

王红梅说这话的时候,王安升恰在后院儿又哭又嚎,鱼树蕙和王一鸥急得一人扯一条袖子把他往回拉。幸亏邻居都在放鞭炮,噼里啪啦声中听着不太明显。

王安升哭的是:"王霸槽!你是不是人呀!多年的老伙计原来你就这么坑我呀,你就这么不把我当人呀,你坑了我一辈子呀!"

在他的控诉声里,王菲和那英一句接一句地唱:"来吧,来吧,相约九八!来吧,来吧,相约一九九八——"

把时钟往前拨两个小时,王霸槽在鱼树蕙刚摆上年夜饭时,来了。按说这天不是待客的日子,但王霸槽一进门就说:"我要离婚呀。"

人们对他人的倒霉难免又好奇又欢喜,何况王霸槽作为王安升的本家发小,从供销社停薪留职下海挣下大钱,是王安升想成为而没能成为的那种"能人"。王安升不由得就留了他吃饭。

鱼树蕙默默从柜子里取出一组碗筷汤匙。王一鸥怕王霸槽,低头咬了小半口莲菜在嘴里没完没了地嚼。

假如鱼多云看到王霸槽,一定会觉得他长得完全像个猪头。整颗头圆滚滚沉甸甸的,嘴唇像条发紫的香肠,脖子后面夹着三根香肠,手伸出来是五根香肠。他说话也沉甸甸的,有种刚愎傲慢的气势,显然他凡事都比别人想得深,凡人都比别人看得准。

王霸槽一坐下,还没有惹王安升哭,先把王一鸥惹哭了。

他问了几个最让孩子讨厌的平常问题后,见王一鸥答得腼腆含糊,就神情沉痛地下了定论:"你这娃不行。我搞了多年的人事工作,你这娃不行,性格不行。"他也不看王一鸥,只对王安升摇头又摇头,然后沉稳果断地夹了一大片熟牛肉。

王一鸥大过年的忽然被判了死刑,不免想找句厉害话驳斥,但话没出口脸先红了,最后从嗓子眼里挤了句:"子、子非鱼,焉知鱼之乐。"

这句语文课本里的话在此时此景脱了口,着实好笑,反倒坐实了她"不行"。果然,王霸槽像抓到证据一样说:"啧,太内向了,现在的社会内向根本不行。羞脸子能干啥?"

王一鸥眼泪涌进眼眶里。

王安升不自在地挥挥手:"喝酒,喝酒。"

鱼树蕙当然不高兴,但她害怕自己露出不高兴会叫别人不高兴,所以还没露出来就提前觉得抱歉了。于是她抱歉地张嘴眯眼笑着把女儿推回卧室,把客厅留给丈夫和朋友。

朋友边吃菜边说妻子的坏话。王安升摇头咂酒:"俩娃暂时叫你爸妈看着也行,但你也不能长期一个人过呀。"

王霸槽一笑,含混道:"我倒想一个人清清静静地过一阵子,人多事烦。"那笑里含着娇羞的成分。

王安升又惊又嫉,猛拍一把好朋友的背:"你他妈的,你他妈的。"好像除了这句话无以表达他的感受似的。

两人越聊越倾心吐胆。吃完喝毕,王霸槽从油光发亮的香肠嘴里长喷出一口酒气,沉重道:"兄弟,老哥其实有一件事对不起你。"

王安升笑:"不提了不提了。"

但王霸槽坚持:"当年邮递员把车蹬到村口,只有你的通知书,没有我的,我就替你领了。唉,当时小,不懂事,都走到你院里了,却把信撕了搅在猪食槽里让猪吃了。后悔,后悔啊!"

王安升呆呆的,半天才问:"啥学校的通知书?"

王霸槽摇摇头:"不是啥好学校,鹤川师专。"

王安升把盅子里剩下的酒喝完。往事从脚底一层一层堆上来,热气则从头顶一层一层退下去,不一会儿整个人就好像浸在了凉水里。

"唉,说实话,这些年我心里一直替你加着一份熬煎,怕你混不成。好在你现在还行。你这性格,将来混个科长,就够了,安安生生的。"王霸槽再次下定论,手搭上王安升的肩。

王安升整个人像鱼一样一摆，把他的手甩掉。王霸槽又给自己倒了一杯酒，喝完站起来走了。不一会儿，窗户外响起桑塔纳发动的声音。

然后就发生了刚才那一幕，王安升跑到后院儿仰头对天哭喊："王霸槽我日你妈！"

第二天起来，王安升要回王家村上坟。鱼树蕙小声说："谁初一上坟啊。"但还是跟着去了。

两个人一人骑一辆自行车。王一鸥坐在王安升身后，捂着耳朵缩着脚。

到了村里先回老房，王安升进院站了一会儿，忽然抬脚狠狠踢了猪食槽一脚。老房什么都变了，漏窗朽椽，乱竹颓墙，柿子树老得像锈铁，唯有猪食槽一点儿没变，仍是一条石头槽。王安升的脚指头好疼。

上坟要先上山，王一鸥边爬边到处看。山黄蒙蒙的，天也黄蒙蒙的，爸爸的身体在黑蓝色新呢大衣里显得有些空荡。路上几个浑身泥土、满脸苦纹的人，一见到爸爸立刻站住，又嫉妒又讨好地问："你咋回来啦？"有的人还加一句问王一鸥，"娃，你看农村好不好？"

不需要回答，那人低头走远了。王安升介绍说："这是个堂伯。"

鱼树蕙穿双漆皮鞋，在麦地的田埂上踩了两脚粪水味儿的黄泥，一到坟前就使劲用绿麦苗擦鞋："也没下雨呀，怎么这么多泥。"

王一鸥拔了根麦苗，偷偷把芯子叼进嘴里。鱼树蕙以迅雷不及掩耳之势抽出来扔掉："脏不脏，脏不脏?！浇了粪的！全是细菌。"

王一鸥小声辩解："甜的。"

放完一挂红皮鞭，王安升蹲到蓝色硝烟笼罩的坟前："妈，我当年考上学啦。"又回头告诉鱼树蕙，"我妈病多，我本来想学医呢。"

鱼树蕙摇头说："学医辛苦，干到老学到老。算啦，算啦，还能咋呀。"

王安升烧完一刀纸,又把坟上的荒草拢拢也烧了。火焰在荒草丛间迅速蔓延,哔哔剥剥的,风一吹忽地高扬如旗帜。

王一鸥有些害怕:"不会把山点着吧?违法的。"

但不一会儿火焰就在梯田的断口处自己熄了,只燎着一点儿坟包后的柏树。柏枝发出浓密的辛香。

坟前清净了,碑面露出斑驳红字:慈母白氏引娃之位。

在鹤川土话里,"引娃"就是带孩子的意思。那奶奶的名字翻译过来不就是"白带孩子"?王一鸥有点想笑,这算什么名字!白氏引娃带大了五个孩子——三个姑姑,一个小叔,一个爸爸,然后就病死了,王一鸥从没见过她。

那天从山上下来后,王一鸥就再也没听王安升提起通知书被猪吃掉的事。后来,大家好像都把它忘了。

春天来了,梧桐初引,学校的红叶李盛开,在升旗台后落了圆圆的一地白瓣。早晨外面下了细雨,老师叫大家早读后去升旗台前集合,参加雕塑落成仪式。

雕塑披着红绸,冒雨耸立在教学楼前。大家冒雨按班级排队站好,仪仗队冒雨吹吹打打,校领导冒雨在台上站成一排。校长说:"感谢为我校捐赠雕塑的鹤川著名企业家,王安仁。大家鼓掌!"

鱼多云拍手:"这个王安仁长得好像猪头啊。"

王一鸥眯眼一看,可不是嘛,那明明是王霸槽啊!

王霸槽,不,王安仁和校长合力把红绸扯下,一尊高大美丽的汉白玉外国女神像就露了出来,头后一圈放射状钢管,表示神光灿烂。

"Sol。"周萌萌低声说。

"什么?"鱼多云低声问。

"索尔,北欧神话里的太阳女神。她弟弟是月神。"周萌萌答,"我小时候在书上看过。"

"哦……"鱼多云和王一鸥一同点头。细雨纷纷,她们对着太阳女神行少先队礼,都觉得这雕塑还算可以。不过,学校里干吗要树一座太阳女神像?还是北欧的神,那么远。

总之,太阳女神就这样在鹤中矗立了很多年,不管刮风还是下雨,不管天阴还是天晴,直到钢管光轮的焊接处全都生锈了,黄褐色的锈水染脏了她洁白的卷发。

雕塑落成后不久,王霸槽,不,王安仁又来到王一鸥家。王安仁、王安升,听名字好像亲兄弟似的,也不知道他俩谁学的谁。反正两人俨然已经和好,依旧称兄道弟。

晚上王安仁走后,王安升坐到书桌前对鱼树蕙说:"我要大干特干,我就不信这辈子只能当个科长!"但他这年到底连科长都没当上。

就说过年不能哭吧。

9

语文课上鱼多云读《倾城之恋》,王一鸥趴在桌子上写诗:"月见草/在你窗前/醒来。"我的天,我写诗了!王一鸥越看越得意。

但得意不到两秒,空里忽然伸来一只手把诗抽走。这只右手很特别。每逢班主任周苦瓜训话时,它就下意识地、缓慢而均匀地搓着自己的伙伴左手,从手心搓到手指,仿佛能搓出很多泥牛。

"上辈子杀过人的人,就会一直这样搓手。"鱼多云说。

周苦瓜是挺暴躁的。他挨个打迟到的人,打到鱼多云——迟到者中唯一的女生,照旧毫不留情地当胸一拳。鱼多云整个人一晃,幸亏她经历过推脑袋和苍蝇拍,才坚强地挺住了。

王一鸥倒不怕周苦瓜,因为打的不是她。她毕竟是机关干部和事业单位干部的孩子。

两天后,王一鸥把写诗的事忘了。下午正上自习课,周苦瓜在门口叫她:"你跟我出来。"

王一鸥听话地跟他出去,走出教学楼,走出学校大门,顺着鹤中路往南,路过干休所家属院、鹤小附属幼儿园,路过米线凉皮店、蒸饺店,路过柿子树长出院墙的人家,直到丹鹤江忽然出现在眼前。我走到农村了!王一鸥想。没办法,鹤川的城乡距离就是这么短。

成年后,王一鸥多次梦到这片江水和村子。春天焦灼地发蓝,麦地急迫地扬花,江堤涌满青草,江底挤满石头,下午四点钟的太阳好晒,她好渴。

周苦瓜亲切地让她坐上一块高高的青石,开始和她面对面聊天。具体聊了什么王一鸥也记不大清了,只记得那种惊讶,因为老师完全把她当成平等的人。

周苦瓜絮絮说着的时候,王一鸥被河水那闪烁的波光刺花了眼。她低下头,发现老师果然又在搓手了。左手叉开,右手大拇指缓缓地搓过左手手心,左手大拇指,左手食指,左手中指……

"……所以说,少女情怀总是诗。"老师说。

王一鸥醒过神。不知何时阳光变暗,江水生出一阵凉气扑向他们。老师好像怕冷似的忽然离她很近。这时远处有人叫:"二牛!吃饭!"老师发个抖,把她拉下青石:"回学校吧。"

学校已经放学了。暮色四合。王一鸥穿过空荡的操场,跟老师来到他家。他就住在教学楼后的第二排平房里,格局跟鱼多云家一样,客厅卧室不分,而且也有一股奶味儿。

王一鸥站在床旁,看见老师的床单破了一个洞。那个洞旁边,有块洗不掉的圆圆的褐色血渍。老师的老婆来月经时弄的,王一鸥想。她上次也把床单弄成这样,被妈妈骂了。

想到鱼树蕙,王一鸥肚子饿了。

"周老师,我要回家吃饭了,我妈等着我呢。"王一鸥说。

立在门口的周苦瓜猛地拉亮灯。雪亮的白炽灯光下,王一鸥看见老师的嘴角往下压着,额上三道纹又深又重。王一鸥忽然想起鱼多云说的,周苦瓜长得活像苦瓜,身体是又细又黑的苦瓜蔓儿,头是苦瓜。灯光下,他的脸中部真的凹进去那么一块,太像了。

王一鸥从周苦瓜的身边走过,衣服擦到衣服,周苦瓜继续向下压嘴角,表情像是痛苦又像是严肃。

出校门天全黑了。鱼多云站在拐角的路灯底下,低头用脚板摩擦一颗石子。

"你怎么还在这儿?"王一鸥高兴地奔过去。鱼多云自己也说不清楚,甩甩书包答:"反正……我们不是每天都一起回家吗?"

王一鸥牵起鱼多云的手。

"你的手好烧!""你的手好冰!"两人同时喊。

吃完晚饭又跑回学校上晚自习,王一鸥得意地跟同桌讲:"周老师带我去河堤玩了!"

话音刚落,她身边就围了一圈人,没围上来的也远远地关注着她。王一鸥难得享受旋涡中心的待遇,忙继续大声说:"今天河边还挺热。周老师以前是鱼嘴镇中学教书的,我们还谈了早恋的问题。"

在大家热烈却安静的包围里,王一鸥抬头瞥见周苦瓜阴沉着脸站在漆黑的窗外。不等她反应过来,他已转身走了。

下了自习,王一鸥倒垃圾,看见她的被扯碎了的诗。王一鸥怔了一下,没什么特别的感觉。大人总有权力做想做的事,她懒得知道原因。

夏天到来,大家趴在走廊栏杆上聊天。

鱼多云忽然指楼下道："快看，周苦瓜的女儿。"

王一鸥一看，只见光影截然分割的空地上，一个女孩正独自踢毽子。毽子一上一下，上的时候跳进阳光，下的时候跌进暗影。女孩跟她们差不多大，脸白白嫩嫩，就是形状也像个苦瓜。

"那是他前妻生的。周苦瓜现在的老婆是以前鱼嘴镇中学的学生，又给他生了个女儿，还小着呢，还没有多彩大。"鱼多云盯着那女孩继续说。

王一鸥想起周老师家里的奶味儿和那片洗不掉的褐色圆形。

她们换班主任时，家长都很惋惜，因为周苦瓜带的班语文成绩好。

周苦瓜最后一次训话毕，忽然自言自语般对鱼多云说："你应该报个艺术班，以后可以画画为生，不然就是继续过你妈的日子。"这句话一直留在鱼多云记忆深处，像一种威胁或鼓励。她始终无法判定周苦瓜究竟是个怎样的人。

10

洪水于王一鸥来说，不过是电视上发生的事：一群穿迷彩服的子弟兵站在黄滔滔的江水里，铸成血肉堤坝，画外音对他们进行赞美。她不知道其实就在四十公里外，丹鹤江冲塌了三个村子，冲走了五个人，南京市政府向鹤川捐助救灾款二十万元。

王红梅的卖菜事业受到了实实在在的打击。蔬菜进价飞涨，更可怕的是，雨水一多，蒸汽上来，菜一夜就烂了。

鹤川土生土长的王红梅从没见过这样的雨，漫长、黑暗，仿佛带着腐烂的魔咒。初夏的一天，她在桥上往丹鹤江里倒了整整七箱豆王。那些嫩实清香的绿豆角，不等豆粒饱满就被摘下来分拣装箱，专供嘴刁的人享用，现在却全烂成黑水，顺流而去。倒完后王红梅心灰意冷，摇摇晃晃地回家吃下四碗辣子焖洋芋。吃完躺下，一打嗝又溯回嘴里。

雨把王红梅手上的钱都下走了。即便躲在家里不出摊，摊位费、管理费也要交。卫校的水是自打的井水不要钱，但水却喂不饱三张嘴。等真到了山穷水尽的时候，王红梅反而笑了，带鱼多云、鱼多彩去吃馆子。"吃死算屎。"她说。奇怪的是，这样之后却会忽然又来一些钱。

王红梅像幼童手上的麻雀，被折磨得日益暴躁。只要听见母亲嚎"鱼多彩"，鱼多彩的心就一阵狂蹦，嗓子眼儿发噎。她偷偷告诉姐姐："我得心脏病了。"

鱼多云便带妹妹到卫校附属医院的心电图室找医生"看一下心"。医生认识她们，拿听诊器听了一会儿说："心律有点不齐。应该没事，长个子呢。"

所以鱼多云是知道洪水的。洪水会让母亲濒临破产，让妹妹心律不齐。她不知道的是，除了1998年的洪水，将来还有2007年的洪水、2009年的洪水，以及不是洪水的其他灾害，如猪流感、人流感，还有不算灾害的各类社会变革，如拆迁、环保，都将给她留下深刻印象。她好像始终站在时代的风口浪尖上，无论大浪微澜，都会给她以切身体验。

王红梅有生之年头一次失眠，天亮时决定把菜摊子转出去。下完决心她闭上了眼，醒来后外面竟晴了。世界被洗刷得像刚出生一样。王红梅从卫校发光的白墙间走出，走过砍伐过半的油桐林，雌性巨人倒下的地方垃圾升起，金光闪闪，发出湿甜的气味。

丹鹤桥市场在金光里懒洋洋的，因为触到底了，大家反而笑哈哈的。有人昨天去农村拉便宜小青菜，结果三轮车被江水冲走，这会儿拍着大腿诉说，说的人和听的人都笑。

王红梅钻进潮湿的小隔断收拾，心里有种轻松的惘然。这时一只手忽然搭到她肩上："出菜不？"

王红梅回头，是刘大头。刘大头名叫刘红卫，头并不大，深目高鼻，魁伟多毛，像个胡人。因市场上所有人都恨他，所以叫他大头。在鹤川话的语境里，头大意味着目标大，目标大意味着死得快，大头就是"死得快的二傻子"之意。

刘大头也是农村出身，高中毕业之后考了三年也没考上大学，文不成武不就，在丹鹤桥这儿摆了个菜摊。他多年和老婆孩子过着有今天没明天的日子，不知怎么去年忽然转运，碰见了他的高中同学。高中同学是鹤川大饭店的老板，鹤川大饭店是鹤川最高级别的饭店。老板同学看他老实可怜，竟让他管大饭店的进菜。于是，刘大头发了。

但刘大头发得与众不同。比如，市场里大家都雇人，大菜贩长期雇，王红梅这样的忙时雇，都是一个月三百块钱。刘大头雇人却一个月六百块钱。这下全市场的工人都闹着要涨工资，连王红梅找的那个农村小姑娘也跟着嚷嚷，气得王红梅立马把她辞了。

除此之外，刘大头还天天给工人们肉夹馍吃，一顿两个！不然就是羊肉泡馍。搞得个个满嘴油光，趾高气扬。

刘大头还对人吹：万元户算什么，毛毛雨啦，我半个月就当一回万元户！

不过逢着大家压了菜时，他收菜的价格也确实比那几家脸酸心硬的大菜贩高。按说大家应该感谢他，但不，全市场的人还是统一骂他，希望他的生意快点倒。

所以，王红梅一看是刘大头问，立刻说："出！"

傻子谁不杀呀！王红梅让他立马把菜全拉走。回家她躺下想，有了刘大头的钱，摊子说不定就能撑过去。

然而钱没收到，刘大头的生意先倒了。他的老板同学终于听说了"万元户、毛毛雨"，心想，刘大头比我赚得还多！立马把他辞了。

刘大头还欠着许多小菜贩的钱。因此,待他一回市场,大家蜂拥而上,拖马般扑通摁倒,浑身乱掏,连自行车都扣了,最后给他剩两块钱坐蹦蹦车回家。

王红梅没有去掏。倒霉透了,还差这一点吗?这么想着,秋天忽然来了,天清气朗,交通顺畅,菜价稳定,电视里开始播放抗洪救灾表彰大会。王红梅的卖菜事业起死回生,而且,和刘大头好了。

1999—2002

1

  1999 年给人一种特殊的感觉，好像撑竿跳的竿子，抓着它一跃就可以跃入新千年。

  初夏，鱼多云、王一鸥还在教室上自习，周萌萌戴着巨大的粉红眼镜到处晃来晃去。老师说："你回家玩去，别在这儿影响军心。"周萌萌预考成绩全县第一，已被鹤川中学高中部免试录取。

  周萌萌只好晃出学校，到报刊亭买报纸。

  报刊亭的老板戴副黑框眼镜，脸型和五官都没有特定的形状，天天见也记不住长相。不知报刊亭消失后他去了哪里，大概像一滴水融进大海那样容易。这时，他递来一沓印着黑色爆炸性字眼的报纸："导弹""中国驻南斯拉夫联盟共和国大使馆""伤亡"——周萌萌马上把报纸带回学校，老师看完全班看，群情激奋，却不知该做点儿什么好。后来也就过去了，大家上了高中。

  高中女生王一鸥老问鱼多云："我可爱不？"

  鱼多云看着她用美术小剪刀剪刘海儿，剪出来活像两条鲶鱼须，想说什么，但看到王一鸥眨眨眼、鼓鼓腮，努力做出可爱的样子，鱼多云只好说："可爱。"

接着，王一鸥从书包里拿出本少女杂志，钟欣潼、蔡卓妍双生花般在封面上微笑："书上说'一骚二媚三纯洁'，吸引异性的最高境界，其实是纯洁。"

鱼多云瞠目："为什么？"

王一鸥想想："反正要纯洁。"她继续看书，"还要温柔。越温柔越有女人味，越可爱。"

于是，王一鸥就越来越温柔，越来越有女人味，越来越可爱了。每当有新认识的同学问她："你太温柔了，都不会生气的吧？"王一鸥就羞涩地回以一笑。然而接着他们就欺负她。

王一鸥还开始大量阅读言情小说，琼瑶都不够浪漫，席绢、古灵等纷纷登场。这些女作家有个共同特点，就是女主角"承欢"之后，娇嫩的肌肤上必得留下青指头印。这一说明女主角像嫩豆腐一样够娇；二说明男主角爱女主角爱得够狠，真是让人心荡神驰。

现在可供王一鸥幻想"我要是……就好了"的角色变多了。女作家们给她写，她自己坐在课堂上也会编。可惜她又缺点才华，所以只编出一个纯洁、惊惶、无知的女人，又美又完全不知道该怎么办。而男人则因为满心的痛苦、复杂和疲惫，会做出各种狠毒果断的事。不过这正是男性魅力之所在。

总之，这就是王一鸥接受的高中一年级教育。她喜欢的词有：柔若无骨，弱不胜衣，柔情似水，佳期如梦。她喜欢幻想的场景，是废墟之上，一袭白纱裙的女主角泫然欲泣，抚慰硝烟满身的男人。

她在心里搞这些的时候，政治老婆婆，即政治老师，正在台上讲课。老婆婆矮墩墩的，大眼睛胖身体，像俄罗斯套娃，年纪也许四十，也许五十，严肃稳健中有一种童稚般的可爱，说起政治来一套一套——"资本家倒牛奶""集中力量办大事"——跟说相声差不多好听，可惜完全无法抵达王一鸥的内心。看着这样的学生，政治老婆婆的小胖脸上生出冷冷的嘲讽，嘲讽这个小傻瓜。

2

鱼多云差点上不了高中，因为卫校的女教师、女护士劝王红梅："在卫校学个护理，将来再在卫校当个护士，安安稳稳多好。"

王红梅觉得有理。但鱼多云坚决不肯，说当护士就自杀。倒不是恨护士的工作，而是一想要天天待在惨白的病房里就害怕。

王红梅骂顿"日你妈"后随了她，心内却十分犹疑：这狗日的什么时候才能给我交伙食费？

鱼多云也知道母亲开恩，所以周末晚上进菜的事她主动替母亲承担了。

于是，十五岁的鱼多云和几个男人挤在深山中的卡车里，睡着时身体没有界限，热烘烘的，你挨着我，我压着你。

第一眼看到蔬菜批发市场，鱼多云呆了。棚与棚接连不绝，一棚橘红的南瓜，一棚深绿的菠菜，一棚暗紫的甘蓝……大块彩色背景的衬托下，强光映射出人们肮脏的衣褶、纠结的乱发、满地车辙泥泞的暗影——色彩与线条疯狂冲突，人和人疯狂嘶喊，一切好像快要脱线，鱼多云不由得深呼吸。

这时，一只肘子狠狠划过她起伏的胸部。鱼多云疼得差点叫出来，肘子的主人，一个长脸苍黑的中年男人梗着脖子从她眼前走过，满脸隐秘的舒爽和不认账。

鱼多云想上去揪住他问："你干啥呢？"

但他一定会一把甩开她的手："我干啥了？我摸你了？"

他是没摸，只是用身体最坚硬的部分狠狠体验她身体最柔软的部分而已。然后她该怎么说?

就在她恶心、疼痛地思考着的时候,长脸苍黑男人已经汇入贩菜的嘈杂人流。鱼多云抬眼四望,刚好抓住受王红梅之托照顾她的叔叔转开脸。哦,他看见了,但想假装没看见。

鱼多云咽了口唾沫,屈肘护住胸口跟他去进菜。她进了二百斤南瓜、二百斤芹菜、一百斤灯笼辣子。回去王红梅骂她:"你一个姑娘娃,比我这婆娘进菜进得还贵!你就不会跟人笑笑、说说好话?倔死鬼!就你这尿势,将来吃屎都没人给你拉!"说这些话的王红梅,脸上油光发亮的肉块互相纠结碰撞。

鱼多云张张嘴又闭上,没出声。

第二次进菜她跑遍全场,非要找出愿意给她压低五毛一块的批发商。"求您啦!叔,便宜点,下回我还找您!""求您啦!叔,便宜点,下回我还找您!"她只会这一句,就在嘈杂声中反复瞪眼大喊,直到终于有位叔对她垂下眼睛,把成捆的、一圈一圈黄绿旋涡般的蒜薹扔到她背后的三轮车上。

照样买了萝卜、红薯和土豆,鱼多云连忙出门找卡车。结果当然迟了,别人的菜都已经堆进车斗,早没她的地方了。大家跟司机围成一圈抽烟,抽完就要上车。

鱼多云把住车门求司机:"叔,我的菜还没上哪!"又求同行的贩子,"叔,给我挪个空!"

叔笑滋滋地答:"挪什么挪,我那是韭菜,一碰就流水,你赔?"

其余人笑滋滋地看她。

鱼多云低下头。片刻后,她走到车头躺下。

他们愕住聚拢过来:"行了女子,赶紧起来!"

鱼多云不吭声。

不一会儿,数十个陌生人围上来看热闹,眼珠在她身上滚上滚下。鱼多云抽搐了一下,在尘土烂叶里闭上眼。

这时司机说:"好了好了,给她挪个空吧。"

贩子们讪讪上前,几下子,鱼多云的土豆、萝卜、蒜薹都归了位。她这才爬起来,垂头咬牙上了车。

王一鸥剥粒糖放到嘴里,腮边鼓出个包:"你要是我妈的女儿就好了,我妈绝不会叫你去卖菜。"

鱼多云说:"王一鸥,'何不食肉糜'啊!"

王一鸥笑了:"我晚上给你熬汤,你写完作业来喝啊。"她现在除了温柔可爱,还学贤惠,"伴公子读书,洗手作羹汤"。可惜没人领情,只好给鱼多云。

鱼多云答应:"好吧,别像上回是方便面调料粉汤就行。"

晚上,鱼多云在王一鸥的小房间里喝红枣姜汤:"好甜啊。"

王一鸥一边心满意足地看她喝,一边托着腮反问:"你新千年许了什么愿望?"

这时班上新转来一个男生,也是省城人,成绩也差得心酸,但皮肤黝黑,眼睛明亮,手臂超长,像一只猿,投三分球极准。王一鸥立马抛弃《一吻定情》,沉迷于《灌篮高手》,单恋起篮球少年。她的愿望就是得到篮球少年的爱。她用笔仙占卜,用苹果占卜,用花瓣占卜——他爱我、他不爱我、我未来的丈夫姓甚名谁。

鱼多云对"半夜坐在镜子前削苹果,苹果皮不能断,完整地落进水盆里,就能在水中央看见自己未来丈夫的脸",没什么兴趣。

"我没啥愿望。"鱼多云迟疑答。

她不知道想去很远的地方算不算愿望。很多时候她人坐在教室里,心却已乘上窗外的鸟背遥遥飞远。到最高最远的地方,什么土豆,什么倭瓜，什么叔叔，应该再也看不见。

3

新千年的确是希望之年，连王安升都暗暗许愿——在新世纪当上科长。

轮也该轮到自己了吧？他想。然而不，眼看着老科长退了休，一位官太太从天而降，横插一杠子顶了他的位置。王安升气得差点背过气去，找好兄弟王安仁喝酒诉苦："朝里无人莫做官。"

这时王安仁的离婚闹剧早已过去，家庭和睦、官运亨通，既是氮肥厂的一把手，还是纸厂大股东。前者把四隐村方圆三里变得臭不可闻，后者使劲往丹鹤江排绿泡泡水，把江水变成一匹黄绿色的缓滞的布幔。

幸福的人无从安慰不幸者，王安仁想了半天说："我给你弄个指标，你生个儿子吧。"

这是从哪儿说起？然而王安升想了一会儿表示赞同："行，花钱都行！"

王安升这年已经四十岁了，这个年纪，亟须燃起生命的最后一把火。烧起来人生还能绚烂绚烂，烧不起来就熄灭了，只能混入昏暗无为的晚年。王安升这把火不烧给科长就烧给儿子，反正要烧起来。

火把王一鸥的新千年变成了鬼影幢幢的恐怖电影。中年父母鬼鬼祟祟地卖力造人，每过一阵，母亲就会在夜里偷偷出去，然后第二天家里就会炖上一锅鸡汤——王一鸥的一位小妹妹便这样消失了。每个鱼树蕙消失的夜晚，王一鸥都无法入眠。光影寂静的红绒窗帘仿佛血泊，母亲一次又一次地躺了进去。

鱼树蕙其实也不是很想生儿子，但指标都有了，不生说不过去。然而B超怎么照怎么是女儿，她有什么办法？

很多年后，王一鸥才明白人和人的亲密关系可以多么匪夷所思。她的父母这些年早已互相漠视。倒是现在，出于对儿子的共同渴望和对一个又一个女儿的共同告别，反让他们又重新生出相依为命之感：咋回事呢，老天咋就这么折腾人！

王安升在厨房戳着鸡腿，鱼树蕙躺在床上，感觉精神像鸡汤上的黄油，浅浅浮在肉体之上，两者同样疼痛、疲惫而麻木。汤端来，两人都避免看对方的眼睛，暗自又愧又怨。怨谁呢？是谁把生活搞成了这样，除了老天，当然还怪对方！他们互相又有些恨上了。

在这种诡异的家庭气氛下，王一鸥埋头扎进了她的田鼠洞。田鼠洞就是少女杂志，香味信纸，星座花语。土壤温凉安全地包裹上来。

周萌萌说："别那么看得起大人。他们一辈子待在鹤川这种小地方，除了争些蝇头小利，他们还知道什么？"

鱼多云不吭声，想起胸部被顶时叔叔转开的脸。

"王一鸥的妈妈当年本来能当老师，被人举报了。谁举报的，我清清楚楚。"

周萌萌说："我爸呢，一个医生，回到家什么书都不看，一辈子靠大专那三年旧书吃饭，也治病救人呢。"

鱼多云叹气："唉，别嫌了，我还没爸。"

王一鸥不吭声，只觉得一阵忧郁。

回到家，白炽灯光像一张白纸平铺到屋内的每个角落。王一鸥吃惊地发现母亲嘴角多了两道向下的细纹。好像某次极力忍耐后，那个表情被永远地刻在她脸上了。

王一鸥轻轻退出去，到卫校大门外，用 IC 电话给篮球少年打电话。

少年一接电话，王一鸥便哭哭啼啼地把一切讲给他听。篮球少年急着打篮球，嗯嗯啊啊后找借口挂了电话。

"嘟嘟"的忙音传来，王一鸥手握温热的话筒呆立着，路灯把电话亭拖出一个长长的影子。"我爱你。"王一鸥对已无人在听的话筒说，随即想到自己是第一次说这三个字。

"第一次"对王一鸥总有特别意义。第一次说"我爱你"，还没交出去的第一次亲吻，将来要交出去的第一次睡觉，各有各的重大意义。现在"我爱你"三个字第一次说出去了，却消散在空气里，没有一点儿回音。王一鸥觉得心里空落落的。

4

刘大头一来卫校，鱼多云就带鱼多彩出门。

两姐妹顶着太阳走到江堤上，在苍老高大的杨柳的粗根上坐下。绿叶栩栩。鱼多云从书包里取出廉价的水粉颜料和画纸、画板，装模作样地像吴永芳般画画。

鱼多彩追一会儿蝴蝶，大惊小怪地看一会儿啄木鸟"笃笃"敲树干，又回鱼多云身边："画个我，画个我。"

鱼多云发愁："我不会画人。"想想又说，"除非——你不把我画画的事告诉妈。"鱼多彩忙作保证，摆好模特姿势。

光线就是一切。鹤川这种平凡的小城，平凡的景色，只有光能带来奇观。这天阳光绚丽，江水波光闪烁，树叶也波光闪烁，多彩就在闪烁中摇曳着、变形着。

画着画着，闪烁的多彩初具雏形，鱼多云忽然发现江对岸有人盯着她。她们选的是江流最窄的一处，向西可以面对整条越来越宽阔的江面和所有午后耀眼的光。她清楚地看到那是个男人，面色晦暗，戴一副深茶色眼镜，坐在对岸芦苇丛里，整个人寂静地抽动。

鱼多云瞪大眼和那人对视，感到周围的一切过度曝光般昏暗下去。

男人仍肆无忌惮地继续自己的动作。鱼多云收回画板下的双腿站起,从地上捡起一块土块狠狠扔了过去。土块掉进江中,男人提起裤子,跨上摩托车迎风走了。

鱼多云到卫校还感到胸闷恶心。她家的门此刻大敞着,王红梅坐在床边抱着簸箕掐豆角,刘大头蹲在地上捡她掉落的豆角丝。

鱼多云再次感到恶心,转身坐在门口三豁四碎的红砖台阶上。

刘大头走了,鱼多云洗完碗回到屋里,却见昏暗的灯光下,王红梅正在看她的画。

鱼多云忙扔下攥着碗的搪瓷盆去抢,王红梅丢开画往豁开嘴的书包里一掏,一大把捆得整整齐齐的水彩颜料露了出来。"你好有钱!"话音刚落,鱼多云已经挨了一个嘴巴。

鱼多云又抢水彩颜料,王红梅劈头盖脸打她:"你长本事了!你偷钱!你偷我的钱!外面哄我说帮我干活——还当你心疼我!"

鱼多云像以往般忍耐了一会儿,忽然抱头尖叫:"你恶心!你恶心!你恶心!"

王红梅怔住,停手往后一退,屁股磕到床沿上。

片刻静寂,鱼多彩"呜"一声哭:"妈,姐,别吵了,我们三个不分开。"

鱼多云站起来扯鱼多彩:"走!有点志气,咱们走,我养活你。"

王红梅气得上去揪住鱼多云头发:"你去哪儿?!倔死鬼,连你妹都不如!你妹都比你精!"因为那幅成为导火索的画,就是鱼多彩供出来讨好王红梅的。

王红梅和刘大头在卫校院子里大摇大摆地吊膀子,大家都看在眼里。有人便找后勤的领导:"咋回事,毕竟是国家单位,咋啥人都能住?像什么样子!"

"刁民难惹……说起来还是给卫校做过贡献的工人，总不能大刺刺撵人吧？"领导回答，"那平房也快塌了，院长想拆了重盖哩。"

来人眼一亮堆起笑容："哎呀，那咱卫校要办大事啦。"心里却想，领导又有回扣吃了。

王红梅对此一无所知，别人的白眼她也没工夫理会。她觉得刘大头挺好。

5

新千年，王一鸥走进网吧，申请了自己的QQ号码，七位数。现在回看，那大块笨重的电脑屏幕、那红红绿绿的聊天室多么简陋，但当时，人们在开始拨号时心跳就跟着加快了。

周萌萌为考北大而奋斗，燕飞飞抢先一步，在QQ上找了个北大毕业的男人。王一鸥知道后有点发酸：玩QQ又看不到脸，为何北大男就知道燕飞飞漂亮呢？王一鸥不管怎么换头像、改自我简介都没有陌生人加她。好像网友们都生了千里眼，知道屏幕对面是个乏善可陈的高中女生。

王一鸥不由得羡慕燕飞飞，想靠近她，又怕大芭芭。

事情是这样的：大芭芭本名巴乐，长得跟当年与燕飞飞在校门口决战的高个女生一模一样，简直是那个女生"借尸还魂"，减两岁又回到燕飞飞身边。这次燕飞飞却没有黄毛做后盾（她早已看不上那些小混混，所以等于还得罪了他们），但大芭芭却和黄毛们混得铁熟。面对大芭芭的挑衅，燕飞飞怎么办？

谁都没想到，燕飞飞竟另辟蹊径收服了她：就是不管什么考试，她都主动给大芭芭抄。于是，大芭芭常年跑运输不挨家的父亲、天天串门子不挨家的母亲都心花怒放，认为女儿如此腾云直上，至少能上个一本。

聪明美貌、妖妖娇娇的燕飞飞，大芭芭是恨不着了，反而成了人家的忠实拥趸，这叫人多少尴尬。而她是非恨一个人不可的，怎么办呢？干脆恨王一鸥吧。

这才是飞来横祸。因此，王一鸥远远看见大芭芭宽肩膀上的大头就发怵，竭尽全力地躲她，顺带连燕飞飞也不敢接近。

这天燕飞飞不知怎么心情好，在QQ上告诉王一鸥：北大男要飞来鹤川见她。王一鸥不由得激动了。激动北大男要来鹤川，更激动燕飞飞把这等机密告诉她。北京，多么遥远，要知道，鹤川还没有火车站。

晚上王一鸥第一次收到陌生人的好友申请，竟然是北大男。北大男问王一鸥："听说你是燕飞飞的好朋友，请问我带什么礼物给她？"

王一鸥感激地敲下："花。"

北大男来的那天，她们一群女生都在教学楼上看。王一鸥也看了，又失望又不失望。失望的是北大男年纪有点大，头发有点少；不失望的是他确有种来自首都的气质，斯斯文文，一身藏蓝色西装，简洁流畅，哪像男老师们，西装皱得像牛嚼过一样。

北大男在冬日萧条的花园里转着，往花圃里吐了一口痰。王一鸥注意到他两手空空，没事，她安慰自己，这不影响事情本身的浪漫。

后来女生们问，燕飞飞微微一笑说："就到江堤转了一圈，然后送他回宾馆了。"

"回宾馆之后呢？"大家急忙又问。

燕飞飞镇静地道："没什么，他在我额头亲了一下，我就走了。"

啊？王一鸥有点激动也有点失落。因此，北大男在QQ上说他已与燕飞飞达到"灵与肉的结合"时，王一鸥不由得很困惑。

王一鸥犹豫良久，但为了友谊，她还是决定告诉燕飞飞。燕飞飞双手抱胸，旁边大芭芭也双手抱胸，脸被昏黄路灯照得晦暗不明。听完，大芭芭把王一鸥的头按到自己宽阔的胸前："来，说，这事你还告诉谁了？"

王一鸥发誓她没有告诉第三个人。而且从此她真的变成一个绝不泄密的人，一个生理上的保密者，适合做任何保密工作。当然她后来确实生活在秘密之中，那是后话了。

总之第二天，燕飞飞坐在班里她自己的位置上，两手放在桌上，非常文静，也非常冷静地对全班人辩白："他说他没说。"

"哦⋯⋯"全班人看向王一鸥：这下作的造谣者，急着达到"灵与肉结合"的欲女，以及与燕飞飞和大芭芭为敌的女生。

此后，班里基本没人再和王一鸥说话。偶尔谁跟她说话，大芭芭就会上前。如果是男生，她便说："怎么，看上'欲女'了？"如果是女生，她便说："你也想当'欲女'吗？"

王一鸥好像背上了真空压缩机，走到哪儿，哪儿的声响和空气就被瞬间抽空。

鱼多云拉她去找燕飞飞和大芭芭论理，王一鸥却脚粘在地上不肯。周萌萌看着她俩，眨眨粉色大眼睛叹口气说："算了。世上没有超过一百天的新闻，过几天就好了。"说完她去老师家补课吃小灶。

王一鸥一步不离地抓紧鱼多云，好像鱼多云是一把伞，可以抵御大芭芭的暴风雨。然而有一天，大芭芭忽然消失了。

就像肥皂泡破掉一样，大芭芭忽然从世界上消失了，谁也找不到她。两周后，长得神似历史书上唐太宗画像的班主任在讲台上用普通话威严地说："关于咱们班巴乐同学的事，根据上级精神，请大家做到不信谣、不传谣。"然后又用鹤川话继续说，"立马给我准备下周考试！"

"唐太宗"走后，一种从未有过的寂静降临。那寂静是长方体的，刚好充塞了整间教室。所有人沉默了。

下晚自习回到卫校，王一鸥忽然惊叫一声。周萌萌定睛看医学实验室高高的窗户，里面两只大玻璃瓶泡着婴儿。婴儿们互相拥抱，泛着月亮般圆润的白光。

"从小看到大，还没看腻吗？"周萌萌继续机器人样大跨步往前走。

"不是，那个人没有头！"王一鸥脖子发硬，"不是大芭芭吧……"

实验室门前的路灯下，的确站着个魁伟的没头人。听见动静，那人的肩膀掉下来，露出头和脸。原来是鱼多云在路灯下看书，嫌冷，把大棉衣顶在头上包耳朵呢。

"你把我都吓到了。"周萌萌扶额说。

鱼多云讪讪地摸头："回去我妈不让开灯，她要睡觉呢。"

巴乐失踪三个月后，冰雪初融，春天浮现。净泉山上一座苞谷秆儿搭成的简易旱厕的粪池也渐渐消融，浮现出一个人。一切都已模糊，能凭借的，只有那件她爱穿的扎眼的橘红色大号羽绒服。

巴乐是跟谁，为什么会去净泉山那个荒凉的旱厕？没有人知道。有些事不会随冰雪消融而露出真容。它被杂乱的黄尘、落叶、荆棘看见，却被春天的微风、荠菜、杏花掩盖，然后被抛弃了。

6

鱼多云在萝卜、芹菜、蒜苗和陶渊明、几何图形之间移动。如果前者代表肮脏、混乱的真实世界，那后者就是"石上藤萝月"那边的，鱼多云渐渐找到了一种平衡。大概生活就是这样。就在她这么想着时，她家"毫无预兆"地被卫校驱逐了。

鱼多云看向卫校。这些年它当然变了，往好里变。泥土操场铺上水泥，礼堂重新粉刷，住院楼前的水杉长高，高得超过楼本身，像一排淡绿火炬，松鼠在中间跳跃。门诊楼新来了许多年轻好看的女护士、男医生,手脸都跟他们的白大褂一样洁净。这是卫校的黄金时代。

这些年,鱼多云一直把自己当"卫校孩子",家庭住址填作"鹤川卫校"。老师说,"县委啦,卫校啦,这些院子里的孩子都学习好"。她知道老师是特指那些干部和教师的孩子,但虚荣地没有戳破。

王红梅也爱卫校,国家单位,背靠大树好乘凉嘛!进附属医院一道大门,进卫生学校一道大门,家属区藏在最后,多安全、多稳固。

以前不管这个家经历了多少动荡、多少男人,她们还有个卫校。现在卫校却不要她们了,将她们推出门去,让她们自寻出路。

家里的东西慢慢变进纸箱子、布包裹、塑料袋,堆成一座小山(她们竟有这么多家当?)。等到实在挨无可挨的那天,王红梅才让刘大头骑着卖水果的三轮车来帮忙搬家。鱼多云背起书包,一手提一捆绳子扎好的书,一手牵鱼多彩,默不作声地往前走。王红梅坐三轮车,靠着行李,悠晃着两条腿,倒像心有余闲。

到了地方,鱼多云打量周围。这儿是鹤川的老城区,历经百年,人称"大巷子",其实又挤又小。鱼多云实在不明白家家户户为什么把门和过道修得那么窄。住下后她才了解,这是县城小市民数十上百年一寸一厘相互倾轧、相互斗争的"成果"。鱼多云缩头拱背地蹭进窄门,走过幽黑的羊肠过道,来到一小块黏湿的空地,头顶上,是同样一小块阴阴的天。屋椽露出牙垢般的木色,灰蓝细瓦上开着一簇灰粉的秃子花,一动不动。

"哗啦",墙上小窗打开,露出个小老太,气味酸恶,目光怨毒、毫不遮掩地盯住她。

鱼多云把书放进窄窄的纱门。卫校的房子什么时候能盖好,盖好了还能不能回去?但不等她问,王红梅先张口宣布:"我把这间房子买了,一万块!"

那是2001年夏最阴凉的一天，全中国的房地产业还在蛰伏之中。照说王红梅花光这些年卖菜的积蓄，倒做了件"超前"的事。但……

鱼多云一扬手赶走飞到脸上来的苍蝇，抿紧了嘴唇。

第一场秋雨把大巷子丑陋残破的旧瓦房冲刷得干净很多。远远看去，一块块灰蓝灰黑，倒也有些画意。

清早，鱼多云带上钥匙和鱼多彩到巷口的公厕小便——街道的公厕被巷里人占了，每家每户配把钥匙，不给路人用。鱼多云上完厕所出来锁上门，往家门口的小空地上插枝明黄月季，希望它能生根发芽，以后开花。

放学后，王一鸥挨过来找鱼多云："一起回家。"

鱼多云不抬头："你往东我往西呀！"

王一鸥站了一会儿，慢慢转身走开。

鱼多云这才抬头，看着王一鸥的背影感到一阵痛快，继而又觉得惭愧。但她已经决定跟所有卫校人都疏远。因为卫校使她刺痛，卫校的人也使她刺痛。

周萌萌也只好说："那你好好复习，将来大学见。"

后来，有一天在操场遇见隔壁班抱着足球的六一。六一笑说："听说你最近学习可努力，都不理人了！"

鱼多云不看他："你们学习更努力。"

奇怪的是虽然没有看，她眼前却出现了六一长大了的海狮的眼睛，长睫毛眨了眨。海狮没生气，走了。晚上鱼多云便做了更奇怪的梦，她梦见自己和六一赤裸地拥抱在一起，不，准确地说是紧紧地连接在一起。连体婴般连接在一起的他们发出淡淡辉光，升上蓝色的天空。这时，梦境便变成一枚徽章，掉进她手里。鱼多云醒来，感到久违的身心轻快，同时在学校更不理六一。

黑板右下角的高考倒计时每天更新。先是三位数，渐渐凋零成两位数。在数字的凝视下，卫校淡出，王一鸥、周萌萌淡出，六一也淡出，鱼多云终于彻底掉进"大巷子"的世界，在狭窄的羊肠道中背着大书包狼奔豕突，挥汗如雨。

王一鸥则被抛弃在世界之外。"唐太宗"早就不理她，也没什么同学理她，而数学、物理、化学公式，英文单词……已是外星文字。

游离的王一鸥先是成为网吧常客，只有坐在电脑屏幕前时，她才能像海绵吸水般松软下来；后来她发现一家没店名的破旧书店，阴暗发霉的小屋里堆着上千本言情和武侠小说，租一本一天五毛钱。这些小说污浊异常，掉进它们织成的咸湿世界，晨昏不过是亮了又暗，王一鸥的精神越发浑浑噩噩。

看这种脏书得避着人，她刚好也想避着人。她学会了手淫，每天最期待的就是半夜熄灯后那一段快乐。慢慢地，威胁她的现实不存在了，威胁她的未来也不存在了，她在自己的池底窃窃自乐。而大家看见的，就是一个游魂一样眼圈发红、迷迷瞪瞪、溜着墙根走的女孩。

有一天，六一的妈妈说鱼树蕙："你女儿现在走路怎么那么难看？跟小老鼠似的。你怎么管的孩子，要不我帮你管两天？你看我们六一，笔管条直，又健康又好学。"

鱼树蕙这才久违般看见了女儿——头发薄薄、身体薄薄的女儿。于是馒头皮裹白糖桃仁、碧绿粳米粥慢慢又回来了，尽管有些荒疏，有些力不从心。

鱼树蕙不再怀孕后不久，王安升办公室的官太太忽然调走。他终于升了。

生和升，看来真的不能两全，王安升想。终于当了科长，手下有三个人干活，他却比以前忙了十倍。因为从当上科长的第一天，他就发现了科长的问题所在：前面还有专员、调研员、副局长、局长。科长的好处渐渐感觉不来了，专员、调研员、副局长、局长的好处则越来越明显。

于是，王安升开启了最后的燃烧。一下班就开会，一周末就加班，三个下属科员恨他恨得要死。

晚上王安升照例加班，鱼树蕙在家撕王一鸥的小说："你很急吗？对这些下流事很急吗？那别上学了！早早找个人结婚去，结婚去！"

王一鸥的头快低到胸口。鱼树蕙把那些肮脏、蓬松、摇摇欲坠的书页丢到她头上，然后声嘶力竭地把她押到书桌上摊开卷子："给我写！写！写！"然后两个人都哭了。

王红梅嫌费电，晚上教学楼关灯后，鱼多云就到"坑"里继续读书。

"坑"是补习生专用的教室，坐落在音乐礼堂后的洼地里，白炽灯彻夜不息。"坑"里风水不好。据说有人在这儿怎么都考不上，换间教室或干脆换个学校就考上了。这件事的原委，鱼多云很多年后才恍然大悟。

"坑"不禁烟，常漂浮着一层令人窒闷的混沌蓝烟。混沌里有人发了疯，被家长领回去。

鱼多云刚找位置坐下，后面两个女生就趴在她脖根后一递一声地对话。

"去年夏天，有个女生在旁边的厕所被强奸了。她找老师，老师让她'不要胡思乱想'，她就吊死在那个电灯上。"

"她是怕高考吧。都高五了。"

"反正吊死了。就前面这个电灯……哎呀，灯摇呢！"

鱼多云头也不抬。王红梅可不会供她念高四。就算女鬼和强奸犯同时出现，她也要学到深夜。

这时王一鸥也没有睡,她被困在鱼树蕙目光的牢笼之中。鱼树蕙安静地坐在女儿背后,观察她薄薄的肩背、细细的脖子和黑色头发上落着的台灯的辉光。鱼树蕙早已放弃晋升,也不再读书,女儿现在是她唯一的目标。

母女俩熬到半夜,做父亲的回家,"哇"地吐出一地粉红泡沫。鱼树蕙惊起收拾,以为是血,却原来只是红白酒的混合。王安升跨过泡沫,摇摇晃晃地走进女儿的房间,把被酒精烧得滚烫的手搭在她头上:"好好学,剩下的一切问题交给老爸!"

王一鸥就在父亲喷出的酒气里努力地睁大眼看灯光下的书页。但即便她的眼睛睁得再大,坐得再纹丝不动,让她自己和鱼树蕙深感尽了全力——书页上的内容也丝毫没有走进她的大脑、她的内心。

7

傍晚,王红梅拿毛巾边擦脸边问:"日他妈,热死了!你啥时候考试?"

鱼多云答:"明天。"

王红梅停了手:"啊?那你好好考。"

这时,鱼树蕙沐浴在台灯光里喃喃:"2B铅笔,四支,削好;钢笔,两支,吸饱水;橡皮,两只,在;尺子、圆规,在;准考证,在。"

检查完关掉灯,她坐到王一鸥床边睁大眼睛说:"明天是决定你一辈子的考试,你可不要紧张。"幽暗里,鱼树蕙的眼珠像网内的鱼鳞般闪闪发光。

王一鸥闭上眼,自己也不知道一夜睡没睡着。

考完语文,鱼多云回到家,王红梅照常不在,鱼多彩站在小凳子上吃力地端起蓝烟直冒的油锅。

"鱼多彩。"鱼多云叫。

鱼多彩仿佛受了一惊,细细的胳膊一斜,油锅也跟着一斜。

"鱼多彩!"鱼多云怎么抱起妹妹,怎么自动冲向卫校,她都不记得了。

卫校附属医院没有烧伤科,外科的周大夫——周萌萌的爸爸看了皱眉说:"我找人叫你妈来。你先考试去。"

鱼多云看向发出油腥甜臭的妹妹。"姐!"本来呆掉的鱼多彩这时忽然像被针扎醒了,"别走,别走!"妹妹没受伤的那只粉红小手长长地伸向她,眼睛也生出一只手伸向她。

白而厚的卷子好像泡在温热黏稠的汗和泪里。鱼多云十八岁的心被侥幸、自责、恐惧一口口越吹越大,终于"嘭"一声爆了,化作绝望纷纷落下。模糊中,数字和字母,多彩胳膊和胸口上的烫伤,黑色与粉色,各种奇异的形状旋转起来。

恍惚中,一位监考老师拍了拍她的肩,用口型说着什么,好像是"别紧张"。然而,老师的脸很快也模糊了。

中午,鱼多彩是在给她做油泼面。从那以后,鱼多云很久都感觉不到饿。

鱼多云原本的志愿是去师范大学念数学系。她不能报美术系,因为不敢跟王红梅要上艺术课的钱。师大学费便宜,等上了数学系,可以到美术系蹭课,也许再修个学位——她这么打算的。但王红梅戳着她的鼻子说:"你妹要是残疾了,你给我养活她一辈子!"

养就养,我能养得起。鱼多云不出声地把头往旁边一拧。

学财会,坐银行。鱼多云知道鹤川人这句老话并不睿智,但她也隐隐知道,要赚钱,最好懂得钱。金融、财会……那好像是些叫嚣浮华的、更适合这个时代的字眼。

坐在狭小的窗里,她怀着一种怪异的心情填写了志愿:西洛财院会计学。后来她才明白,那种心情是愧疚化成的对自己的恶意。

出成绩那天夜里,除了鱼多云,王安升也没有睡着。鱼多云不知道自己能不能上西洛财院,王安升知道王一鸥肯定什么学校都上不了。

把鱼树蕙和王一鸥大骂一顿后,王安升连夜敲开好兄弟王安仁的大门:"有办法吗?"

"办法都是人想出来的,有人的地方就有办法。"王安仁这么回答。

一个月后,鱼树蕙拿到西洛财院的录取通知书,"鱼多云"三字使她心里一颤。

"咋是鱼多云?跟王红梅买的?"

王安升一把夺回通知书:"现在再穷的人家都要孩子上学,谁肯卖给你!"

鱼树蕙哆哆嗦嗦地答:"有的,五千块。卖的人再做个学籍重考一年。我听过。"

王安升点头:"是有,但咱遇不上咋办?你叫那货以后咋办?"他朝女儿的房间努努嘴。

鱼树蕙沉默了。

"刚好你也姓鱼。将来有人问,就说她跟你姓了吧。反正是个女儿。"王安升说。

白炽灯亮着,王一鸥浅浅坐在小床边,看父母忙活——两人拖过椅子,坐下又起来,"这椅子摇""不摇""坐吧""你坐",互相换了两遍位置——心里一阵害怕。要有大事发生。

王一鸥垂下头,钻进田鼠洞。

王安升和鱼树蕙终于坐定,看着面前的女儿。长得真不咋样,从各个方面表现出平凡。但一种亲子的深深怜爱从心底升起,照射到女儿身上再反弹回他们自己。人生真是艰难！他们想，不由得情绪黯然。幸而手中薄薄的纸把他们从黯然中拉了出来。这张本来属于别人、现在属于他们的纸，洁白，坚韧，承载着希望，向空气中散发出一阵窃喜。

窃喜生出侥幸，侥幸又生出得意，得意渐渐蔓延上他们的心。王安升清清嗓子："王一鸥，你考上财院了。"

王一鸥睁大眼，感到一阵海啸拍过自己，有点眩晕："真的?!"难道奇迹出现了？她伸手抢通知书。

王安升不禁冷笑一下："真的。你啥都不要问，从今天起你就叫鱼多云，去上学就行。"

王一鸥不由得蒙住。

"以后在鹤川你还叫王一鸥，到西洛你就叫鱼多云。万一有人问，就说你改跟你妈姓。"王安升叮嘱，"别的什么都不要说。"

王一鸥仍然蒙着，但那张通知书真实地躺在她手中，硬质的白纸，红色校徽浮凸：

鱼多云同学：

祝贺你！你被我校会计学专业录取，学制四年。请凭此通知书办理有关手续，并按照我校《入学通知》规定的日期，持本通知书来我校报到。

西洛财经学院
2002 年 8 月 10 日

意外的希望、掠夺的快感、愧悔不忍以及奇异的阴暗恐惧……很久后，王一鸥才生出这些复杂的情绪。

当时，她只是抬起一张一片空白的脸。"那鱼多云呢？"她想问，但没有问出来。

王安升和鱼树蕙却像是听到了女儿的问题，两人对视一眼，没有说话。屋里很静，一只白蛾不知什么时候飞了进来，绕着白炽灯飞舞碰撞着，发出很响的"嘣嘣"声。

8

王安升和鱼树蕙按卫校旧例请同事和朋友在鹤川大饭店吃饭庆贺。大家都问："'状元'怎么没来？"

其实考上财院算什么状元，真正的状元是周萌萌。她以全省第二名的成绩进入北大，连县委门口都贴了喜报。

王一鸥没有参加自己的庆功宴，天黑后才溜出门透风。抽屉里那张白底红戳的纸好像在不断发射信号，干扰得她无法做任何事。卫校院里没什么人，天上寥寥几颗星像冷冷的逼视的眼睛。老枇杷树孤零零立在操场边。奇怪，这么矮的树她小时候竟然不敢爬，不像鱼多云，总悬在树梢上。

"王一鸥。"

王一鸥吓得一抖，穿白色短袖的六一忽然出现在枇杷树下。

六一海狮般的眼睛在夜色中十分明亮，腼腆一笑："昨天我家请客怎么没见你？"他考上了西洛电子科技大学，按照母亲和时代的期许报了计算机系。他本来想学考古，因为他从小就对史前文明感兴趣，但大人都说学那没饭吃。

王一鸥不知怎么回答，但被传染了微笑。他们都是要上大学的人了，要离开鹤川，到远方去——一种默契、愉悦、安心的氛围不觉间升起。

两人聊啊聊啊，也不知聊了些什么，反正不时地笑。直到六一忽然问："你见鱼多云没？她落榜了……"海狮眼里流过一丝不忍，"她太倒霉了，偏偏考试那天家里出了事。"

王一鸥的舌头瞬间化作石头，艰难地干咽一下，喉咙里哽出硬块。

六一把她的沉默认作同情，转而说别的。说了两句，忽然又对她一笑。王一鸥吃惊地发觉，这次是一个男孩对一个女孩不由自主地笑。果然他羞涩地伸手拍拍她的右上臂："以后都在西洛，多联系啊……咱们是一起长大的。我妈也让我照顾你呢，我是男孩嘛。"

隔着稀薄的白色雪纺袖子，王一鸥第一次感受到男孩手心的热度。被那片热度融化着，舌头的柔软重新回到她口腔，喉头的硬块也逐渐消解。铅灰的沉重、恐惧和粉红的轻松、侥幸在她心里激烈冲突，她累了，慢慢走回家，睡觉。第二天醒来，粉红与轻松占了上风。

王红梅从市场回来，先拿钥匙打开水龙头上的锁（跟厕所一样，这地方凡能用的东西都带锁），再把穿着紫红色塑料凉鞋的脚伸到水下冲："你到底考上没？"

鱼多云不作声。

鱼多彩这时已经能穿着长袖衣服满巷子疯跑，新学了一嘴"日你妈，二百八，三个火车拉你妈"，急着先说："妈，牛伟强骂我是癞肚子！"

"他才是癞肚子！"王红梅"啪"地盖上水龙头外面的铁匣子，"哗啦"上锁，拉鱼多彩回屋。"成天学学学，学了个尿！"她从门缝里扔出这句话。

鱼多云立在院里，刚在菜市场沾的满手的泥干了，化作一层硬壳把皮肤箍紧。炒菜的蓝烟从快被油垢堵实的绿窗纱里冒出，散进暗紫的天空。门一响，暗黄肥胖的女邻居，酸恶小老太的儿媳，平常在鹤川小学门口摆摊卖小玩具的，端只大碗蹲到门口，麻木，呆滞，把炒面一筷赶一筷地塞进嘴里。

鱼多云愣愣地看着她，忽然觉得很痛苦。她张嘴嘶哑地问："你能不能不要这样吃?"女邻居一愣,张张嘴没说话,竟然一摔帘子进去了。

多年后,有一天鱼多云自己也用这种方式吞食,才明白这样吞食的意义——这样吞食,才能继续活下去。

蔬菜批发市场的大棚,像个关于迷宫的噩梦。鱼多云在秋老虎黄晃晃的阳光里舞上舞下,汗出如浆,却情愿噩梦没有尽头。她抢着把菠菜、芹菜、茄子扔进卡车,又抢着把它们搬上菜摊。她整个人处于白热化状态,脸红到脖颈,眼睛直勾勾地盯住人,好像只要你肯买上三五斤茄子,她就能把整颗心泼给你。

晚上回家,王红梅嚼着饭问:"你把我的活都干了,我干啥?——该不是想要钱?"

鱼多云埋头吃饭。

黄而热的灯泡下,王红梅看着大女儿,感到一阵诧异。

"啥时候黑瘦成鬼了⋯⋯别卖菜了。"王红梅忽然说。

"那我干啥?"鱼多云抬起头。

王红梅心想,你想要补习就说啊!但她嘴上却说:"我咋知道,你想干啥你问我?你的头扛在你肩上扛在我肩上?"

鱼多云感觉眼泪破堤而出,冲洗被汗水腌渍得滚烫的脸颊:"现在我不知道我想干啥,也不知道我能去哪儿。"

王红梅嗤地笑了:"你想去哪儿就去哪儿,我没留你当长工。"她再扒口饭嚼一嚼,"咋,不能上大学,北京、上海就把门给你碰上啦?没有大学文凭,出了鹤川的山就被枪毙啦?"

鱼多云噎了一下,那倒没有。但世界真的很大,大得仿佛一个虚空,她不知道该往哪儿走。

当晚,对门的黄胖女人来谝闲传,一听马上揎臂高声道:"省城西洛工作好找得很哪,要不是我老了我也想去。一下车,多少招工的人上来抢,就跟抢肥肉一样!我女儿就在西洛,不信你去找她。"

2002年早秋清晨,王一鸥坐上王安升借来的公车——一辆黑色桑塔纳;鱼多云坐上大巴,同向省城西洛驶去。

从这个早晨起,鹤川不再与她们共生长,而要背着她们生长、膨胀、坍缩,以致千变万化了。等她们再回来,会发现网吧不见了,学校花园不见了,许多楼拔地而起,一些街道消失无踪,丹鹤江淌入固定的水泥河道,连围抱着的群山都似乎移了位置。鹤川将迅速变出一个新模样,成为一座新城市。

但新的故乡怎能称为故乡?

永别了,鹤川。

2002—2006

1

"你叫什么名字？"

"鱼多云。"王一鸥小声答，鱼多云的脸立刻出现在她背后。

"鱼多云。"招生老师一笔一画地写定。王一鸥脊背僵直，手心出汗。来不及了，从一开始就来不及，现在更来不及。那只笔把她写成了另一个人。

王安升也紧紧地盯着老师的手。没想到西洛九月了还这么热，他的白衬衣被汗湿湿，透出里面的大红色二道筋背心。鱼树蕙现在真是粗心，把科长丈夫照管得像个钳工。

"啪"，老师收了通知书给报名表盖上红章，"拿这个到礼堂排队拍照做身份证。"

王安升心里的石头一下落了地。为人父母啊为人父母！他一个劲儿在内心感慨。

拍身份证照片的是两位穿蓝色警服的年轻户籍警。王一鸥紧张得整个人发僵，他们却像对其他所有人一样，懒洋洋又掺杂着不耐烦。

"坐直。""头偏一点。""往左，你的左。"

"咔嚓"，他们给王一鸥，不，"鱼多云"拍了照。

上大学真好。一间宿舍六个女孩儿,十七八岁,挣脱高考和父母的牢笼,天天开卧谈会笑到半夜。其实也没什么好笑的,是青春太欢喜而已。

女孩儿们常常大喊:"鱼多云,快点,上课迟到了!""鱼多云,吃饭了,走!""鱼多云,关灯啦!"

每次王一鸥都在心里愣一愣,然后连忙答应。

一个月后,大学才散开伊甸园的幻象——王一鸥又看见了"燕飞飞""大芭芭"。"燕飞飞"升级为周雪童,四线城市财政局局长的女儿,人如其名,恰似雪堆出来的,辅导员一看照片就选定她当团支书;"大芭芭"则"借尸还魂",改名谷静静。

如果周雪童是雪捏的,谷静静就是泥塑的,还疙瘩不平。但谷静静通晓两种技能:一是八卦,不到一个月就对全班同学乃至辅导员的出身和私事了如指掌;二是塔罗牌算命,每到晚上,宿舍熄了灯,谷静静就抱只充电灯铺开牌面。

王一鸥特别想知道自己的爱情前景,算一遍不如意,算一遍还不如意,又央着谷静静再算第三遍。谷静静沉坠坠的腮帮往下一掉:"就这了!"心里烦她烦得要死。

谷静静只愿为周雪童牵马坠镫。但她俩走在一起实在不协调,简直像在专门做对比,叫老天看看他有多不公平。

两人一起上网吧通宵看台湾地区的综艺节目,内容是让一名丑女出尽百宝接近男明星,观众便以丑女的滑稽和男明星的尴尬为乐。到最后一集,节目组为表感谢,要给丑女提供免费的整容治疗。整容医生亲临现场,主持人给他一支笔,让他把丑女需要整改的地方涂黑。结果他把她整个人都涂了,除了牙齿全涂得漆黑,好像五光十色的舞台上一片单独的黑夜。周雪童前仰后合地大笑起来,谷静静守在她旁边也跟着笑,笑得流出眼泪。

周雪童待王一鸥不错,把她当个小姐妹,都是体制内家庭的孩子。于是一左一右,王一鸥与谷静静,成了周雪童的两个跟班。

王一鸥发自真心地奉承周雪童。她羡慕周雪童美,羡慕她有男朋友,高中带上来的,现在也在西洛一所院校读书。男朋友向周雪童献上最天真狂热的爱,一上大学先吃三个月白馒头,攒钱给她买了只钻戒。男朋友不是体制内家庭,他母亲曾是有名的街坊美人,十九岁生了他,现在和第三任丈夫开着间小建材店。

狂热的爱带来狂乱的怕,男朋友最大的幻想就是周雪童被车撞了,从此坐上轮椅,那他就可以像照顾洋娃娃一样寸步不离地照顾她一生。但周雪童一直健康又明媚地活着,身边争着给她提供方便的男同学、男老师数不胜数。这天他便收到一条短信:"放开周雪童吧,其他人都比你有能力给她幸福。——雪童的好朋友鱼多云。"

两个小恋人吵了一架,周雪童便抛弃右护法王一鸥,不再搭理。"不是我!""我没有!""我都不知道你男朋友的电话!"王一鸥越辩白越没用。宿舍其余人默默对她侧目而视。剩下的谷静静暗自满意了。王一鸥于是再次感受到在鹤中时的感觉:她又透明了。

这时气温骤降,大城市的冬天仿佛更加灰暗肃杀。王一鸥想家,但又怕回鹤川,因为鹤川存着她的秘密,她的秘密是她叫王一鸥。

冷得受不了时,她给六一的宿舍打电话。一听到她的声音,那边就急道:"王一鸥!你怎么现在才跟我联系?"

王一鸥蓄积已久的眼泪登时喷发了。

"你宿舍电话多少?"六一问。

"8……"王一鸥冷静下来,话筒在手中沉下去。这电话永远找不到"王一鸥",只能找到"鱼多云"。沉沉的话筒落回电话机。

这一刻，王一鸥恍然了悟，不但六一，还有周萌萌、胡彪……所有鹤川的朋友，她都不能再联系，更不用说鱼多云。王一鸥歪身坐向床沿，第一次对孤独有了真正的体会。

大学一年级第一学期到期末了。王一鸥从众地顶着北风来到自习室，捧起书本，随即发现：不要说什么微观经济学、宏观经济学，仅仅高等数学一门，她就永远不能及格。

于是，她的状态很快回到高考前，抱着书迷迷瞪瞪地溜着墙根往来。谷静静看她笑着说："金融系有个学生也是成天溜墙根，被她爸领回去了。抑郁症——神经病啊！"

王一鸥不敢回嘴，谷静静却更来了兴致："鱼多云，我忽然发现你的名字怎么那么怪，鱼身上有很多云？恶心死了。"她脸一皱，好像摸到冰冷滑腻的鱼鳞。

后来王一鸥转到中文系，中文系的老师却说："'春教风景驻仙霞，水面鱼身总带花'。你的名字从这儿来的吗？鱼身多云霞，很美。"

那都是后话了。这时的王一鸥陷进黑雾，迅速消瘦，大把掉头发。因而在2002年最后一天，她坐上了前往汽车站的公交车。

双层公交在城市的中轴大街上行驶，城市在巴士窗玻璃上流转，陌生又华丽。短信事件前，王一鸥常跟周雪童出来逛，天气晴暖，她们是大学生，年轻美丽的女大学生，好吃的、好看的、好玩的都向她们表示欢迎。现在，只有她一个人。

公交驶到南大街，银杏树余下的零星金扇在风中瑟瑟。王一鸥看到"红馆夜总会"五个字，"夜总会"，仿佛在哪里听过，字底下，十来位女孩像复制出来的，倚着铁艺栏杆溜溜站成一排。北风吹着她们的长发长腿，她们搔首弄姿的白胳膊，发出铃铛般笑声的亮红嘴唇，好像气温在那一片失了灵。

她们和泊在栏杆下流光溢彩的豪车们一起，更令王一鸥感到大城市的大和陌生。

而事实上这个城市并不算大，也不陌生。因为她只要稍微仔细点，就会发现这群美女里就有她的熟人：真正的鱼多云。

2

白香的脸上只有黄胖女邻居一点点影子，更多像她自己的名字，很白，白橡皮泥抟起来的白，再给鼻梁撒一把雀斑，脸蛋晕两团红丝，头顶贴一束黑发，就成了娇小苗条又肉鼓鼓的白香。

白香长得像偶人，声音也像，甜腻腻又冷淡淡。见到初来西洛、又黑又瘦的鱼多云，她第一句话是："我妈跟我说了，你想单租还是合租？单租二百，合租一百。"

鱼多云忙答："合租。"

白香便成了鱼多云的二房东。大概这正是黄胖女邻居怂恿鱼多云来西洛的目的。

鱼多云放下行李，白香说："去打水。"

于是，鱼多云在她的监督下走出房门，到走廊上的公共盥洗池打水。水从铁龙头汩汩流出。鱼多云仰头，这栋城中村中的楼是只水泥钢筋的方筒子，筒内一圈一圈嵌满房间，筒顶是一片似蓝非蓝、被光和尘土污染了的方形天空。

忽然，鱼多云闻到一阵细细的尘土味，紧接着，尘土像纱帐般一匹一匹从方形天空罩下来。旁边的白香立刻捂住口鼻："烦死了，又开工了。"

所谓开工，是指楼旁的建筑工地开工。接下来，光和响就要彻夜不息地奋力打砸她们的小屋。

鱼多云在震耳欲聋的噪声、楼板微微的震颤和白香的监督中擦洗全身——从头发梢到脚指头，因为她俩睡一张床。

　　白香换睡衣躺下，竟然很快就睡着了。鱼多云穿着背心轻轻起身来到窗前——下床就到窗前了——望向灯火通明的工地。啊，目之所及，全是工地，无边无际。塔吊巨人般"吭吭"挪移手臂，扬起漫天灰尘。一些黄帽子在地上跑来跑去吆喝。天上没有星月，只有银色大灯在夜幕上漫射微光。这就是西洛，鱼多云睁大了眼睛。

　　白香在西洛师范大学附近一家两元店里打工。

　　"我以前的工作比这好多了，文员，坐办公室，"白香说，"现在凑合在这儿，只为上课近。我马上就毕业了。"

　　"毕业？大学毕业？"鱼多云脱口问。

　　白香有些不高兴："不是大学，是电脑学校。"

　　电脑学校在师大旁的小巷里，一进门廊铺天盖地都是白底红字的小广告，密密麻麻，搭配隔壁唱片店鬼哭狼嚎的重金属音乐，给人一种失重的感觉。

　　鱼多云走进接待处，还没站稳，手里就多了一只纸杯和一页气味冲鼻、色彩恶劣的宣传单。一个女孩对着她滔滔不绝地说起来。

　　说了半天，女孩停住干咽一下："有没有想学的？"

　　她干裂的嘴角起了白沫子，鱼多云把纸杯还给她："你喝。"

　　女孩又一干咽："那你将来想干什么呀？你的人生目标是什么呀？你喜欢什么呀？"

　　鱼多云迟疑："我没有目标，我喜欢……画画。"

　　女孩一愣。她身上硬挺挺的工装短袖白衬衣像纸壳做的，小小的胸部向前顶出两个尖，胸罩也像是纸壳做的；一发愣，干干的小白脸也像是纸做的了。

这时，一个人影大步带风走过去，纸做的女孩忙喊："冯校长，这人想学画画，咋弄？"

被称作冯校长的人影停下，灰风衣上现出一张长长白白的中年男人的脸："学电脑绘画嘛，3D，MARA，MAYA。"

这下换鱼多云愣了："那是什么？"

"电脑绘画啊，"冯校长说，"就是用电脑画画。外面街上的广告设计，美国迪士尼的动画电影，都是用电脑制作的。网络时代，一切创造都要经过电脑。"说完他就踏着满地广告走向办公室，好像绝不会骗她，也没时间骗她的样子。

鱼多云"哦"一声："那不是画画。"

冯校长停脚回头："不是。你说的'画画'是追求艺术，电脑绘画是让普通人挣钱。你需要挣钱不？"

鱼多云闭住嘴。

冯校长："我们这儿的课，大学也教，但没我们教得实际。"又说，"年轻人就要站在时代前沿。"

纸做的女孩微笑："我们的课分三期，一期半年，学费六千，一次性缴三期打八五折。"

鱼多云决心自己赚学费一万五千元。她先花两百块钱到康大路进了一批头绳、发卡在天桥上卖，小物件利润高，两个晚上就回了本。然而第三晚，城管来了。东西都被收了。旁边卖贝壳项链、贝壳猫头鹰的年轻女人回来说她："你怎么不跑呀！你得买个我这种带抽绳的包裹，抽起来就跑。"

首战失利，鱼多云又转行发传单、贴小广告。这活日结，手脚快的话半天能挣二十五，一天就是五十。

虽然离目标达成遥遥无期，但穿梭在大街小巷，鱼多云切身感到了城市的繁荣。再小的店面，里面都有人坐着；再高的大楼，里面都塞满了公司。光理发店就有那么多！走几步就是一个。她贪婪地看着，像吮吸一样学习这座城。

有一天把传单发到一位一身黑、像男人又像女人的人跟前。那人接过传单，又递给她一张名片："我是星探，专门帮漂亮女孩联系工作。有没有兴趣？"鱼多云看着他离去的背影，肥屁股一扭一扭，脚上穿着双船式的满是铆钉的古怪皮鞋。

白香老练地告诉鱼多云："这种中介多得是，你只要记住一点——不要从口袋往外掏钱。"

几天后，鱼多云又到那栋大楼贴小广告，一层报社，一层外贸公司，一层培训机构，一层杂七杂八的工作室，刚好贴到"星探"门上。星探开门正要骂，四目相对，他已经写到脸上的脏话戏剧性地化作热情一笑："是你呀！"

鱼多云这才看清他，中等身材，脸孔圆白但虚浮发松，超大黑T遮掩着前胸乳房般的赘肉，口气恶劣，脚上还是那双钉满铆钉的皮鞋。

鱼多云第一次被星探介绍去给诺基亚手机专柜当模特时，心里还有疑虑。

穿上电光闪闪的外太空短裙，布料像薄膜覆在身上，整条腿都露在外面，鱼多云不停把裙边往下押着。一个面容冷漠、戴着黑压压假睫毛的女孩过来给她化妆。女孩一副对这儿的一切熟到疲倦、懒得发言的样子，趴在鱼多云脸上，不断喷出香甜的潮气。鱼多云盯着她的红唇，猜想她今天的早餐是甜枣大米粥。一时化完，女孩收起眉笔粉刷倦倦启口："哪儿找了个你，黑底肉，土死了，脸又大。"接着上下一打量，"也就这双腿能看。"

鱼多云低头看自己的腿。鹤川是山区，热水壶的壶底老结着一层厚厚的钙垢。喝这种水，鹤川女孩的腿大都是笔直笔直两根，膝盖那块不打一点儿弯。

同样是发传单，不同的是要露出这双鹤川腿，并踩上十厘米的高跟鞋。一天下来，鱼多云在商场玻璃消防柜上看见自己的脸，觉得老了。粉干出纹路，眼下见了黑影。

但当晚就拿到二百五十块钱。

鱼多云换回运动衣运动鞋，兴奋地在车尾气味的温软夜风里挤公交回去，再到城中村红灯照下的小摊上吃米线。

两趟车费两元，一碗米线一块两毛。综合下来，一天净落二百四十六块八毛。鱼多云酣畅地把香精勾兑的米线汤一气喝干。

星探第二次再带她干活，一次就挣了一千块。

"摄影棚"在西洛电影厂附近一处老旧的商住两用楼上，墙既黄且脏，背景布却是崭新的，艳粉、金黄、湖绿，漆味刺鼻。鱼多云心里发慌：我也能做婚纱模特？这时一个跟她差不多高的女孩子走进来，长了好大一张四方脸，才叫她放下心。化妆师把婚纱抱出来扔在沙发上，鱼多云第一次见到婚纱，不禁大为失望。象征纯洁的白蕾丝裙边被踩得稀烂，裙撑上腻着不知多少人的油垢汗渍，哪里像王一鸥的少女杂志中那样？

拍完，鱼多云的四肢和脸都僵了。骂了一天人的摄影师长吸口烟，把烟头丢到地下用脚一拧，画出一道黑弯。

不过一千元拿到手中那一刻，鱼多云什么都释然了。跟方脸女孩一起走出大楼，这时两人处了一整天已经相熟，毕竟上厕所都得互相帮对方提着太蓬的裙裾。鱼多云笑说："没想到我竟然能当模特赚钱。我从来没觉得自己好看。"

方脸女孩一挑眉毛："你怎么这么没自信？吕燕，你知道吗？比你长得还土，人家现在是国际名模！咱们年轻，年轻就有钱，有机会。"

但钱和机会却说消失就消失,像从没发生过一样。空等了一个月,鱼多云主动给星探打电话,对方甜蜜地说:"妹妹,这事儿要碰呢,碰到我马上联系你。你是我的 No.1 你知道吧?"

再回到街上发传单的鱼多云失去了吮吸学习城市的心情。深秋的阳光把西洛镀成一座黄金的城,她被那金黄刷染着,鼻梁和嘴上起了干皮。

灰蓝清冷的傍晚,鱼多云交了发剩的传单和贴纸,花一块钱乘公交到主城区的大街上去。钱,她闻到四处是钱的味道。边缘锋利的酒店大楼,流光软滑的豪车,傲慢的气味冰冷的有钱男人,傲慢的香味冰冷的有钱女人,高大粗壮的淡黄卷发的外国人。

鱼多云鼓起勇气闯进灯火通明的商场问服务台:"要不要模特?"

旁边的保安手一挥赶她:"这儿不招人,什么模特!"他乜斜眼看她的胸,露出似笑非笑的表情。

从城中心到城中村,鱼多云的心情像车窗外的市景,渐渐自卑灰败。回出租屋踢掉汗臭的鞋袜,她一头栽到床上。总会有办法的,明天先继续发传单!这样想着,刚要睡着,忽听门房在一楼喊:"鱼多云——电话——鱼多云——"

整栋楼跟着他发出懒而散的回声:"云……云……云……"

全楼就一部电话,安在门房屋里,费用比外面小卖部贵很多,连接电话也要五毛。鱼多云跑下去给他一枚一元硬币,看他找了五毛,才拿起电话筒:"妈?咋了?"

那边说:"鱼多云是吧,这次有个好活,稳定,一个月一万。干不?"

3

2002 年最后一天,鱼多云恰在"红馆"干满一个月。

第一次进场时她都不会走路了，也看不见、听不见了，因为太多的光色让她盲了，太炸的音响让她聋了。于是，光和响不再诉诸眼耳，而是诉诸胸膛。砰砰砰，砰砰砰，她被捶打得很慌、很薄。往人群中慢慢走下去，鱼多云闻到更加浓烈的钱的味道。她闻得对，但这儿还另有一种味道，欲的味道，她却远远没有闻出。

鱼多云穿上圣诞裙，戴上圣诞帽，抱一束花走得跌跌撞撞。领班给她的任务是卖花，云南空运来的瓷实硕大、沉甸甸的玫瑰花，一朵五十，卖一朵给她抽五元。刚开始鱼多云根本不信会有人买，但第一朵卖了，第十朵卖了，第一百朵都卖了。这地方钱不算钱，鱼多云吃惊地领悟出来。太好了，她只要拿到一万五就够了。

但章紫怡说——章紫怡是化妆间里第一个跟她说话的女孩，她说："没有够。先是卖花，然后卖酒，然后进唱歌房，再然后上楼出台，都是一顺溜的事。强迫？法治社会，谁强迫谁啊。"说"法治社会"时章紫怡有些滞涩，她没怎么上过学，这四个字对她来说怪咬文嚼字的。

鱼多云便不吭声。

章紫怡又说："鱼多云？什么怪名字——不会是真名吧？牛逼，行不更名坐不改姓。我吗？我也是真名。爹妈起的，我就叫章紫怡，紫色的紫。"

章紫怡跟其他女孩一样，跟客人一会儿说自己是幼师，一会儿说自己是大学生；再往深里说，那就家里还有个要看病的老爹或上学的弟弟。

章紫怡帮鱼多云挣到了在红馆的第一个两千元。那天鱼多云穿件旗袍，脖子上挂只木屉正卖烟，章紫怡忽然狂奔过来，整个人要不是被皮兜着就泼得到处都是了，拉起鱼多云便往包厢跑。

鱼多云进去，头还是昏的，就被塞了一千块钱。

"谁还没有？谁还没有？"一个瘦瘦小小、脸面秀气的年轻男人手指天花板间，旁边一圈山呼海啸。人人都扭曲了，年轻男人的脸在中央显得十分平静。但鱼多云感觉他心里在发疯，从眼睛射出来。

"他家里有两个亿！"章紫怡在鱼多云耳边喊，"我领了三次，他还问我领了没有，你等会儿也再来一遍！"

鱼多云心跳着，纠结要不要"再来一遍"。一个声音怂恿说，又不是我要的，是他自己喝醉了乱撒。再说，那钱是他自己挣的吗？像"唐太宗"一样站讲台挣的吗？像医生护士一样看病挣的吗？像王红梅一样流汗挣的吗？肯定不是！

就该拿他的。鱼多云感到一种奇异的痛快，向"两个亿"走过去。

两个亿，光画零也要画半天啊，拿着两千元出了包厢，她想。就在刚才，"再来一遍"时光响混乱的一瞬，她触到了一只拥有两个亿的人的手——也是温的。

下了班，鱼多云钻进一间已关闭的包厢，帮保洁干点小活，然后躺到丝绒沙发上睡一会儿，等六点钟再乘清晨的第一趟公交车回去。不像章紫怡，下了班还找地方去吃喝玩乐，伸手就招出租。章紫怡花钱太厉害了，她以为自己也有两个亿？

2002年最后一天，红馆对面的商场升起大型广告幕布，上面是戴着铂金项链的章子怡。双层巴士上的王一鸥看着幕布。她不喜欢章子怡那副披荆斩棘的厉害样子，不符合她理想中温柔纯洁、与世无争的女性美。

章子怡完美的脸渐渐脱离双层巴士的窗。

红馆栏杆内的章紫怡笑喊："鱼多云，今晚'两个亿'要来！"

鱼多云走进"维多利亚港"包厢，包厢大得像礼堂，"两个亿"并不在。章紫怡把她挤到皮沙发尽头，那里坐着一个男人。鱼多云有些局促，站起来要回大厅，章紫怡却对她摆摆手，意思是"等一等"，接着龇牙一笑。章紫怡在工作时很少笑，因为她不笑时，白嫩嫩冷冰冰的，像大学生；一笑就变成个川妹子，牙龈红嗤嗤。

川妹子的笑安抚了鱼多云。鱼多云又坐下了。

"我是南方人，做服装生意。小妹你几岁？"男人个子矮矮，三四十岁，脸面白净，戴副金丝眼镜。

不等鱼多云回答，他接着说他是做运动服的，出口转内销，这两年不少赚钱，交了个女朋友是小学教师，估计会结婚。

不容易啊，他还说，现在有钱了，买双袜子都要去中大国际，哪像以前，从乡下到广州学生意，师傅炒菜没放盐都不敢吱一声，就那么吃。他倒豆子样说这话时，满屋光球乱滚，音乐冲天，让鱼多云感到迷幻。

"那你现在有钱了。我没考上大学，只能在这儿挣钱。"鱼多云说。

男人拿眼睛看着她。"来，2003年，"他忽然举起酒杯用广东话喊，"发财！"

醒来，鱼多云看见窗外章子怡铂金般美丽的眼珠。这不是一楼，一楼只能看见她的裙子，鱼多云混沌地想。这时另一张脸凑到眼前，立体、真实的脸，刚才那个南方男人的脸。鱼多云大叫一声坐起，她在一间粉红的房间，小小的，像船舱，她也像在船上一样摇晃发晕。

混乱中不知是谁先动的手，是要抱还是要打，最后两个人都痛叫，情形变得滑稽。疼使鱼多云清醒些，她跌跌撞撞扭开锁冲出门，一头撞上金领班。

金领班其实不是领班，是个少爷，还不到二十岁，因为长得像桃子样可爱，所以常被女孩们调戏，说领班的话可以不听，金领班的话一定要听，但实际上她们只会差他买东买西。

金领班两手扶住鱼多云。

鱼多云腿前两块膝盖一虚。其实她并没"跪"的意思，但整个人出溜下去。金领班不由得手一松，她便弹起来跑了。

啪，啪，啪，啪，光脚踏在新年夜的柏油路上，左一下，右一下，鱼多云像做噩梦一样跑不快，急得哭出声。她刚从消防通道下来的，这儿是红馆背后的小街，服装店、理发馆、美甲店、小吃店都黑压压地关着门，没有人。

金领班追来了，后面还跟着两个男人。鱼多云昏了头，脚比脑子先拐弯，冲进旁边小巷。另外一个鱼多云在心中大喊：往大路上跑啊！

来不及了。小巷羊肠粗细，是藏污纳垢之处，满地黑油，"哧溜"，鱼多云仰面滑倒。

金领班已经追上来，在巷口张望。鱼多云躺在地上，像在老干部家看"天窗电视"似的，金领班在她眼中倒着，桃心形的脸向下，边缘模糊，唯一清晰的是眼珠。

鱼多云不确定那双黑眼珠是不是定了一定，也可能他根本没看见她。反正，金领班继续朝前跑了。

水泥地发散着油腥气和呕吐物的酸气，冰冷恶心、凹凸不平地顶着鱼多云的脊背。她像条死壁虎般动弹不得。两边巷墙夹着一块被电线割碎的月亮，残月，这个词出现在她脑海，地理老师说，can，开口像C是残月。

残月。残月代表过去的安全世界，猛然把鱼多云拽起。她冷静地爬到巷口，伸头看看，四下无人，立刻跳起来向大路奔去。

前方停着一辆橙色的出租车，刚才还没有的，中年男司机勾头靠在车门上吸烟。

鱼多云像见了救星，跑过去拉门："走走走！"

司机四处观望一下坐进车，回头看她："被男朋友打啦？"他的脸黄腻腻的，眼泡鼻头虚肿，嘴巴嘻着。

鱼多云这时根本听不懂话，只胡乱点头："快走！"

车开动了。鱼多云窝进后座打摆子一样抖起来。司机在前面絮絮说话，男朋友……同居……行李……回学校还是回家……车里渐渐浮起烟和头油的肮脏气味。

红灯，司机停车扭头欣赏她光裸的胳膊和腿，她只穿着圣诞短裙。然后他伸手扭大空调，热气"轰"地冲向她。

快到白香住处时，鱼多云才不抖了。她抹掉车窗上的水汽，感到手和玻璃一样冰冷。外面，暗蓝的天空上蒙着一层日常的、淡金的路灯光。

"我上去给你拿钱。"鱼多云瑟瑟地说。

"算啦。"司机回头，再次打量她的光腿、光胳膊，"年轻女娃在外，小心点。"

元旦早晨，星探打来电话。鱼多云一接起，听筒就传来"脏 X 烂 X""等我把日你妈的脸刮烂"等源源不断的咒骂。骂到高潮处，声音尖厉，用词熟悉，鱼多云终于听出来，他不是他，是她，星探是个女人，而且是鹤川人。

鱼多云捏紧话筒深吸口气："日你妈！日你妈！我日你妈！"

4

王一鸥回到鹤川已是晚上十点。灯光，楼房，树木，街衢……半年不见，一切变寂静了，连空气都稀薄下来。

王一鸥踽踽行着，脚底咯吱咯吱，尽是碎水泥、小石头。原来鹤川是这么荒疏的小城，她以前怎么没觉得？丹鹤江边蜡烛般燃起一弯橘黄的黯淡路灯，王一鸥仰头跟自己说：新年快乐。残月好像笑了。

不上大学了！王一鸥忽然决定。财会没意思，也学不会，还要顶着鱼多云的名字。不上了！把名字还给鱼多云，重新高考，重新努力，考个喜欢的学校、喜欢的专业……她能做到！

王一鸥捏紧双手,乘着这个想法的帆飘回卫校。门诊楼、大操场、枇杷树亲切地向她招呼:"王一鸥!王一鸥!王一鸥!"

"哎!"王一鸥应出了声。

王安升和鱼树蕙的身影一出现,这种一叶轻舟般的愉悦便消失了,王一鸥又落到现实坚硬的地板上。

退学?重新高考?

"怎么可能!"鱼树蕙端来一碗小葱银丝面,满脸焦灼,"大白天说梦话!你就是怕期末考试,我还不知道你。别人怎么学你就怎么学呀!"

王安升的手直戳到她脸上:"烂泥扶不上墙!"

王一鸥哭了。2003年来到了。

王一鸥在父母押送下回西洛财院时,鱼多云背着一只红蓝格编织袋到了西洛火车站。

那天她挂掉星探的电话,愤怒渐渐平息,恐惧却从胸腔深处传来。在屋内窝了一天,傍晚她饿极了出门买米线,没走几步,周遭陡然跌入黑暗,头顶的电线纷乱幽昧。巷口的发廊灯亮起,发出有毒的深粉荧光,两条交叠的肥白大腿像蛇缠绕在荧光里。鱼多云驻足退后,忽然转身跑了。

直跑到出租楼前她才喘息着停下。薄如纸板的楼门"吱呀呀"洞开,走出一对互相搂抱的少男少女,男孩的头上顶着鸡毛毽子样的彩发,女孩则有张农家太阳才晒得出的大红脸,腿像矮马腿一样粗壮,裤袜起满毛球。

上了楼,鱼多云跟白香讲了实情。

"那你出去避一避啊!"白香紧张得都变音了,"回鹤川吧!"

在火车站大厅,鱼多云仰头看那幅巨型的列车图。深蓝的线像血管通向雄鸡的每一处——除了鹤川。鹤川还没有通火车。鱼多云想起以前安妮宝贝的小说风靡，女主角老是一身白裙子，光脚穿球鞋，顺着铁轨走向远方。但鹤川没有铁轨，她和王一鸥只能顺着丹鹤江走向远方。

"去哪儿？"穿宝蓝制服的中年售票员有些不耐烦。

"去南方……上海。"鱼多云答。

最后，鱼多云坐上了去北京的硬座。一是因为去上海的票太贵，二是因为首都给她一种赤红的、轰轰烈烈的安全感。莫说"星探"和红馆追不到北京，就算追到了，他们也不敢怎样吧。

北京的治安确实好，但去北京的火车上治安却不好。跟身边的男人女人你压着我、我压着你睡到北京西站后，鱼多云发现抱在怀里的编织袋被划破了，里面的六千块钱不翼而飞。

西站的女厕所冰凉膁臭，鱼多云把头顶在盥洗池旁的白瓷砖上。

"女同志，让一让！"胸和腰一样粗的北京大妈舞着抹布赶人，要擦她头顶的那块瓷砖。

鱼多云麻木地挪开额头。这时，一群土里土气的女孩子涌进来，乒乒乓乓各占一个小间，锁上门还相互说话。

"小鱼唻？咋没见了？""伢不和咱一块儿，跟工头在一块儿哩。"

女孩子们又纷纷涌出小间，有的过来摆弄按压式水龙头，有的背着手含混过去——不会用，不洗了。鱼多云眼里发涩，腿脚自动地跟上她们。

由鹤川乡音牵引，鱼多云出了西站，跨上一辆开往顺义新工厂的大巴。车开了，工头拿着小本子做登记："进厂要检查哩，都把身份证拿出来。"到鱼多云，鱼多云用鹤川话说："我没办过身份证。"

工头转问她旁边鸭蛋脸、肿泡眼的女孩："你唻？"

女孩笑嘻嘻答："我才十五，也没办过。"

工头舔舔手指头，翻到本子的前几页："那我就先用你们村里人的身份证给你俩登记。"他用一根只剩一拃长的秃铅笔写,"鱼爱华,王小玲"。

女孩一笑,靠近鱼多云:"其实我叫王米米儿。"

米米儿,让鱼多云想起小时候村里的玩具"咪咪儿"——一种麦秸做的小得可怜的哨子,声音胆怯、纤扁又欢悦。

鱼多云看向窗外,北京郊区和西洛郊区很像。北方,灰黄,很多楼房,间杂着田野,天地相接处混混茫茫。她的脑子也混混茫茫。

工厂第一夜一切崭新。铁架子床崭新,蓝格子被褥崭新,滚热的大白暖气片也崭新。一间房睡八个人,王米米欢乐地眯缝了肿泡眼:"哎呀,这跟大学生宿舍一样嘛!"

接下来的日子,要不是身边有王米米,鱼多云几乎怀疑自己又被骗了,要不然就是疯了,被关进了精神疗养院。

一切都越看越不正常。首先,说是工厂,却没有活干。没有活干,却还要每天八点准时上工。到了车间,无数排缝纫机,像一座精确的矩阵,每个人占据其中一个点,发一小片布,开始缝纫。缝什么?没人知道。反正早中晚都管饭。午饭还有一样肉菜。

十天后轮休,鱼多云睡到下午才醒。外面是个金灿灿的晴冬。躺在蓝得发翠的床单上,她看见无数纤小绒毛在太阳光柱里缓缓漂流。鱼多云有种久违的感觉,好像回到了童年的卫校,那时的生活也是这样缓慢,这样没有逻辑。

鱼多云把脸埋进翠蓝格子,直到额头发麻才翻过身。这时北京的夕阳走到了她脸前。首都暮冬四五点钟的夕阳,红铜般的颜色,让人确信地球受它牵引。鱼多云感觉自己渐渐被那光和热融化,变成了一个泪人。

5

睡翠蓝格子、玩小布片的生活过了一个月,鱼多云和王米米的脸都圆了。这天，王米米正给鱼多云做第二副鞋垫，工头来了："收拾东西，换地方！"原来新工厂的老板受了骗，原料迟迟不来，只得先把工人解散。

大家依依不舍地丢下新架子床、翠蓝格被褥，大包小裹地上车。

同是工厂，十五公里外的第二家可差得多。好像用简笔画画出来似的，到处是四方形，风来灰尘扑面。宿舍是薄如纸板的简易房，厕所远在工厂另一边。鱼多云抱着行李，看见通铺上散乱的暗黄麦秸。

"连麦秆都不给人铺新的！"王米米在旁震惊地说。

"工厂就是这样，真以为是大学宿舍？有些比这还差哩。"另一个女孩说。她已经出来两年了。

话虽这么说，不到月底女孩们还是"造反"了。都怪前后对比太强烈，而这批女工又大多跟王米米一样，是第一次出门。

"给人吃的啥？顿顿水煮白菜！"她们在家里，至少有一小碗葱油可以拌面。

工头没办法，只好到处联系。最后，深圳有家厂子愿意出路费喊她们过去，鱼多云就跟王米米们乘上了南下的火车。

第一家工厂没给钱，第二家工厂给了她们每人五十元。在火车上，鱼多云把那五张十元纸币捏到软烂。这是她站在流水线前钉扣子赚来的，整整三周，她每天八点上工，六点下工，除了中午吃饭的一个小时，全天都在操作台上按、按、按，按牛仔裤上那颗扁圆的金属扣。按到一定程度，也有点怪趣味。这时如果休工铃响，却是放不下的，还想按、按、按。隔壁的王米米边按边翕动嘴唇，细听她说的是："坏蛋，混蛋，王八蛋，全部都是蛋，蛋，蛋……"

工头在火车走廊上吃茶叶蛋："到深圳咱好好地干，一个月至少一千！想想，一年一万多块哩！"蛋黄从他嘴里喷出来。

女孩们脸上都露出迷醉的微笑。王米米神往地说:"我爸妈一定高兴死了。"

绿皮车外的风景缓缓向后挪移,咣当,咣当……车厢里有人吃泡面,气味弥漫了整列车。鱼多云靠在车窗上睡熟了。火车规律的震颤像只不大会安慰人的巨手,一下一下地抚摸她的头。

晨光熹微时,在酸困和窒闷中醒来,鱼多云第一次看见了南方世界。树叶阔大,颜色苍绿,雾气混沌,仿佛一种从未见过的夏天。

啊,南方,这就是南方。

大巴司机长着一副广东人的面貌,黑瘦,凸嘴嚼槟榔,利落得像只猴。中途转弯转得急了,他略带嘲讽地笑喊:"对唔住啊,各位老板。"

女孩们都羞涩地笑起来。

深圳人见谁都叫"老板",好像天下皆老板。鱼多云心想,这就是特区,紧邻香港,南方中的南方,鹤川人传说遍地黄金的地方。

流水线上,鱼多云每天从早晨八点干到夜里十一点,中午下午各有半个小时时间吃饭。开夜班能拿全勤工资:一个月一千二百元。

三个月后,鱼多云一照镜子,白了,一种奇怪的白,皮肤变得薄而胀,整个人像在什么溶液里泡发过,眼皮都胀起来。

王米米有只闹钟,黄澄澄的,像鸡雏,是她的宝贝。这天中午打了饭,她且不吃,只顾皱眉鼓捣那钟,还问它:"咋回事?你咋回事?咋不走了?"

鱼多云看看说:"电池没电了吧?"

王米米却跪下来,把小鸡闹钟摆到床上,两手交握,用鹤川话道:"主啊,我是你的娃王米米儿。愿主的旨意行在人间,如风行在水上。求主让我的钟好起来。"

话音刚落,那闹钟的秒针喝醉一样晃两下后,果然又吭哧吭哧走起来。王米米激动地大喊："感谢主！感谢主！"

鱼多云小声说："你把电池抠出来咬一咬，也能让主显灵。"

王米米仿佛没听见："我哥今年上大二，学市场营销，说他将来肯定轻轻松松挣钱，不像我，一辈子面朝黄土背朝天。我听了害怕……这下好了，我有主照看！"

周日，鱼多云被王米米拉去听道。工头还是那个工头，在头上盖块白帕子，就变成了牧师。

只听工头说："咱每个人生来都有罪。所以老古话才说'活着就是受罪'。你说我受罪不受罪吧，我两个娃，一个脑瘫、一个小儿麻痹；你说你们受罪不受罪吧，天天干活，不得休息……谁可怜咱？只有神。自从信了神，我两个娃的病都好多了。祈祷吧，想要健康有健康，想要平安有平安，想要钱就有钱！神无不答应，阿门！"

鱼多云想起那双拥有两亿人民币的温热的手。他祈祷过吗？应该没有。鱼多云侧身从女工中挤出去，南国春阳杂金错绿，令人眩晕地兜脸泼下。

南方讲究效率，厂子一个月只休一天。到了这天，鱼多云跟王米米去买牙膏和卫生巾，顺便看看深圳。她们乘两小时的公交，一到华强北，便被人流的旋涡急速地没顶。

皮肤嫩白滋润、嘴唇红艳明亮的白领女人，头发花白、佝偻肮脏的掏垃圾桶的老婆子，打着发蜡、穿整套西装拎皮包的男人，两膀花绣、蹲着抽烟的男人。还有一些柔嫩闪亮的女孩，跟鱼多云一般年纪，两条细白的手臂挂满名牌纸袋，走得很急。连花钱都很紧迫似的，大概这就是深圳。

王米米蹲下捡地砖上的一张小卡片："急招男女公关，月入三万。"

"白生生的，怎么扔了。"她珍惜地将卡片收起。这是王米米从一座名叫王塬的村庄带出的习惯,任何东西轻易不扔。她家檐下的木柴堆里,丢着几代人穿剩的烂鞋头子。

两人紧张、局促地逛了逛商场,很快出来,在商场外的地摊上买到便宜得吓人的衬衫、牙膏甚至卫生巾。两人心满意足,乘车回厂。行到半路,鱼多云看见一家兰州拉面馆打开的玻璃门上,映着店内小电视机的彩影。香港,鱼多云忽然想到,这是她离香港最近的时候。

"你不跟我回了吗?"王米米恋恋地、有点焦急地问。

"我要去个地方。"鱼多云挤下车。

鱼多云问了许多人,转了几趟车,天擦黑才站到深圳湾边上。一水之隔,香港真实存在了。黄昏雾蒙蒙中,她看不清楚,只觉仿佛一条大舌头般的灰蓝土地伸进水中,舌头上有树有楼,光芒忽明忽暗。啊,那就是香港!鱼多云像见到相思许久的恋人,又激动,又有些失望。

夜风吹来繁华、自由又神秘的气息。鱼多云打开肩膀,深深呼吸,全身心地对东方之珠礼拜神往。

很多年后,香港发生警民冲突事件,鱼多云在新闻上看到那混乱的街市,不禁感到遗憾。好像盼望了许久的盛宴,还没上桌,菜就被人撤走了。真是怅然。

赶在厂门关闭前,鱼多云回到宿舍。

王米米正在那张"公关"卡片上试圆珠笔。试好后,她拿出纸给初中同学写信:"你记不记得我们到丹鹤江摸贝壳,那天水很大,差点把你弟漂走,我们回家都不敢说……"她的字蓝而小,像小鸡爪,密密地爬了整页。

6

操场上生了春草。男生们在草上踢球，风一般跑着，人和球滚得黄土飞扬。

王一鸥抱书立在操场边的红砖台阶上，有风自南来，吹动她的头发和裙角。从这学期起，她在学院新成立的中文系就读（大学扩招后，所有学校都赶着成立中文系、法律系）。王安仁与王安升通过牵线人和钱，办成这事。事后，王一鸥挨爸爸骂终于挨出了被爱的感觉。她确定无疑，自己被爸爸爱着。

不但爸爸爱，有个男同学也爱。那位男生长得非常白，或者可以说是粉红，下巴尖尖，毛发浅疏，有些佝偻。白同学把王一鸥错过的课程教材一股脑地拿给她，上面记满细小的笔记。王一鸥一面受宠若惊，一面略微嫌弃，半推半就地和他一起学习。

"中文系的课程没什么可学的，"然而王安仁说，"就是上学这几年轻省而已。社会两个圈，一个财富圈，一个权力圈，要是哪个圈都进不了，一辈子就完了。"王一鸥听得怔怔的，心里焦虑又迷惘。

这个世界的确到处是钱味啊。好像忽然之间，她也闻到了这股味。对权力，王一鸥还没有概念，但钱的味，却可感可见地蓬勃了。校门之外，豪车车身的流光能视而不见吗？商场、餐厅的广告能听而不闻吗？

学校有些女孩开始蠢蠢欲动。"有钱人"三个字好像一个咒语，在年轻的唇齿间碰撞出隐秘的渴望。

"二班的马丽华想去校门口撞奔驰，好撞出一个钻石王老五。"

"大三有个学姐找了个宝马男，都同居了才发现那人是个司机。"

谷静静带来的传闻荒诞危险，王一鸥听得发愣，周雪童却只微微一笑。她被美貌加持了自信，并不急于一时，反而保持着警惕。再说，她开学都是坐父亲单位的公车，虽然只是奥迪，但有司机搬行李。

王一鸥第一次见到父亲之外的男人的钱，是白同学交给她的。"七百五十块，我做家教挣的，你帮我保管。"白同学笑得龇出长长的牙齿。

王一鸥心里诧异又发痒，双手却自动背向身后。这是鹤川卫校幼儿园给的教养：别人的钱不能要。白同学露出受伤的表情，明白她拒绝的不只是钱，便自动淡出了。

王一鸥适应了名为"鱼多云"的生活。名字不过是马甲，能有什么影响？在网络上，人人随时更改名字。她不再像开始那样，一听到有人喊"鱼多云"，鱼多云的脸就在她眼前一闪，化作什么灼烧的东西流进胃部。现在她就是鱼多云。

只有偶尔午夜梦回，好像还在童年时期的卫校，鱼多云对她喊："王一鸥！走，玩去！"她才会惊悸而醒。

这时明月在天，照着宿舍窗上的蓝玻璃。一顶顶白蚊帐也随之变得微蓝，蚊帐里女孩们的皮肤、头发也微蓝。这个年纪，不管醒着多讨人厌，睡着仍像天使。王一鸥舒口气，蒙眬着再进入梦乡，也化作微蓝的一部分。

然后西洛财院的早晨来了，实实在在、有响有亮，阳光，人声，鸟鸣。红砖砌的食堂正做早饭，烟囱喷出簇簇灰蓝油烟。王一鸥伸个懒腰起床，忘了昨夜的梦，继续大学女生的一天。

白同学消失，黑同学到来。和白同学不同，黑同学是王一鸥在网络上认识的西洛理工大学学生，网名"小黑"。五月，春末夏初，"非典"汹汹而来，虽然它最终没能抵临这座北方省会，学校还是早早封校了。瘟疫是魔鬼，大学生们没见过鬼却被关起来防鬼，觉得恐怖更觉得好玩。爱情因此大量降临。王一鸥和黑同学也在电话线上谈恋爱。

倾诉、吵架、和好，该走的恋爱程序都在电话里走到了。见不了面，最后的亲密也得由电话达成。王一鸥很怕被舍友听见,但又无法拒绝。深夜在走廊挂掉电话,王一鸥仍沉浸在那旖旎世界,甜蜜又微微恶心地推门进宿舍爬上架子床,倒头睡去。

可惜这段恋爱在两人第一次见面时就灰飞烟灭。当时,黑同学按要求抱着一大束红玫瑰,结果这束过分抢眼的花更扩大了他们之间的陌生和尴尬。王一鸥想不到声线低沉的黑同学是个两百余斤的胖子,黑同学想不到莺声呖呖的王一鸥是个不足九十斤的瘦子,都跟彼此的想象相去甚远。后来黑同学及时调整,还拿出相当的诚意,但王一鸥的爱的设定里,却从来没有胖子的位置。电话线上的亲密戏剧变得尴尬,飞快地落下帷幕。

对了,在那些戏剧如火如荼时,王一鸥被称作"云云"。王一鸥略微别扭地接纳了这个爱称,直到那一刻。

那一刻始于黑同学退出后又一个春天的黄昏,王一鸥被音乐社团的干部支使出来取大提琴,远远看见学长挎琴站在那里。当时,晚霞为他做景,斑斓的色彩泼洒了天地,像粉红色的章鱼触手四处蜿蜒。王一鸥觉得自己的眼眶变得无限大,装下了整个世界,眼珠又变得无限小,只看到学长一人。既然他又高又远,她当然又低又小,像爬虫般蠕蠕爬过去。

学长是贾嘉阳的"借尸还魂"。

那一刻来得未免太快。财院北门对面巷子的小旅馆里,门口灯箱白底红字地亮着"温馨如家"。学长在她脖子旁亲昵道:"云云……"

王一鸥不禁一激灵。

心心念念的"第一次",竟然被称为"云云"。她感觉像一层黑纱兜头撒下,失去了所有的激动和好奇。

这事真没什么意思,王一鸥一阵后悔失落,甚至觉得恐怖。她真的干那事了！她以前多么喜爱"冰清玉洁""从一而终""与世无争"这类词呀。她为了得到他人的爱，恨不得纯洁到天上去。

怎么会走到这步呢？他们看过四场电影，在影院里接吻，吻到不知道电影的主角是谁，但一出影院，太阳就把阴暗中的甜蜜瞬间蒸发干净，学长的手离开她的脸插进裤袋里。到吃饭时间，学长便提出回学校吃食堂，各用各的饭卡打饭。

那她为何这么快地躺到这里？

除了爱情和好奇，那就是因为英语课本上的女权文章吧。文章雄辩地批判守贞观念："为什么要毁坏我们的健康，压抑我们的精神？"

或者还因为谷静静吧，谷静静说："就我们宿舍没有同居的，其他宿舍都有。外院最厉害，门口停满豪车，英语系的女生晚上在宿舍集体看黄片学动作！"边说，她边不在乎地嗑着瓜子。她嗑瓜子很有趣，把学校门口小摊上不同种类的瓜子各买一两，回来在小炕桌上摆出一行小坟堆儿，轮流品尝。

第二天，王一鸥擦掉眼泪由学长送她回宿舍。她觉得天地变色，学长却还是一副轻松的样子。每次约会完他都是这样，无论刚才发生了什么，一说再见，他人还在眼前，却已经变得很远。

到了宿舍楼下，王一鸥抬头看见全宿舍的人都趴在阳台上看她。

她推门进去，谷静静马上说："有些人新婚之夜，只能挤点儿番茄汁、血橙汁了。"

周雪童深深叹口气："等她嫁人的时候可怎、么、办、呀！"

其他人默然。

王一鸥的心直往下沉，又重又烧，嘴里发出一阵怪笑，假装她们不是在说自己。她太傻了！她本来只想跟别人保持一致，却不小心走得太前。

学长彻底消失了。王一鸥一周没去上课。舍友顾书艳,一个瘦长多病的甘肃女孩,因为年纪最大,被谷静静取外号叫顾妈,上课中途忽然回来。这时宿舍是黄色的,四点钟的太阳黄茫茫地挂在空中,空气干巴巴的。顾妈边埋头理书边说:"我有男朋友。"

王一鸥一向只巴结周雪童,和顾妈没什么来往,一时接不上话。顾妈又说:"他是我高中同学,因为没考上大学,我家里不同意,但我喜欢他。每个月他都从老家坐火车来看我,晚上我们就住旅馆。"

原来她不是去舅舅家。王一鸥想了想低低问:"可你们会结婚吧?"

"不知道呀。"顾妈说,然后拎着换了书的书包打开门出去了。

顾妈恬静沉默,没有侵略性,陪王一鸥走过了失恋期。她还把王一鸥拉进自己的小团体,另一个成员是舍友童玲,一个圆脸嗜睡的女孩儿,脑门长满痘痘但并不为之焦虑。周末,童玲带顾妈和王一鸥到她郊区的家里吃饭。在饭桌上,王一鸥环视一周,童玲、顾妈、童玲的工人父亲、家庭主妇母亲、工程师哥哥,每张脸都温和自足,没有侵略性。

然而不久后,周雪童略向王一鸥勾勾手指,王一鸥就又恋慕地贴上去,疏远了顾妈和童玲。她像散软的磁粉,终究被强有力的人吸引。

7

为预防"非典",工厂把每月一天的休假都取消了,疫情结束也久久没有恢复。然后有一天忽然通知,要把鱼多云所在的流水线改做焊锡。

"焊锡有毒,"工头说,"但愿意上的,一个月多拿五十。"

于是,在深圳漫长的夏季,鱼多云不停地用一只六百摄氏度的烙铁头熔化锡丝,待水银样的液泡鼓胀起来,立刻把电线和线路板焊紧。

焊好的一筐筐线路板用来做什么,鱼多云完全看不出。它将进入一只鼠标吗?它将进入一辆火车吗?有时她边焊边想。但大多数时候她必须聚精会神，把脖颈勾成问号，把双眼聚成黑豆，才能装满流水线上的蓝色货筐。

春天又来，深圳的春天是落叶的季节，新叶萌发，代替旧叶的位置。知道鱼多云要走，王米米羡慕地哭了："我也不想干了，但我哥还得一年半才毕业。"

鱼多云抱住王米米。一年多下来，王米米没长高，胖了，抱起来软而轻，像放多了酵母的馒头或者大白面包。

这时两个人还没有手机，于是约好写信。最后信虽然没怎么写，但她们的友谊却坚持到了能用手机联系的时候，不过那是好久以后的事了。

2004年春，鱼多云带着一万五千九百一十六元离开深圳。这次她将钱卷进行李包深处，全程抱着没有合眼。

西洛的树刚刚开始长叶子，街上像蒙了一层若有若无的绿烟。鱼多云振奋地发现电脑班原模原样地等着她，只是地板上的广告更多了。剪纸女孩不见了，换成个剪纸男孩，瘦，亢奋，淡紫的嘴唇一开一合："学电脑绘图特别好，电视、电影、广告设计……这些方向全都能就业。学费折后一万七千元。"

鱼多云吃惊："不是一期六千，三期打折一万五吗？"没想到学费像树木一样会"长"的！

剪纸男孩遗憾地耸耸肩走了。鱼多云站了一会儿，看见广告走廊尽头门上贴的A4打印纸：校长办公室。

冯校长还是冯校长，长得有些像马，白净，高壮，是典型的西洛本地美男子的长相，但人到中年，皮肉和发顶有些松懈了，穿着也松松垮垮。

鱼多云开始说得磕磕绊绊，后来越来越流利，最后直接控诉："你们怎么能这样？"

冯校长飞向两鬓的长眼睛先是不耐烦，接着愣愣的，最后伸手揉揉马一样的长鼻子："你的钱都是在深圳工厂里挣的？"

"嗯。"

"刚好挣了一万五？"

"嗯。"

"就差两千？"

"嗯。"

冯校长说："那就按去年的价钱报吧。"

当学生，即使只是当电脑学校的学生，也给鱼多云一种在西洛落地生根的感觉。上完课，她到大学路深处一家"香村"咖啡馆打工。

咖啡馆的制服是白衬衣黑西裤，外加一条尤加利绿围裙。鱼多云学会了做咖啡，泡水果茶，给松饼上挤奶油并点缀草莓。白天，风从梧桐树隙中吹来，拂过她和金发碧眼的斯文顾客，又带着咖啡香气从另一扇窗吹出去。晚上放文艺电影，开读书会。

鱼多云很快跟同事学会了礼貌又略带矜持的神色——城市人的神色。还学会了怎样把十五块钱的黑白T恤穿得漂亮，秘诀在于年轻，随便，不在乎。

咖啡馆时薪五元，不管吃住。算下来，还不如当女工。但鱼多云宁愿端咖啡，因为咖啡馆有特别的气息——"石上藤萝月"那边的，久违了。

一天课后，鱼多云的咖啡馆轮休，冯校长邀请她共进晚餐。那是场神仙会饭局，本来主人只请了A，A又邀B，B又约C，最后团团坐了一大桌。做东的是位地产商，人称鱼总，肥耳招财，小眼聚财，憨态可掬，两条细背带穿过衬衫肩膀夹在西裤裤腰上，活像电视剧里的港商。但一张口，鱼多云就知道：这人乃是鹤川人。

光莹琳琅、沉重得纹丝不动的水晶吊灯照着晶莹发亮、源源不断的酒菜。鱼多云一言不发，闷头猛吃，附近几个男人的调侃和带色玩笑她都当没听见。冯校长有一搭没一搭地和旁边的男记者说话，不时给她转转桌。直吃到顶喉咙，鱼多云才喘口气直起腰。这时桌上又来了一例鲜红肥润的三文鱼刺身，服务员介绍说刚空运到，请大家尝鲜。

这时众人都已经吃得差不多，肥润的三文鱼便被冷落在桌中央，鱼身下的冰空自融化。鱼多云心疼地看着，发现还有个人和她一样，那就是鱼总，小眼里也发出心疼的光。两人目光相接，那双小眼的神情一变，发出了另一种又浓又亮的光。

后来，鱼总的奔驰车到学校接鱼多云吃饭，恰碰见冯校长停雪铁龙。冯校长从雪铁龙里下来，西装革履，一脸幽怨。

鱼多云到了酒店，又是那间包厢，又是晶莹发亮、源源不断的一桌菜，服务员退出去关上门。

"老乡见老乡，两眼泪汪汪。"鱼总诚恳地说，"我其实很孤独，你阿姨跟我工地上的门卫好了，我没要跟她离婚，她倒要跟我离婚。"

又说："你哥也大了，在外地给我管场子，家里就剩我一个人。"

又说："老乡见老乡，两眼泪汪汪！"

饭毕，对着剩下的满盘鱼肉，鱼总又露出心疼的表情。他依依不舍地丢下它们，自己开车，把鱼多云送到城中村门口。

鱼总打开车窗，指指矗立在村旁的一群高楼，说："那是我的盘。"

"哦。"鱼多云想，夜里吵了白香两年的，原来就是鱼总。现在不吵了，但白香已找到新工作准备搬走。

鱼多云挪挪屁股，夜风吹进热烘烘的灰尘，更显得真皮座椅崭新又滑凉。金黄水滴状的水晶香水瓶发出冷香。

鱼总关上窗户，调低座椅，谈开心来："我现在每年过年回鹤川，都叫这辆车后跟一辆装满米面油的大卡车。车一路往村里开,逢人就给一袋米、一桶油,不管是谁。"

鱼多云眼前浮现出一幕画面。冬天的鹤川,灰黄灰黄,一个村民笼着手踽踽独行。漆黑的奔驰和大卡车忽然驶入,司机下车从车斗扯出一袋又胖又白的大米塞给他,村民目瞪口呆……村民化作眼前的鱼总,肚子浑圆、穿着背带西裤,竟有些可爱。鱼总老是老,但没有疲态,反倒像小孩儿。

鱼总拉开皮包,拿出一沓粉色的钱。

鱼多云吃惊地看着那钱,对比自己的一万五千块的厚度,那一沓至少两万。这些钱还很旧,好像被许多手珍惜地摩挲过,她的手不由得提前感知了那种柔软。

鱼总憨笑着说:"拿去买身衣服。"

这时,一个娇小的人影小鸟般在车头一停,又飞快绕到车窗旁喊:"鱼多云,鱼总!"后一声热情非凡。

鱼多云陡然将钱一推,鱼总只好用皮包掩住。

白香还在继续喊:"鱼总,我叫白香,是你的打工仔呀!昨天大会我就坐在第一排。"隔着车窗,她的声音嗡嗡的。

原来白香的新工作是在鱼总的公司当会计,这实在是太巧了。

不久后,这辆奔驰副驾驶上的人便换成了娇小又肉鼓鼓、冰冷又甜腻腻、偶人一般的白香。白香也是鱼总的老乡,也是一见两眼泪汪汪。

8

夏天清晨,鱼多云走进电脑学校,看到一位熟人:金领班。金领班也看见了她,两个年轻人目光相碰,便大概理解了对方的一切。

中午下课,鱼多云跟金领班到隔壁师大校园内的小饭馆吃饭,一人一碗米线。店里全是憨乎乎的师范生，两人安静坐着，假装自己也是其中之一。

剥掉黑西装、红领结，暴露在阳光下的金领班脸上有一层薄绒毛。他确实像颗桃，红红白白，脸是桃心形，眼中好像随时能流露酸甜的痴情或大滴泪水。鱼多云想起过去他被领班骂时，红润的嘴像孩子一样瘪成扁豆。

吃完米线，两人像大学生一样在校园大道散步。无数小太阳在他们脚下追逐喧哗，那是真正的太阳穿过百年梧桐投下的笑影。鱼多云扭过头看金领班的脸，想起他另一张脸，倒着的脸，那晚是他放走了她。

"谢谢啊。"鱼多云说。

金领班轻轻呼出口气："无所谓……"这话有些没头脑，他抬手挠挠后脑勺，尴尬地笑了。

然后他开始说自己。

金领班出生在河南农村，上面两个姐姐都早早地嫁了人。他不爱学习，不爱做工，更不爱种地，他爱的是唱歌。关于故乡最好的回忆是他独自坐在黄河滩上，自己唱歌给自己听。那时，他快活得跟条鲤鱼差不多。但现在看来，是"不切实际""井底之蛙"，他这样批评自己。总之，十八岁时，他觉得自己长得好看，又很会唱歌，就梦想成为歌星，结果来到西洛却只能在酒吧擦杯子。那两年他最仰慕的人是个三十岁、有自己工作室的驻唱歌手，歌手听他唱了一首后低头笑说："你这……要不先报个吉他班吧。"这句话伤了他的心，他很快离开酒吧，去了二十四小时营业的茶餐厅。

茶餐厅午夜后无限量续杯，来玩牌打麻将的顾客整夜不停地要咖啡、要果汁、要冰激凌，这边的空杯碗还没收拾，那边又摆满了。更有些花着父母血汗钱的女大学生，平时不学习，临到考试来茶餐厅开夜车，书、笔、本子摆一世界，专爱喊他拿东拿西。他实在不懂为何女孩子都爱支使他，从避风塘到红馆，从女学生到女模特，都是。

他厌恶那些女学生，她们看他忙得像发条人一样来回穿梭，还交头接耳地笑。"好帅好可爱啊！"她们说。但他知道她们不会跟他发生什么，碰碰手都不可能。

太累了，午夜的茶餐厅像只荧光大匣子，人在其中不停旋转，下了班也根本睡不着。唱歌的梦想变成一个讽刺。他学会了喝酒，但酒精把睡眠变得更糟。他最长一次七天没睡觉。第七天的时候，天花板和地板忽然颠倒过来。桌上高的、矮的、空的、满的杯盏亮晶晶地蜡烛般升高；白褐相间的美式复古地板消失，天花板跑到脚下来。那之后他便辞职了，回合租屋睡了一个月。在饿死之前，他应聘到红馆。

"我走后你又接着干了多久？"鱼多云问。

"不到两个月。红馆被封了。"金领班答，"然后我回河南，我爸肝病复发忽然没了。葬礼刚办完，我妈下菜窖取红薯，也没再上来。那个菜窖都十几年了，一直用得好好的。村里人都说，我爸把她叫走了。"

"我不想再回家了，家里就剩一院黄泥房。我想留在大城市生活，好好活！"金领班一挥拳头。他挥拳头的样子像小孩。

鱼多云有点感伤，也有点感动，脱口说："我也是。"

两人顿时都感到暖热，然后有些尴尬和害羞。沉默里，树叶和小金太阳沙沙地响。良久，金领班救场般用手碰碰鱼多云的手，鱼多云也碰碰他的，然后两只手就握到了一起。皮肤和皮肤有种新鲜紧密的吸力，整个世界好像也变得新鲜紧密了，包裹住他们。

两人手牵手回电脑学校，恰又遇见冯校长。冯校长愣愣，又一脸幽怨。

从那后，冯校长就彻底不再西装革履，变回了松松垮垮。后来金领班告诉鱼多云,冯校长本来是师大计算机系的老师,不知怎么跟领导搞不到一块,自己辞职开了这间学校。他老婆还继续在师大当老师,教英语,人长得嘛,像只河马,实在配不上冯校长。鱼多云想,冯校长虽然请女生吃饭都舍不得花钱,要蹭别人的,但实在是个好人。

金领班的出租屋窗子朝西南,夏天的下午三点,太阳刚走进来一条金线,屋里非常热。床上铺着条翠蓝方格的新床单。太阳渐渐走上它,被走到的方格就变得烫手。两人抱住对方躺进那烫金和翠蓝,惶惑不安又迫不及待。

还好,皮肤和皮肤有新鲜紧密的吸力。后来他们在汗水里睡了一觉,醒来发现整间屋子都浸在金黄中。鱼多云看向自己和对方,金黄的底色上,白,红,黑……一切柔软缤纷。

在白香处的最后一晚,鱼多云擦洗完躺在白香身边。窗外安静的小区路灯把暖黄的余晖递进玻璃。白香靠着墙叹口气:"你倒走得比我快。"

又老到地说:"小金太年轻,不一定靠得住。你想好了?"

又说:"我羡慕你。"

鱼多云张口:"我有什么好羡慕?"

"你有爱情,我没有。我只想过好日子。但我决不让鱼总挨我的身,"白香忽然咬牙切齿起来,"我可是处女!"

"那你就一点儿不爱鱼总?"

白香转头看她:"我从小没爸,啥都要靠自己。谁让我过得好我就爱谁。"

一年后,鱼总的儿子结婚,白香邀鱼多云去吃喜宴。这说明白香和鱼总的关系有了质的发展。见面果然,白香穿着一身又硬又挺、价格不菲的淡红套裙,已是主办方的样子。白香悄悄告诉鱼多云:新郎昨晚还在宾馆包房里带着两个女孩胡天胡地。说到这儿,新郎在舞台上亮相,油头肉脸，长相有些土气。红毯上万众瞩目，他手脚、眼睛都像找不到合适的地方放，走得扭扭嗒嗒，给人感觉愚蠢滑稽。新娘倒是神情平静。

后来，白香正式成为金龙地产的老板娘，鱼多云又去吃喜宴。这个喜宴比上个更为盛大，鱼总焕然一新，油光水滑，更显年轻。看到鱼多云时，他的目光冷淡的好似从几万米的高处照来。再照到鱼多云身边的金领班，冷淡换作冷漠，仿佛已经看完了鱼多云的一生，对这个人再无兴趣。

但不久后，鱼多云在大街上偶遇鱼总，再三推辞还是被他请上了车。"捎一段，捎一段。"鱼总又恢复了憨态可掬的样子。

他说："白香跟我以前没跟过别人。我说，你年轻，以后说不定又看上了谁。她说不可能，除非天上掉白猪娃子。她现在怀孕了，医生说是男娃。"

又说："你学上完了没？上完到我公司来，我给你安排个轻省活，一年，你说多少钱就多少钱。"

又说："老乡见老乡，两眼泪汪汪。"

9

鱼多云毕业了。电脑学校吹嘘的电视电影行业藏在城市的玻璃山中，山门高大，她根本连门都摸不到。鱼多云还闯过省广播电视台，结果被武警挡在门外，进出刷卡的人好笑地看着她。后来她才知道这种地方几乎从不招人。

咖啡馆褪去"石上藤萝月"的一面，奶油过期还在给客人用；擦过咖啡渍的抹布又酸又臭；一个女服务员和外籍教授约会，得了病。

因此，在印得略微歪斜的《劳动合同》上签下"鱼多云"三个大字，鱼多云感觉像喝下整杯彩虹。啊，她有了真正的工作——虽然这家设计公司不给交保险,她的工资也不够交税。

一进公司,鱼多云就设计了鸡饲料袋、鱼食虫袋、农药袋,并建模做出一只会动的大白猪。猪嘴一张一合地说:"金建设农药就是好!"接着金建设农药的老总金建设脖子系条红领带,猛然跳出来附和:"就是好!就是好!"

虽然不久后,公司让她除了做设计,还要帮食堂阿姨洗菜;虽然只要她一个人出门,楼下常年躺在竹椅上的萎靡男人就会冲她喊一声"操"作为他人生唯一的奋起;虽然有了性生活后,她总担心怀孕;鱼多云还是觉得愉快。

别的就没什么可担心的了,日子十分完满。星期天,金领班到师大篮球场蹭球,鱼多云到师大图书馆蹭书。保安问:"学生证呢?"鱼多云答:"大哥,忘带了。"从没被女学生喊过大哥的保安一愣神,她已经鱼一样游进去了。

鱼多云在图书馆做过一次小偷。那是一本硬装油画册画中的一页,画名叫《旧时光》,画家高更。鱼多云只看一眼就被它吸引住了,那世界她从未见过却似曾相识,红棕的热带,缓缓流淌的似蓝似紫的天,树和神像下温暖浓重的女人。她有种奇怪的感觉:在那个世界,她可以放肆地自由奔跑。鱼多云把沉重的画册收到桌下,头高高昂着观察众人,手底下毛虫样一点一点撕下那页。

《旧时光》被她贴在床头。临睡前看着,会梦见那赭红浓烈、无边无沿的世界。

金领班办了个假学生证,两人越发在师范大学畅通无阻,厚颜地享受电脑室、球场、花园、草坪以及便宜食堂。鱼多云更愉快了。

唯一一次不快是在图书馆厕所,她刚蹲下,眼前一撇一捺贴着两片小广告:"处女膜修复""三分钟无痛梦幻人流"。后者还配了幅粉红色的动漫图。

热风从窗口灌进来,鱼多云红头涨脸地伸手扯下那一撮一捻扔进便池。什么肮脏东西,这可是大学!

鱼多云气鼓鼓地走出图书馆,保安喊住她:"小妹儿,明天闭馆,放暑假啦。"

这时,在一站路外,王一鸥正收拾行李,与住了四年的女生宿舍告别。

这一年,从情感的血泊里站起来的王一鸥无事可干,开始学习。她发现学习这事儿其实很好,学进去了,什么谷静静、周雪童都得避远,自去角落喊喊嘈嘈。从她们保守、退后、探究的目光里,王一鸥感觉到一种陌生的自尊。

努力后的王一鸥否极泰来,乘上好几阵东风:2006年全国研究生扩招;财院中文系首次获得硕士培养资格;导师是鹤川人。

考试前,她随王安升和王安仁来到导师家中。导师打开王安仁递来的信封,惊讶地发现里面放着五千块钱。看着导师清贫又尴尬的脸,王一鸥脱口而出:"请老师买件衣服吧,我怕我买的不合老师心思。"

说完王一鸥自己都惊诧,自己居然这么会说话了——长大了,成熟了,出息了。王安升与王安仁的脸上都露出微笑。

老师收下信封,给她点拨了一番。

成绩出来,王一鸥激动地流下眼泪。她要读研究生了。

财院和师大只隔着一站路。一站路,一千米,九十三棵行道树,四家服装店,一间咖啡厅,两家复印店,大小超市各一。这些树下、这些门前,老天给她们制造了多少见面的机会,她们居然都熟视无睹。

鱼多云走出师大,在拍打着干燥金色热浪的十字路口等红绿灯;王一鸥乘坐的黑色桑塔纳驶过路口,她背后,红灯变成了绿灯。

2006—2009

1

大学毕业，周雪童回四线城市进入银行系统，每天听初恋男友抱怨社会不公；谷静静作为石油子弟，被安排到老家的炼油厂，每天巡检、取样、做蒸汽吹扫，期盼内调；顾妈回甘肃小城考公务员；童玲成为本地社区服务人员。大家都有光明的前途。

王一鸥在家度过了一个轻松舒适意的夏天，开学搬入研究生宿舍，舍友都是老实肯学的中文系女生，日子太平。学制三年，时间悠长得像看不到尽头，课程又不紧张，四川来的舍友疑惑说："我啷个觉得我们是贵族喃，天天不是吃饭就是弄些文学艺术。"她这句话差不多概括了王一鸥的二十二岁到二十五岁。

没课时，"贵族们"在宿舍吃零食，刷美剧《六人行》，玩电脑游戏《仙剑奇侠传》。不知有汉，无论魏晋。

生活太安逸了，除了寂寞。用耳机听着电台情歌时，尤其寂寞。寂寞的王一鸥不怎么想未来，甚至逃避未来。也许当老师，也许当编辑，谁知道呢！校园红墙外的事，她全然不知。

鱼多云也不怎么想未来。她和金领班每天从公交车令人窒闷的铁匣中逃出，又到公司或出租屋那令人窒闷的水泥匣中去。周末他们不再去师大,暑假的校园只有寂静的热浪。缩进出租房,两人你陪伴我、我陪伴你,往凉水盆浸条毛巾,轮流搭在头上。凉水很快变温,金领班流了鼻血,找纸一擦,血已变成暗红的干屑。然后夏天终于过去,秋天到来,冬天到来,他们合起来攒了五千二百元钱。

上班,挣钱,缴房租,吃饭,天气越来越冷,不想起床的日子越来越多。鱼多云感觉自己和世界渐渐隔出一层灰白的纸,时间混混沌沌,就在那灰白里滑走。她好久没去图书馆,金领班也不再打球,但他找到了坚定的目标,就是买房。

"当时要是好好念书考大学就好了,"他常常感叹,"什么时候才能买房扎根啊。"

金领班的话也隔在灰白的纸外,鱼多云听了像没听见。毕竟房子对他们来说太遥远。

下第一场雪那天,金领班没去上班,回来满脚泥泞。他满腹心事地吃完饭坐了半晌,拉住鱼多云的手开口:"云……我想去巴基斯坦。"

又说:"国企外派,搞通信基建。"

又说:"挣够四十万我就回来买房结婚。要不然,咱们只能窝在这儿,挣的钱永远只够吃饭。"

灰白的纸破了。鱼多云愣了半天说:"国企要咱们吗?都没上过大学。"

金领班嗫嚅:"要。只要买个本科证……五千块钱。"他央告般望着鱼多云。

鱼多云用余下的二百元积蓄在康大路给王红梅和鱼多彩一人买了一件红色羽绒服,回鹤川过春节。大巷子用蜂窝煤炉取暖,窗户上云冻天寒,炉子上的酒酿年糕过一阵发出"噗"一声,像个独自吐气的人。

节后,金领班结算最后一月工资,交了房租,与鱼多云最后一次在师大漫游。这次校园里只有寒风和缭乱的枯枝。出了学校,鱼多云大吸一口寒风笑说:"吃个好的,贵的!"

金领班立刻伸手招出租,到市中心"香榭丽舍"。然后,他们吃到了平生最痛苦的一顿饭。

先是周遭过于清晰、过于明亮,他们像是从一个像素模糊的世界到了一个高清的世界,一举一动都得高度重视,僵得耗费了许多体能。旁边的人又笑滋滋地看他们。然后一道道菜上来,一会儿凉一会儿热,一会儿汤一会儿干,一会儿甜一会儿咸,他们又紧张又怕吃亏,就尽力地快速塞进去。侍者也笑盈盈的,极快地撤下端上,极快地让他们吃完了一顿饭。

结账时金领班学电视剧里那样拿出银行卡来刷,却余额不足。他只得拿出斑驳掉漆的人造革旧钱包,五元十元地数着补上。

出得门来,两人气闷饱胀,简直想哭。跑到街灯下,金领班大声强笑说:"天生我材必有用,钱要花干才会来!"鱼多云拉拉他的手,发现他手心里全是汗。一股酸涩从她鼻腔流进喉咙,两人同时紧紧抱住了对方。

一周后,金领班坐上飞往巴基斯坦的国际航班。鱼多云眼看飞机远去,铁灰的机场变得凄清廓落。

没想到金领班走了,世界却只剩下金领班。他看着是整个儿走的,实际却把各部分拆解留下:新来的同事有他的后脑勺;戴头盔的交警有他的鼻梁;公交车里的陌生人有他的手。那只手抓着栏杆,鱼多云恍惚把额头枕上去。手的主人是个满腮青春痘、神情阴郁的男孩,一动不动让她枕了三站路。

鱼多云一个月工资是一千四百元,打到巴基斯坦的国际长途是一分钟四元六角。金领班的声音响起,他散在各处的形象才能收起合拢;为了金领班的完整，鱼多云不得不常常花这个钱。后来为了节省，两人约好，响两声是爱你，响三声是想你，响四声是特别想你，响五声才接。

2

国际长途打了一年。又下雪了，好像已经下了一个多星期。干红梅给鱼多云打电话，说货源紧张，生意难做。待到春节临近，大雪蔓延南北，成为全国性的雪灾。

鱼多云在烟味混沌的网吧浏览网页，"今日巴基斯坦多处发生爆炸"。

出了网吧，天空沉黑，地面硬白，她心急火燎连滑带走地赶到话吧，却铁将军把门，空无一人。可能因为下雪，话吧隔壁的小超市也关了，白炽灯映着寂静的货品。

鱼多云独自在雪地里站了片刻，忽然开始祈祷："主啊，愿你的旨意行在人间，如风行在水上。求你保佑他还活着。"

原来神是因为被人需要才存在的，鱼多云顿悟。王米米那时也是需要神。

公交车远远驶过来，鱼多云思索着投币上车，刚坐下就收到王米米的手机短信："我要结婚啦！"王米米的哥哥终于毕业就业，家里现在不再需要她打工，只需要她嫁人。

"真的？是个什么样的人？"鱼多云回。

"男人。"王米米很快回。

鱼多云想一想又回："你现在还祈祷不？"

王米米发来一个笑脸："：）祈祷啊。祈祷他对我好。"

金领班平安无事，鱼多云的老板却忽然连公司带鱼多云们一起打包卖掉，转做房地产。新老板不大懂行，业务量骤降，公司里便也像下了雪一般清冷。

但雪终会化，春回大地，世界又恢复繁华。鱼多云每天乘公交车，看着一栋栋新楼在春日里拔地而起，花树重栽，街道翻新，灯光日新月异……城市不但没有变老，反而越来越年轻。鱼多云果断换了家公司，工资涨了两百元。

这时金领班学会使用公司的网络电话，不花钱，每晚十点准时打给鱼多云。两人互相说些今天吃了什么，做了什么，时间一久，都有些沉默。后来电话就不再准点。金领班被同事带去找黑发大眼的旁遮普妓女，事后觉得对不起鱼多云。

鱼多云答应跟一个新男同事吃饭。那人二本毕业，脸虽年轻但头脑很老，无论你说什么，他都有一套高高在上（简单愚蠢）的方法给你指点。吃完饭就没有再私下见面。

鱼多云和金领班的城中村小窝被拆迁时，金领班回来了。

接机处遥遥相望，两人都觉恍然如梦。不到三年，金领班变作一枚晒黑的桃子，鱼多云变成皮肤干燥、头发焦黄的普通白领，孩子相都彻底消失。他们腼腆地望着对方，熟悉又陌生，一时间手足无措。最后还是鱼多云先上前，呼……两人长舒口气，比起眼睛，怀抱更记得怀抱，肋骨更记得肋骨。

鱼多云刚换了住处，床头没有高更的《旧时光》。她告诉金领班，他们的前房东在海南豪赌猝死，不是在输了征地款三百万时，是在赢回三万时。

金领班一觉睡醒就开始狂热地看房。但他跟鱼多云当年犯了同样的错误，忘记房价像树一样是会长的，而且不是梧桐，是速生杨。

焦躁地看了半个月后，金领班回来，鞋褶里装满尘土。他从裤兜里摸出一小瓶二锅头，跌进椅子喝一口："房子定了。"

又说:"熟人的。"

又说:"便宜了两万。"说完仰头咚咚咚。

"什么熟人?"鱼多云奇怪地问。

红馆的熟人——以前把金领班的嘴骂成扁豆的真正领班。那位领班在2006年初花三十八万买进一套房子,2008年七十八万卖出,净赚四十万。金领班冒着被炸弹炸死的危险挣下的,恰好就是这四十万。原来,金领班等于还在给领班打工。

金领班沉默地喝完了酒。倒在床上,他将一张证书扔到地上:"这证没用了。"

鱼多云捡起来,"西洛理工大学学士学位证书"。

原来国家成立学信网,凡2000年之后取得的学历证书都可以在网上查询。

金领班睡着了。

2009—2016

1

2009年，一切与房子有关。

"房子……房子……"街头巷尾，穷人富人，喊喊嘈嘈，没完没了。在这嘈杂声中，推土机一边推进西洛的城中村，一边推进鹤川的大巷子。

鱼多云赶回鹤川，恰逢一场葬礼。大巷子已经倒塌一半，匍匐的瓦砾堆上显露出稀有的大片天空，阴天也显得格外豁亮。孝子贤孙跪在被推土机碾宽的路上，路边立着红砖搭建的临时炉灶，大铁锅里米饭雪白，酱油五花肉通红。

啪！鱼多云吓了一跳，乌黑瓦盆从半空中摔下，戏剧性地在路中央四分五裂。

"起！"盖着红布的棺材起身，拖着参差不齐、熙熙攘攘的白色队伍，游街过市地走出巷子，往净泉山去。

"来得早不如来得巧，等会儿吃五花肉。"王红梅冒出来拽住鱼多云。

鱼多云只得汇入队伍，成为孝子贤孙的一部分。相片里的死者是个干瘪瘦弱、风烛残年的老太。被死亡抬举着，她像古代县太爷般被人追随、受人瞩目，享受了最后的哀荣。

"就赔两万！两万，两万现在能干啥？我不搬，杀了我也不搬！"坐下吃五花肉时王红梅说。她背后，灰水泥的墙上画了个大大的"拆"字。"拆"字上勾圈画叉，白漆淋漓，杀进墙裙的黄绿绒苔。

但有一半人已经搬了。搬一家，拆一家，赔一家，赏一家，步步紧逼。鱼多云看向一桌桌吃饭的脸，黄而有力的腮帮剧烈起伏，好像咀嚼的不是肉米，而是钢筋。他们赔了多少？

"白香家得了绝对不止两万，人家寻了个好男人，到处有人！真是越有钱的越有钱。"王红梅愤愤，"我也不是软柿子！想捏我……"但她两腮虚弱下垂了。

"拆"字僵局中，夏天到来。一天比一天热，但屋里等闲不敢离人，生怕一不小心，回来房子没了。

周围越来越多的邻居签字画押，拿到奖励离开。"我们不行，我们只有这间房。"王红梅说的时候，胳膊上的肉簌簌地抖。

夏夜热到电风扇也吹出热风。不知道水电还能用多久，鱼多云想着，走出门去。

大月亮照着远近新生的瓦砾堆。鱼多云脚下一绊，却是母亲在院里地上睡着。她屈肘枕臂，头脸油腻、眉心深锁，凸出的胸和肚子圆滚滚地贴着地面。鱼多云轻轻跨过她。

太热了，月光也烧着般银灼灼的，并不清凉。长成少女，终日一言不发的鱼多彩迷迷糊糊地抱着一卷席子从屋里出来，挨着王红梅躺下继续睡。

鱼多云踩着瓦砾向南走，大概十来分钟后，看见了田野。田野也将被拆除，但农户珍惜时辰，还种上了最后一茬玉米。肥绿的玉米田被露水浸润着，发出令人松弛的甜香。

鱼多云吐口气，肩膀放了下来。但片刻后，她便听见轻微、压抑的瓦砾被碾碎的声音，好像一万只老鼠同时啃啮。鱼多云蓦然转身往回跑，果然，月光下推土机已经开到她家门口，一朵瑟缩的粉色月季连花盆被卷进轮子。王红梅和鱼多彩从梦中醒来，好像糊涂了，坐在那儿一动不动。

"啊！"鱼多云大嚎一声，熟悉的孤岛般的感觉向她袭来。被那感觉指引着，她轻松飞起，斜躺进灰土，橙色推土机的锯齿大张在她头顶。月亮被挡住了。

她听见王红梅嘶喊，鱼多彩哭叫。最后，两个黝黑的男人把她架起来，她一脚踢一个，一嘴咬一个，那两个男人先是笑，后是骂，末了一个喊："你一个女娃，又不是男人，护这烂房干啥！"

另一个喊："一片人就属你难缠！你现在年轻能到西洛打工，难道将来就不回鹤川？"

鱼多云照他脸吐了一口唾沫："你再碰我，你再碰我，我现在就死在这儿！啊！啊！我今天就死在鹤川！"她拼命坠回地面躺下。

挖掘机在月光下开走了。

鱼多云继续躺着，心脏一下一下击打背后温凉的泥土。王红梅哭着说："日他妈的，你起来吧。"

王红梅最后拿到十万元。鱼多云筋疲力尽，说："买个单元房吧，证全的。"

王红梅谨慎地把存折贴进怀里："万一又给拆了呢？我再不买房了，这辈子再不买房了。"

鱼多云回到西洛时，天气已经变凉。

金领班想找一份和电脑设计有关，同时又能负担房贷的工作，但没找到，而房子已把他口袋里最后一滴血吸干。又有一天，他满鞋尘灰地回来，告诉鱼多云他成了一名房产中介。从那以后，他鞋面上的尘灰再也没能消失。

2

研究生王一鸥走在路上，艳羡地看着满城灯火。那金黄的、银白的一格一格里，仿佛存满了爱和安全。什么时候有属于她的那一盏？

这年的毕业形势叫王安仁都大吃一惊。哥儿俩坐着，王安升直摇头："我想着研究生哩，还能找不下工作？还真找不下工作。"

王一鸥被迫去参加招聘会，一个私立中学的招聘台前都排起了中文系研究生的长龙。龙仿佛喝醉了，骨节失灵，一波一波摇摆动荡，把收简历的小桌子推得像在浪尖上般起伏不定。"别挤了！别挤了！"所有人喊所有人。挤在龙尾巴上的王一鸥四下一望，不单这里，整个招聘市场都像浪潮般疯狂涌动。

王一鸥又去找出版社。出版社刚刚转企，留下可以，一个月一千五，剩下的靠自己卖书的码洋分成。这哪能行？王一鸥想。她最怕竞争了。在她的意识里，"工作"就特指体制内的工作，吃大锅饭的。总之要合唱，不要独唱；要树下乘凉，不要披荆斩棘。生在体制内家庭，她早习惯了其中的安稳，其中的便宜。

"你娃又不回鹤川，我哪有那么大的本事，在西洛安排工作？"说完王安仁就对这档事撒手不管了。

不过，被王安升缠得实在没办法，他还是用香肠般的手指给王一鸥指了条明路："现在考公务员要操作难得跟登天一样，考事业单位还能动动。你就考房管局，这单位红火。"

王一鸥听了这话，再次乘上东风。考事业单位只用准备一门《公共基础知识》。狠狠背了三十天书，她一举进入面试。参加面试的有三个人，学历呈阶梯状：本科、硕士、博士，但幸而都是女生。

王安升和王安仁早已草蛇灰线地联系操作过，最终，硕士王一鸥险险胜出，成为西洛市杜邑区房管局的正式职员。

面对败在自己手下的海归女博士，王一鸥得意之余不免有些心虚。女博士却大方地一挥手："竞争嘛，有赢有输。"女博士圆脸圆眼，十分精神。

两周后女博士告诉王一鸥，她已经通过人才引进进入省委工作，王一鸥才松了口气，同时又有些羡嫉。两人接着闲聊，惊奇地发现她们竟都是鹤川人，而且都毕业于鹤川中学。"学姐""学妹"，两人笑称对方。

王一鸥在女博士的婚礼上结识了未来的丈夫赵李彬。多了这层关系，王一鸥和女博士进一步变成微信上的密友，一个月没事还见一两次。这在城市里算很亲近了。

但王一鸥在这份关系里并不开心。女博士是个活力异常充沛的人，情绪和主意都层出不穷，让王一鸥觉得很累。而且不管是回信息、接电话还是聚餐，王一鸥都不免要挂上一张虚心、讨好的笑脸，更让她累。但她们的关系模式就是这样：女博士高一等，王一鸥低一等；女博士负责决定，王一鸥负责追随。

现在王一鸥租住在杜邑区检察院的老旧家属楼里，恍惚间像回到了过去的鹤川，一切有种相似的缓慢。这种感觉还挺安全的，合王一鸥意。到了区房管局，单位工作不忙，人员层次不高，王一鸥又像回到了财院的本科：还是用饭卡打饭，吃完饭还是没多少事干，而且还有"周雪童"——美丽的女同事，聪明，背景好，令人羡慕；还有"谷静静"——丑陋的女同事，狡猾，是非，令人厌恶。好在她已经安全抵达成人世界，成人能够维持表面的客气。

就业后王一鸥唯一的担心，是成为"剩女"。其实按照她自己的想法，这种寄生蟹一样的人生混个百年就挺好。但"剩女"两个字像捕兽夹，从二十五岁起就在她潜意识的森林中暗暗发出威胁。

赵李彬的出现解决了这个威胁。可他的出现又给王一鸥添上另一样担心：她不是处女。这成了另外一只捕兽夹。

赵李彬这年刚从西洛理工大学拿到博士文凭，留校做讲师。他长得好像白同学与黑同学的综合体，脸面苍白瘦长，身材却魁伟有力。从理工科一路念上来的男人，年近三十岁却仍给人沉默寡言、老实巴交的印象。稍微一实际交往后，王一鸥便觉出，他的心像一条狭窄的没有窗的通道，笔直，压抑，无聊。

但生活不是言情小说，错过这村便没有这店。王一鸥对自己的条件有所认识，赵李彬恰好也跟她一样。于是，两人在婚姻的天平上彼此称量后决定订婚。赵李彬也是独子，也生于一座北方小县城，父母是电力系统的普通职工。

订婚后便同居了，王一鸥搬进赵李彬在西洛理工教职工区买的新房，一平方米只需市价的一小半，有两百平方米。

两人第一次一起睡觉便是在这所大房子里。那时家具还多半未进，显得到处都空空荡荡的，王一鸥因而也感觉像浮在空中，连赵李彬那沉重的身体也不能让她落地。他好像先试探了道路是否通顺，然后就带着顽童般的好奇活动起来。王一鸥始终觉得像被橡胶塞子硬捅，最后，连出于对性的好奇的那点兴奋都消失了。结束后，她觉得筋疲力尽。

但不管怎么说，两人的未来似乎像这间大房子一样通达明亮。似乎生活里没有任何棘手的困难，只要向着那通达明亮走去就行。

3

金领班买的是两居室，客厅没有窗子，待久了会闷。好在他们很少有空坐在客厅。

鱼多云从鹤川回来后重新找工作，工资又涨了两百，但天天加班。

金领班也忙,晚上十点还西装革履地蹲在房产中介公司门口独自抽烟。深夜回到家,他们洗漱洗漱躺到床上,不常聊天,偶尔做爱,很快进入梦乡。

有一天,鱼多云半夜醒来习惯地拉住金领班的手,忽然想到他们在师大校园第一次拉手的情景——已经五年了。

炎夏,千千万万空调外机严酷而机械地向街道喷吐轰轰热风。西装革履的金领班每经过一只空调外机,就被烘焙得干裂一次。

"这个房好,还余下六十年产权,靠近地铁,靠近公交,在学区,有车位,精装修……"他不断驱动四肢和嘴唇,尽力打动那些准备透支过去的老人和预支未来的年轻人。

这样的日子,还要再过三十年。因为房贷是三十年。想到这个,他桃子般的脸打了皱纹。

去塞拉利昂的决定,就是在一只空调外机下做出的。听到这四个字从金领班柔软的唇间吐出,鱼多云感到一阵茫然。她从未听说过这个大西洋海岸上的非洲国家,简直跟冥王星一样遥远。

鱼多云没有说话,金领班也没有再说。

金领班收拾行李那晚,鱼多云坐在旁边低头看自己的手心,那些线条粗看简洁有力,细看却满是破碎的暗纹。

"西非那地方疟疾严重,没人去,以前的领导才愿意用我。我抓住机会再干个三年,回来房贷没了,还能余点钱,到时我想干啥干啥,咱们结婚。"越往后说,金领班的声音越空洞,好像话语不是来自他的胸腔,而是来自这间空荡的房屋。

鱼多云最后一次问:"你就不能不去?!"

金领班轻声答:"中介这活我干不了,跟同事也合不来。"

又说:"在巴基斯坦时,一片工地就一两个中国人,有时一天说不上一句话。适应了那边,反而不适应这边了。"

然后,他也最后一次问:"你就不能跟我去?"

僵到深夜,屋里那台便宜空调忽然坏了,幽幽吐出温热的湿气,窗里的夜和窗外的夜混沌地融为一体。两人都累了,汗湿的胳膊挨在一起睡了。

第二天鱼多云公司有急活,两人便在屋里道别。鱼多云跨出门回看屋内,心里木木的,好像不相信再回来时就剩她一人。站在客厅中央的金领班面带痛苦地望着她。

"我走了。"鱼多云再次说。

鱼多云搬出金领班留下的空房,天气已经变凉。住进出租屋当晚,这一片忽然停电了。鱼多云躺在床上看窗外一幢叠一幢灰黑的楼,不知怎么想起爸爸。随之浮现的,还有卫校光亮的圆顶窗,冰冷刺鼻的酒精,冰冷雪白的被褥。"这次我不救,谁救谁伺候。"王红梅说。我也放弃了,鱼多云想。于是,爸爸的脸换作金领班的脸,金领班躺进了冰冷雪白的被褥中。

鱼多云痛哭起来。

4

王一鸥缩在床和飘窗之间的过道里痛哭:"你凭什么打我?!你凭什么打我?!"

其实成为赵李彬的"自己人"后,王一鸥也有过被爱、被关怀的感觉。赵李彬的沉闷给她提供了舞台,容她扮演一个娇蛮未婚妻的角色。比如,喝矿泉水拧不开瓶盖,每周去一次像样的餐厅,过节日指定礼物。

第一次是在公园。小径分岔的无人路口,赵李彬指:"走这边。"王一鸥偏要走那边。走了没两步,屁股忽然挨了不轻不重的一脚。她惊讶地转身,看见赵李彬像个半阴着脸的顽童,还站在路口。王一鸥哭笑不得。

但那一脚后,魔盒打开了。

被打过的皮肤滚烫,赵李彬的手掌也滚烫。更滚烫的是两人的情绪,都白热化了,那根丝都快烧断了,深夜的人好像更易疯狂。

"啊!你还打!啊——我要跟你分手!"王一鸥尖声嘶叫,往门外逃。赵李彬瞪大眼睛,拦小鸡一样把她捉回来。

"那你今天吃饭时为什么说那句话?!你不说那句话不就没事?!"赵李彬吼。

"我从来没打过女人,为什么把我变成这样?"停下手,赵李彬语气委屈。

终于有一天,他小声地自己剖析自己:"你要是处女,我无论如何都不会打你……"

捕兽夹咬上了。赵李彬拿台灯照住王一鸥泪痕狼藉的脸,开始对她进行关于"历届前男友"的漫长审问。王一鸥的情史实在乏善可陈,但具体到每一个动作、每一个想法,那也罄竹难书。

夜晚终于过去,阳光把一切阴暗变得可笑,赵李彬又变回正常。他甚至拿出知识阶层的架势画出图表,分解愤怒,约定信号,及时止损:

"我的思想确实有问题。

"我主要是付出太多了,我对你太好了。我不能忍受我的爱换不来完整的你的爱。

"下次一出现愤怒的迹象你就提醒我。"

他们成立了对抗家暴小分队,联起手来,同仇敌忾。好像他们共同养育着一只妖怪,又要共同打败它。两人竟因此越来越亲密甚至相爱了。尤其当王一鸥不自觉地装乖卖巧,做些呆萌的蠢事时,赵李彬一边嫌弃一边给予她照顾和爱,感到十分优越和满足。

但巴掌仍是巴掌啊。

王一鸥终于吞吞吐吐、半掩半露地说出这件事,王安升愣了愣:"婚前就闹成这样,那算了吧。"

鱼树蕙也痛苦加犹疑地小声附和:"算了吧。"

但2011年春天,王一鸥仍然在恐惧和希望的交替中走进了结婚礼堂。王安升和鱼树蕙也没再干涉,毕竟王一鸥已经快二十七岁,是"剩女"了。

于是,王一鸥心灵的森林里轻轻地去掉了"剩女"和"非处"这两只捕兽夹,添上一只叫"暴力"的捕兽夹,不时闪出寒光。

王一鸥发现,不知从什么时候起,她心里也喂养起一头怯懦又激愤的怪兽,一点小事就凄厉地怪叫起来。但走在路上,陌生男人从后面忽然超过她都会吓得她一激灵。后来王一鸥养成坏习惯,哪怕到对面的超市买头蒜也要开车。这辆车是作为婚姻入股物由王安升买给她的。她喜欢车。

新婚之夜,宾客散去,父母消失,但公婆留在客房睡下,再也没有离开。因此婚后再挨打,王一鸥就跟公婆告状。开始他们还批评儿子,三番五次后,竟说如不是王一鸥,儿子脾气也没这么坏。小时候明明温文尔雅,品学兼优来着。还说儿子这次没评上副教授,也是因为家庭不和。还说王一鸥不会过日子,那么能花钱,事业单位一个月才挣多少钱?

"离婚吧。"王一鸥气得说。

但离婚只是一个向往、一句口头禅,绝非现实生活的选项。离婚,在单位是无法启齿的。偶尔带着伤上班,王一鸥一边撒谎,一边从"周雪童""谷静静"的神色中读出鄙夷和幸灾乐祸。要是离了婚,她们更不知说成什么样、笑成什么样呢。当离婚女人比当"剩女"更惨、更异类。

好在不挨打的日子里,赵李彬对她还是很正常的;忘记挨打的时候,她还是很幸福的:有正式工作,有丈夫,丈夫有望评上副教授。多么稳固,多么体面。外面那些年轻的、招展的、前途未卜的女孩子,怎么比得上她?

2012年,一个女婴降临到王一鸥的世界。但王一鸥给她的第一份礼物,却是一段短短的沉默。

在怀孕之前,王一鸥以为"重男轻女"早已被扫进时代的垃圾堆(她忘记了那些消失的妹妹们)。直到周围人明白给她昭示:这个世界更欢迎男婴。

"生个男孩,你们的关系就缓和了。"王安升安慰。

"要是个男孩,将来长大了至少你不用管他的洗澡。"鱼树蕙赞同。

"你吐得不厉害,估计是男孩。"同事祝福。

"肚子尖尖,一定是男孩。"连不认识的大妈都赞美。

更不用说公婆。

因此,在医生说"女孩儿"的那一刻,王一鸥做出了极短的沉默。在场的医生和护士在她的影响下,也发出一段习以为常的沉默的共鸣。

女婴痛哭起来。这段短短的沉默留在王一鸥的心上,使她对女儿感到抱歉。

5

鱼多云在城郊开了一家小小的电脑设计店:"云朵设计"。店头由她自己制作,强烈的橙蓝对比,像夏天的感觉。

她做了多少食品袋、药盒、宣传单、纪念册、小广告,才存够开店的钱。之前跟王红梅借,王红梅说:"这十万是我的命,我要靠它养老。"

她又到银行申请低学历创业者的优惠贷款,银行女柜员说:"你是研究生,不符合'低学历创业者'的条件。"

"我长得像研究生?"鱼多云有点高兴,"但我不是研究生呀。"与女柜员面面相觑两秒,她疑惑地走了。

现在,一幅蔚蓝的海景图当隔断,前边电脑、印刷机,后边电磁炉、钢丝单人床、简易衣柜,鱼多云竟拥有了属于自己的前店后家的生活。

第一次躺在新钢丝床上,鱼多云激动得睡不着。幻想中,钱像潮水一样涌来。有了钱,就有时间进修;有时间进修,迟早能成为真正的设计师。然后作品来了,掌声来了,聚光灯下,她被推向领奖台。谢谢,谢谢,她像明星般向欣赏她作品的人们点头致意。鱼多云扑哧笑了,一骨碌爬起来到电脑上给自己设计名片:

电脑设计师　鱼多云

一只跃上云层的鱼。

开张日,前同事们送来两只寒酸的康乃馨小花篮,凑在店内煮火锅吃。

鱼多云独自谨慎地坐在门口等待,终于等来"开门红"第一单。"能打印简历吗?"一个戴眼镜的傻乎乎的女大学生问。鱼多云挣了她两元。

守株待兔不行,几天后,鱼多云揣张地图顶着骄阳走进城市中。城市好大啊,错综复杂的道路上,玻璃山光芒刺眼。一开始她希望能接到动画分镜制作的活,但西洛不是北上广,根本没什么动画产业;她退而求其次继续做广告设计,但大公司的办公室女郎将她的名片扔进桌下小巧的垃圾桶,甚至不管她还没走远。

不过一个月,小店内的夜晚就开始坍缩了。本来万丈雄心都装不下的，忽然连最后一点信心都摇摇欲坠。几年积蓄难道就要打水漂？啊，鱼多云这才真正理解王红梅面对洪水时的心情。

这天鱼多云没出去，困坐在店门前。坐到半中午，隔壁腆着肚腩的米线店老板夹根烟过来："你这门头好看，扎眼！给我也整一个。要多少钱？"

烟灰飞到鱼多云眼睛上，她眨也不眨："整，我现在就整。"

"电脑设计师鱼多云"，鱼多云把余下的名片收进抽屉。她戴上遮阳帽出去洗街，挨个店问要不要做店招门牌。

胶水、塑封条、塑料泡沫、水晶字及各色油漆流水样涌进小店。鱼多云睡在它们发出的强烈气味里，把头发变少，把手指变粗，把胳膊变壮，把夜梦变无。

钱终于细枝末流地来了。细枝末流的钱拧成一条鞭子，欢喜又焦虑的鞭子，把鱼多云抽成陀螺。她又开始做梦——梦里都在想办法挣钱。梦见发传单，白天就联系商铺设计印刷传单；梦见师大图书馆，白天就混进学生会做校园展板……

大城市的好这时凸显出来。因为大，这里那里，一簇一簇，总有钱在闪。

在鱼多云满头粉雾地做水晶字的一个平常午后，鱼多彩忽然出现在小店门前。哦，这时已不是鱼多彩，而是吴多彩。

事情是这样的：鱼多彩作为王红梅最听话的小女儿，十八岁那年成为一名鹤川卫校护理系的学生。但三年后，这个女儿一言不发地放弃当卫校附属医院护士的机会，直接来了西洛。到了西洛，她没找姐姐，而去找大伯。

知道这件事时，鱼多云比王红梅还吃惊。大伯？吴永芳的哥哥？世上存在吴永芳已经很奇怪，竟然还存在吴永芳的哥哥！

然而吴永芳的哥哥真的存在，且是西洛市卫生局副局长。窗明几净的办公室里，斯文的副局长一眼便认出鱼多彩与自己之间的血缘关系，同时也看出她生长环境的粗劣。可怜！他想。于是，在他一念之仁下，鱼多彩进入西洛市第二儿童医院药房，成为一名助理药剂师。药房的工作比当临床护士轻松得多，且能按时上下班。从那后，鱼多彩便告诉大家她的名字是吴多彩，吴局长的吴。

鱼多云立在店内朝妹妹看了半晌，感觉她的确成了吴多彩。她体内吴永芳的部分彻底爆发，鹤川和王红梅的部分则缓缓褪去，已然是个娇嫩洋气的西洛女孩。

吴多彩垂下齐刘海和细眼睛，抿紧嘴唇不吭声。

鱼多云冷脸说："坐。"

吴多彩在水晶字和纸卷间小心坐下，屏住呼吸。两个小时后鱼多云才直起腰："吃饭。"

姐妹俩到附近油腻的小川菜馆沉默地吃了一顿饭。妹妹一直给姐姐夹菜。天暗下来，吴多彩仍没有走的意思。鱼多云板着脸说："那你就睡这儿，只要你不嫌。"吴多彩连忙爬上钢丝小床，像小时候一样紧紧挤着姐姐。

"吴家有两个姐姐，但我心里只认你是我姐。"吴多彩搂住鱼多云说。

实际上她经常去大伯家看两位姐姐。吴局长离过一次婚，两任老婆各给他生了一个女儿，都比吴多彩大。姐姐们对吴多彩跟灰姑娘的姐姐对灰姑娘差不多，但心情好的时候，她们也会对吴多彩好：

"这个包回头送你。"

"项链好看吧？下次过生日也送你一条。"

"说起来，爷爷留下的房产也该有你一份哪。"

吴多彩总是谨慎地不接话，用温顺的笑容感谢这些好。

早晨醒来，吴多彩细柔的头发拖到床下。鱼多云把那些头发拾回枕上，谅解了妹妹。

6

2013年底，鱼多云银行卡里有了十万元。她的细支末流竟汇聚出十万元！

店中蔚蓝的海景图有些褪色，晴天的海变成阴天的海。夜里躺在旧钢丝床上，在弹簧此起彼伏的细小"嘣嘣"声里，鱼多云经常盘算这十万元。

有时它让她安心：十万！

有时它让她焦躁：十万？

有时它让她黯然：十万……

元旦临近，鱼多云往二手小电驴上搬"新年快乐"的红绿广告页时，抬眼再次看见妹妹吴多彩。吴多彩又升了级，更洋气了，好像她从未从一个卖菜人的腹中出生，也从未在一座多山的小城里长大。她现在完全像吴家姐姐，不但脸庞、脖颈、手指光泽细腻，眼中还有了对这间小店、对这条街的傲慢。

鱼多云抟掌着两只满是油墨味儿的手，一时不知该把这样的吴多彩怎么办。还是吴多彩先说："你忙吧，我去旁边转转，等你吃饭。"

又在那家川菜小店，红烧肘子上来，吴多彩把盘边用来装饰的青菜吃了，说："姐，我要结婚。"

"你才多大？"鱼多云吃惊。

"大伯帮我找的人，挺好的。姐，妈不让我回去，你这儿就是我娘家了。我今晚还能不能跟你睡？"

两人再次挤上小且旧的钢丝床，对面楼的黄光投进窄小的后窗，使这间房子像在黄昏。吴多彩合上睫毛，孩子般睡了。鱼多云从她的领口看进去，幽暗里，一片杏色旋涡。"我给你包个大红包。结婚前，把这疤治了……"鱼多云嗫嚅。

吴多彩睫毛一抖，从胸腔里发出笑声："我们已经睡过了！"她笑颤颤地翻个身，"多少年了，还治什么呀。别人又看不见。"

鱼多云愣住，顿时五味杂陈。妹妹有过性经验了。两人紧靠的温热身体忽然生了嫌隙。鱼多云感到有些僵硬，有些孤独，又有些难过。妹妹彻底长大了，她再也不能回到过去，抱紧那个鱼多彩。

"我有自知之明，"寂静里，吴多彩忽然启口，"我条件一般，连爸都没有。大伯毕竟只是大伯，所以我得趁年轻抓住机会。我跟你不一样。"

"啥不一样？"鱼多云脱口问。

吴多彩不答："那天要是我没烫伤就好了，说不定你就考上大学了。"她朝着堆积在黄昏里的广告材料们一挥纤手，"看你现在弄成这样，唉。"

弄成哪样？鱼多云有些不高兴："我这样挺好的。"

半夜吴多彩想上厕所，鱼多云陪她打开店门去旁边商厦，不料商厦门锁了。鱼多云又急又尴尬："从来不锁呀，我每天都在里面上厕所的。"夜风一吹，吴多彩打个激灵，钻到角落背阴处蹲下。鱼多云忙站到她面前挡住。这一刻，城市的夜特别静，角落散发出经久的尿骚味。鱼多云低头看吴多彩毛茸茸的头，恍惚觉得她俩还在卫校菜园中，月光下黄花绿叶，浮荡着化肥的臭。

不久后，吴多彩告诉鱼多云，现在流行旅游结婚，所以没办婚礼，所以也就没邀请她参加婚礼。鱼多云说，没事，你好好过。

"你们排、你们排！"抱着"话剧《金锁记》——张爱玲最佳小说改编"大展板，鱼多云拒绝要帮忙的男大学生，自己像螃蟹一样从舞台前吃力地横挪过去。她边挪，台上的美丽女生边用话剧腔说："我用这沉重的黄金的枷锁，劈杀了许多人。"

鱼多云咧嘴笑了，眼角漾起鱼尾纹。放好展板，她摸到礼堂的角落，在红绒座位上坐一会儿，松口气。这天是她三十岁生日。

"Long long ago……告诉我那故事，往日我最心爱的那故事。许久以前，许久以前……"台上响起口琴合唱，鱼多云起身走了。她骑电动车穿过大街，进入狭窄的城中村，钻进一间水泥房。房里像是从工厂切下的一截流水线，粉尘弥漫，水晶字、招贴画等材料乱堆到天花板。机器嗡嗡运行着，两个男工抬头给她打个招呼。"咋样了？"鱼多云戴上手套，"抓紧点儿，这活人家明天就要。"

小项目只够吃饭，要挣钱，只能给大公司做外包加工，所以鱼多云支了这一摊。她知道自己在行业里越做越下游，越做越没设计含量，可有什么办法？大鱼吃小鱼，小鱼吃虾米，虾米吃泥滓。

男人的力气真的比女人大。看男工干活时，鱼多云想。

7

男人的力气真的比女人大——在西洛的另外一个地方，绿树葱茏，空气清新，一双穿着杏色羊皮鞋的脚出门上车，进门又踏上办公室的水磨石地砖或家里的木地板，永远没机会沾泥——它们的主人也长久地认识着这一点。

王一鸥也三十岁了。在家里，一年挨三五次打，倒也不是很多。每到那时，她就把女儿推进公婆的房间。出门，她仍是个戴珍珠耳环的女人。生活好像还是可以忍受的，虽然每次挨打后总是需要很久，生理和心理才能平复。

她不是没想过离婚。"周雪童"和"谷静静"的意见她已经没那么在意，毕竟她三十岁了，又成熟了一些。但她又有了新的不离婚的理由——女儿。让她没有爸还是没有妈？

其实也因为房子。事业单位普通工作人员的工资本就不高，加上她平时仗着生活稳定随性花钱，挨打受气后还要报复性购物，所以基本没有积蓄。赵李彬的工资高一些，但他对钱一向谨慎，不仅不让她管钱，为防止她乱花钱还让她给女儿买保险。总之，王一鸥如果离了婚，就只能带着女儿离开这栋教授楼，去租个单间。她是没钱买房雇保姆的，除非跟王安升要，但王安升坚决不支持她离婚。

三十岁的王一鸥回想，我的青春都干了些什么啊？读书、找工作、结婚、生女……太普通了。可这么普通的路怎么都走得这么累、这么难。如果重来一遍，我还会嫁给赵李彬吗？王一鸥吃惊地发现，她还是会嫁的。他是她在那短短的"适婚年龄"里，唯一能找到的条件合适的对象。她没有信心找到更好的，她又不是周雪童或燕飞飞。

王一鸥参加本科同学聚会，周雪童已抛弃初恋男友以处女之身嫁给一位家世相当的外科医生，生了孩子，更加艳光四射。谷静静也生了孩子，那天天热，她下了火车直接赶来，浮出一脸黑油，坐在周雪童身边，依旧对比强烈。言谈倒温婉许多，主动跟王一鸥打招呼，好像过去的龃龉都不存在。顾妈没来，只发来照片：她回甘肃小城考了公务员后也结婚生子，还是很清瘦。大家都很推崇王一鸥目前的生活。

吃完饭天黑了，王一鸥站在洗手间银亮的镜子前，看见脸上僵硬的笑壳正在碎裂。其实前天刚闹过一场，后背隐隐作痛，胳膊肌肉酸乏，精神也极其酸乏。这时，只听一个女声在隔断里压低声音说："催什么催，才八点啊！你就带一晚上娃，一晚上都不行吗？"

王一鸥理理珍珠耳环走回包厢，方才说话的女人斜超过她去取包，原来是童玲。童玲的痘痘没了，留下发黄的额头和微微松弛的圆脸："我先走了啊，不好意思。"

　　童玲走后大家也渐渐散了，谷静静跟着周雪童去住酒店。

　　人只是看起来有两条腿、想去哪去哪而已，其实根本不自由。王一鸥在回家的路上边开车边心想。生活是一道窄门，除了眼前这条路，哪有什么诗和远方，有的只是茫茫大雾。

　　赵李彬评上副教授两年后，王一鸥还是初级岗位职员。

　　温和踏实的研究生同学早失去联系，女博士升处级后也忙，王一鸥的朋友便只剩下单位那几个女职员。"周雪童"的丈夫是公务员，公公是人大主席；"谷静静"出身于本地的公务员家庭，嫁给了一名农村出身但现在级别不低的军官。基层政府部门升职遥遥无期，女职员们在工作上没什么好竞争，只好竞争丈夫跟房子。

　　王一鸥也忍不住参与竞争，但话犹未完，就在"周雪童"和"谷静静"脸上看到诡异的笑：眼皮下垂，嘴角克制上扬，似乎知道不该笑但仍笑。

　　"我在家可听话了，我怕老公打我呢。"

　　"哈哈，警察为啥不管家暴？因为警察一管女的就反悔，还反咬警察一口。"

　　"可怜之人必有可恨之处！换我早就离婚了。哦不，我压根不会那么没眼光。"

　　她们是有意的。王一鸥内心怯弱地想，脸上却要极力不显示出来，还要笑："我在淘宝买了条新裙子，一千五，你们要不要看？"

　　"看啊看啊。"她们也笑着答。

8

鱼多云银行卡里有了四十万元。看到那行数字时，她想起金领班。当时，他们以为这是天文数字，不惜用最珍贵的东西去换。

金领班现在在哪里呢？他在鱼多云记忆里越活越小，变成最早在红馆时的样子，一个粉红桃子般的少年。

鱼多云忍不住去看金领班的房子，却伸不出手敲门。踌躇间门却自己开了，露出陌生家庭的一角和花椒大料的气味，一对老夫妻吵着走出来。老头说："我不搬！把娃给他伺候大了，用不着老子了就赶人！"老婆说："你少说话，就回老家住两天。儿子卖这房能置换个更大更好的。现在房价呼呼的，你懂啥？"

鱼多云蒙住，再次确认门牌号。没错。金领班真的消失了，就像她曾经预感的那样。不知他现在在哪儿，也许在冥王星吧。

鱼多云回鹤川参加王米米的婚礼，高速公路从群山中穿腹而过。窗外没有风景，只有矮小枯燥的行道树和一段段隧道。鱼多云睡着了。

两小时后，车猛一刹，鱼多云惊醒，看见鹤川正在早春骄阳的光焰中安静地变形。这是鹤川初春特有的一种天气，树叶还未萌出，炽烈的阳光把气温推到二十度上下。一些永久不变的事物——钴蓝的天、骨白的杨树和赤黄的山峦在扭曲的空气中相互碰撞，发出空空的万物之声。

王红梅在山与城的交界处租了间民房住着。鱼多云走进去，像走进垃圾坑，地板、窗台上堆满风干的青菜、蒜薹，苍蝇乱飞。

"你怎么这么凑合？"她拨开衣服，在床角找块空地坐下，"光把人收拾得能走出去。"

王红梅穿件竖纹褶皱的黑连衣裙，腰部的褶子深陷进去，胸和臀部则高高隆起，把褶皱撑得很平。鱼多云忽然认识到，不管经历了什么，王红梅永远比她丰满，比她性感，比她有劲。

丰满性感的王红梅答："关你屁事，到现在连个男人都找不下。"

好像为了补充王红梅的话，一个大个子男人低头从门框外走进来，身上带着阳光的碎屑。鱼多云眯眼一认，啊，是刘大头。刚才的那一低头，她发现他见秃了。

"吃了没？"王红梅问。

刘大头答："在家吃了。"说完他马上后悔，有些害怕地溜鱼多云一眼。

鱼多云平静地对他点点头。

王米米的喜宴铺排在村道上，几口大锅咕嘟咕嘟煮着红萝卜粉条五花肉，以及银币一样的春阳。新娘王米米成熟了，胖了，浑圆的腰身裹在租来的廉价婚纱里，眼泡肿得遮住眼珠，倒是喜盈盈的，一直在笑。

鱼多云在混乱中坐进娘家席，席上人人脸色黑沉。对面长脸干瘦的女人忽然恨恨说："我早说不给彩礼就把胎堕了去！还由了米米儿了——她说结婚就结婚？！"这是王米米的二姑。原来王米米已经怀孕，怪不得胖了。找到男人，但没有彩礼，王米米还是没有完成家庭给她的任务。

喜宴草草吃完，好在没吵起来，新郎新娘被送入洞房。

这时天色暗下，初春冷风嘶溜溜地从池塘吹来，窗灯推出红"喜"字。被太阳晒蔫的孩子们活了，冲进新房找糖吃。鱼多云跟他们一起拥进去，终于看清新郎的脸。新郎瘦瘦小小，有些眼熟。鱼多云恍然记起，他不就是当年工厂里的"万红丛中一点绿"——她们流水线上唯一的男工？肯让男孩进厂子的家庭肯定穷透了，怪不得付不出彩礼。

几年后王米米离婚，大儿子归丈夫，小女儿归她。

"啥都不管呀，成天到处混。我还得挣钱，还得养两个娃，图啥？

净身出户就净身出户。"离婚也没捞到钱,王米米更被家里人骂得狗血淋头。

"一会儿拦住不让结,一会儿拦住不让离,"王米米说,"我看透了,我才不管。"

那以后鱼多云就经常在微信朋友圈看见王米米,横着两道直杠杠的青黑色韩式眉,卖 LV 包,十五元一个;卖纯羊毛裤,三十五元两条。除了做微商,王米米还在亲戚的饭店里打工。

"女儿呢?"鱼多云问她。

"送托儿所啊。烂托儿所,一天滚得跟猪一样,啥都不会。"王米米笑眯眯地说。

参加完婚礼回西洛,鱼多云遇见了冯校长。这些年电脑学校的广告都出自云朵设计,冯校长不觉间有了大爷的意思,两鬓、胡茬斑白,整个人越发松垮。过了几天,冯校长又带鱼多云吃神仙会,吃完开车送她回店里。临下车,他说:"小鱼,咱就不能谈一段儿吗?"

鱼多云一下子没听懂:"谈什么?"

冯校长说:"谈一段儿。"

鱼多云听懂了,很抱歉:"冯老师,我不想谈啊。"

冯校长当时就老了似的,使鱼多云老大不落忍。

回店里躺下,天又黑了,被子有些薄。天花板洇出一条灰迹,像冬天的湿云盖上鱼多云的眼睛。窗外霓虹灯一闪一闪,光走一走,停一停……周遭的世界渐渐远了,只剩这间店,店里只剩她,而她只剩一堆水晶字——静,静,陶,艺,馆,瓦,舍,酒,吧,道,口,烧,鸡……红的,蓝的,黄的,包在透明壳子里。

9

吴刚长得带点旧年代的气氛——土，但土里又有斯文、瘦、白、长，令鱼多云想起照片上的父亲。朋友介绍时说："这人挺好的，还是大学生。"

"可以呀。"交往以后，吴刚说得最多的就是这三个字。和金领班一样，吴刚也在黄河边一户安宁的农家长大，三本毕业参加工作，十年只跳过一次槽：跳槽的原因是前老板关掉公司一路捡垃圾去了西藏。这些年，吴刚的工资随社会平均工资上涨而上涨，积蓄不多，上个女友交往六年，终于嫌他没房走了。他笑起来还是那样，腼腆、温和，好像没什么。

这时也有其他男人追鱼多云，一个开了间比云朵设计更大的店，要鱼多云关了自己的店给他的店帮忙；还有一个各方面都挺好，但鱼多云给他打电话，老是他妈妈先接电话，寒暄一会儿才转给他。

鱼多云选了吴刚。与吴刚结婚，没有彩礼，没有房子，她穿件红裙，跟朋友们一桌吃了顿饭。婚后，住进吴刚租的小公寓。婚姻的下一步顺理成章就是怀孕，毕竟两人都不小了。

鱼多云没想到一向强健的自己怀孕反应这么大，苦胆水都吐出来了，绿的。医生让她住院打营养针，鱼多云硬撑着回家，边咬牙切齿地塞米饭边对肚子说："闹！看谁闹得过谁。"

鱼多云赢了，整个人迅速膨大起来。

随着月份增长，出门越来越不方便，鱼多云不由得抱怨："为什么是女的生孩子？最近生意正好呢，都给我耽误了。要不你辞了工作来帮我？"

没想到吴刚说："可以呀。"

鱼多云算算账，马上挺着肚子上城中村，又补充了一间房、一台机器和两个工人。她变成了一只更胖大、更迅疾的陀螺。

当了丈夫的老板，鱼多云才真正了解丈夫。了解清楚后，她心里觉得宁静。

吴刚是这样的：遇见捞小便宜的客户，他默不出声地让对方捞；临时多出几十上百块钱的活，他默不出声地给人家白干；工人疏忽的细节，他默不出声地完善。鱼多云说你不能这样，你这样，别人不会感激你，只会觉得你好欺负。

"我其实是懒。"吴刚笑嘻嘻辩白，"以前在公司，就怕人扯皮踢皮球。有那劲，活都干完了。唉，计较怪累的，宁可干活。"

吴刚参与的生意，回头客最多。

生孩子时，鱼多云喊得医生直皱眉。医生耳朵嗡嗡，出去上个厕所，回来她已经自己生了，是个女婴，卷着胎发半浴在血中。

吴刚母亲来伺候月子，进出手脚麻利，板瘦的身上带着股烧火灶头常年熏出的草木灰味。月子一出，她马上走了，一共也没跟鱼多云说上几句话。此后，云朵设计和女儿一齐发力，拿走鱼多云的白天和黑夜。

庆祝新生般，全西洛的花同时盛放，空气里塞满花粉，简陋小公寓塞满腥甜的婴儿气味。

深夜，鱼多云划水一样划过无法落脚的地面，重重倒在床上。吴刚挨了她的骂，和女儿一起睡熟了。窗外有楼，楼外还是楼，楼外楼的上空有一撇月亮的影儿，淡淡的，好像它自己也不确定自己是否存在。

鱼多云瘫着，感受着自己累赘鼓胀的乳房，一摊水泥一样的肚子。她头昏脑涨，眼睛发黏，一堆事在心里此起彼伏，像几十支乐队同时奏乐。日他妈的，有个声音在她心里说，没有这小东西就好了，没生孩子就好了，没结婚就好了！

鱼多云想扑到窗上去吸口气，奇怪的是她竟然动不了，就好像有一只大手把她死死地摁在了这间房里，这张床上。疲惫麻木了她，她知道自己马上就会睡着。睡着的同时，身体里有些东西也跟着消失了，一些与生俱来的，说不清道不明的，浑然如珠、微微发亮的东西彻底熄灭了。被掩埋了。就像童年被掩埋一样。

早晨吴刚醒来得晚，鱼多云已经给孩子洗过澡、喂过奶，还打扫了房间，母女俩温柔和谐地浴在春光之中。吴刚赶紧过来接手，鱼多云垂着头说："我心里空落落的。"

吴刚说："你休息休息就好了。"

"好不了。要不，我们买房吧。"

吴刚吃了一惊："那不是你进修的钱吗？你成天说要休息两年，去进修。"

"修什么啊！怀孕都停不下来。"鱼多云淡淡地说，"买吧。"

房子曾是鱼多云的痛点，每次看到房价信息她都会偏过头去：疯了吧，迟早要掉下来的，掉得白菜价都不值。我又不傻，干吗花那么多钱去买个水泥窟窿，租房不也一样吗？但现在，她看出来了：房价永远不会跌下来。而她的孩子已经出生了。彩色柔软的精灵化作枯燥坚硬如水泥的现实。鱼多云模糊地感到一种失去、一种失败。她必须做点儿什么补回来。

"不等娃再大点儿？现在你还虚，养娃又累……"吴刚不说了。

鱼多云硬是在喂奶的间隙看了一个月房。住宅已经涨得令她买不起，最终她选中位于店面和地铁站中间的一栋商住两用公寓。她不知道，这栋公寓窗下划过一条街，刚好被划入王一鸥工作所在的杜邑区。

"公寓只有四十五年产权。"付钱前鱼多云踌躇。

年轻的售楼小姐笑问:"您今年几岁?"

"三十二。"说完鱼多云悚然一惊。再过四十五年,她还活着吗?

"生命这么短。"交了钱,鱼多云空虚地想。这些年就变成这些钱,这些钱就变作一间保质期四十五年的房。鱼多云感到意志消沉。

在此之后

2016—2017

1

"你好了没?"像条裹在连衣裙中肥鱼似的中年女人催鱼多云。

世界恢复流转,鱼多云大吸一口气:"好了。"

王一鸥也大吸一口气。她们刚才都忘了呼吸。

鱼多云转身,被自己的脚带向政务大厅的旋转门。

她脑子里先前的一切还在自动运行:S 号尿不湿;混合喂养;龙凤祥珠宝广告牌;工人下一月工资;装修费。直到一个念头忽然白纸黑字般清晰地将以上全都覆盖:当时我考上大学了。王一鸥用我的名字上了大学。

像大风吹来,鱼多云体内被吹得空空如也。她慢慢挪到大厅外巨幅涟漪般的台阶上坐下,台阶被风吹得上下浮动,她眩晕地闭闭眼。

台阶的波动传进大厅,人群跟着波动,柜台也跟着波动起来。王一鸥用前臂死死扣住台面,脑中莫名回忆起今天早晨的画面:她在食堂打了牛奶鸡蛋和两份小菜,凉拌甘蓝、黄豆西芹。然后是办公室,公益岗的小夏跑进来跟科长说:"领导,我家有急事,得赶紧回去。"公益岗的人在大厅坐柜台,现在考编竞争激烈,小夏虽是 985 高校毕业,一直考不上就一直坐柜台。

科长听罢,眼神在"周雪童""谷静静"和王一鸥身上一瞥。

"周雪童"和"谷静静"马上异口同声:"我今天忙。"

科长又看王一鸥。画面里,王一鸥也跟着断然拒绝:不行,我也忙。

但实际上她脸软没吭声。每次都是这样,王一鸥窝囊地想。

然后,变老的鱼多云出现在她面前。

太阳从鱼多云头顶投下,变作纯黑的一团紧紧跟定她的脚,压得她步履沉重。雪亮台阶结束时,像被谁指示着,鱼多云毅然左拐。果然,王一鸥开着车刚逃到大门口,隔着窗玻璃,她们再次面对面。

鱼多云走上前拉车门,拉了三次,第三次锁"喀"一声开了,门猛地磕到她的膝盖。车里吹出一股腻人的甜香。

王一鸥靠肌肉记忆慢慢地发动车子,驶出杜邑区政府。

阳光明亮,这是四月,行道树上绿叶习习,单调的绿化带里满是三色堇的小花盆。花朵拼出无聊的红三角、黄三角、紫三角,最后组成大标语:"建设文明城市……"

熟悉的景物给王一鸥补给了勇气。她听见自己镇静地说:"好久不见,一起喝个咖啡?"说的时候,她眼角的余光扫到鱼多云搁在腿上的包。人造革质地,很大,很旧,褶皱里藏着灰垢。包下面,便宜牛仔裤;包上面,宽荡没型的旧衬衫,浮肿的圆脸,雀斑,鱼尾纹。王一鸥回想早晨出门时镜子里的自己,情绪又稳定些。

鱼多云完全没有看王一鸥。但她用全部感觉感受着她,感受着她整个人和她现在生活里的稳定优裕或酸涩脆弱的一切。

王一鸥把车开进另一区的万达广场地库。这里的咖啡厅她跟女博士来过,女博士的眼睛精光逼人,难以直视,她就盯着女博士那两条飞舞的眉毛。从别人的眼光里,王一鸥体会到高学历、尚年轻、有稳固社会地位的愉快。

王一鸥捏起咖啡杯的杯耳抿了一口咖啡。鱼多云盯着她。小田鼠还是小田鼠。

"你现在做什么工作?"王一鸥被她盯得差点慌了神,放下杯子问。

"做生意。"鱼多云答。

"哦,挺好。"王一鸥的口音也成了正宗的普通话,不再有一点儿鹤川的影子。

可王一鸥给鱼多云的感觉还是那么熟悉。鱼多云忽然醒悟,原来她仍然生活在卫校之中,在那种四面墙内。就像此刻,她又慌乱无措地没话找话:"你结婚了吧,孩子几岁?"

"三个月。"鱼多云答。

"三个月你就出来了?"王一鸥脱口而出,随即后悔。

果然,鱼多云冷笑一声:"在家待不住。你也有孩子?"

王一鸥听出她的讽刺,没有吭声。

"你顶替我上了大学?"鱼多云忽然直接问,"怎么顶得我?'鱼多云'?"

王一鸥猛地低下头看咖啡杯。那副样子显得真可怜,就像小时候干了什么窝囊事,被人说了时,瞬间的可怜样。但再抬头,她已恢复成大人:副教授夫人兼事业单位干部。即使对王一鸥,时间也有意义。

夫人干部板脸道:"以前的事我不清楚。我现在学历是硕士研究生,通过招考进的政府。我今天的一切都是自己努力得来的。"

鱼多云下意识地重复:"自己努力得来的?"

王一鸥迅速继续道:"其实你做生意,学历有什么用呢?现在研究生都不值钱,别说本科。真的,上不上大学差别不大。当时你就算上了,无非在公司打工,说不定还不如现在。你理性地想想。"

鱼多云一时被她话里的理直气壮蒙住了。她张张嘴没出声。也许是的，但我如果上了大学……她不由得想。她眼前腾起一片大雾，雾后面色彩斑斓而模糊不定。她永远不可能看清楚。永远不能。一股陌生的感觉，锋利、黑暗、庞大、沉甸甸，从胃里浮上来，渐渐到胸口，渐渐到喉头。

"这些年……你一直叫鱼多云？"鱼多云眼睛看向王一鸥胸前，好像她还佩戴着"鱼多云"的名牌。

"你同事、领导都叫你鱼多云？"

"你老公也叫你鱼多云？"

"你女儿也以为你叫鱼多云？"

王一鸥不吭声，忽然站起来快步往外走了，好像座位上方悬着一块岩石，迟一点就会掉下来将她砸碎。

"那我叫什么？"

"这是我的名字！"

岩石追上来。

这夜，王一鸥躺在床上感受橡皮筒来回地捅。她伸手想抱赵李彬，赵李彬已经滚下来："你今天特别干。"

被捅过的地方火辣辣的，王一鸥不由得有些生气："那还不是因为你跟我动过手，影响情绪？"真的，他们也有过几次快乐的时候，但随着屁股上那一脚，一切都完了。很多时候，她明明已经原谅了他，但身体却不肯。好像身体自有它的尊严，命令皮肤警戒，命令肌肉收紧，命令骨骼僵硬。

赵李彬不高兴地辩驳："我脾气都好多了！上回是啥时候，三个月前吧？至少我改了三个月了。"

王一鸥张张嘴又闭上，放弃了争论。她耳畔响起鱼多云的声音："你老公也叫你鱼多云？"

赵李彬说:"徐教授的孩子周末过满月。"

王一鸥不由得想起徐教授的夫人,又一个"周雪童""燕飞飞"。美貌的女人总是格外幸运,徐教授比赵李彬年轻、英俊、项目多、得领导爱,徐教授的父亲是西洛理工大学的副校长,徐教授还不打人。

"拿一千块礼金吧。"王一鸥说。

"小鸥满月时他们才给了六百!"赵李彬说,"我特烦那两口子,一副'上流社会'的表情。"

上流社会是什么表情?内心得意,但还要讲修养所以使劲压抑得意的表情;看不起人,但还要讲修养所以使劲压抑鄙夷的表情。他们的脸总像在说:你不知道我占有得有多多、过得有多好。你不知道,我也不说。

脑海中,他们的脸渐渐换成鱼多云的脸。此时此刻,王一鸥才敢安下心仔细凝视那张脸。穷。鱼多云那张脸上表现出来的就是穷。一看就没受过高等教育,结交的都是些下流之辈,下流之辈的脸和脸互相感染,最后形成相似的穷气。即使后来王一鸥知道鱼多云一年的收入是自己工资的两倍,也无法改变印象。

还有鱼多云的语气。粗疏蛮憨,敞着喉咙说话似的,普通话都不标准,欠缺教育背景的人特有的语气。不雅。想到这里,王一鸥不由得忆起小时候的鱼多云。上完厕所提起裤子,她两只手按住肚子浑身扭一扭,把那里三层外三层的衣服扭正。

是的,"鱼多云"确实是鱼多云的名字,但现在已经是她的名字——从十七岁到现在,这名字早像血液一样融入全身,洗不掉了。她所有的努力、期望、欢乐、痛苦,都已跟这个名字结合在一起。

所以,我就是鱼多云,这是我的名字!王一鸥在心里大声说。那个鱼多云算个什么东西?摆摊儿的,开小破店的。

王一鸥决心不理鱼多云。她能怎样？

王安升听王一鸥汇报后，也是这个态度。静观其变！她能怎样？

王安仁听王安升汇报后，也同样是这个态度。不要打草惊蛇。她能怎样？

2

鱼多云这几天总觉得饿。

见完客户出来，她饥肠辘辘地买了羊城夹馍坐进街心公园。梧桐树像把巨伞撑在斑驳的铁艺长椅顶上。羊城夹馍菜夹得太多，土豆丝、泡菜、豆腐皮、火腿……鱼多云把嘴张到最大咬下去，边嚼边拿腿顶住被客户退回修改的大展板。她等不及地大口大口吞咽，一些久远的记忆的碎片在脑中闪烁：亮白的卫校，亮白的医生、护士，月白玻璃瓶中的婴儿，银白的枇杷树叶上绒毛的闪光，幼儿园时的王一鸥、周萌萌、六一，高中时的王一鸥、周萌萌、六一……碎片越来越乱，她吃得越来越快，最后几乎直着喉咙把馍塞进去。旁边戴粉红帽子的小女孩呆呆地看她半天，忽然把头埋进母亲的怀里。

"算了吧。"鱼多云痛苦而衰弱地想，回不到过去了，算了。

我考上大学的，我不蠢，我不笨，她痛苦而衰弱地安慰自己。"考上大学"像一只皮毛柔软的小狗窝进臂弯，温暖她，安慰她。然后王一鸥夫人干部的脸显现，怀中小狗僵冷，变成梆硬的死尸。

没法干活了。在店里待了一会儿，鱼多云狂躁地拉上卷闸门。这么多年除了春节和生孩子，她头一次在白天关店门。

她跨上电瓶车。怎么会这样？！这一切到底是怎么回事？！

杜邑区区政府门前的广场一片祥和，遛孩子的，锻炼的，没有人注意一个女人内心的翻滚和煎熬。鱼多云停车站定，太阳像一颗精光四射的银质大星,把剑插进她头顶。

天忽然从一边沉下去,太阳光暗了。像打了听不见的铃般,许多人许多车从大门涌出。鱼多云不错眼地看着,很快,她看到了那辆小白车。驾驶座上,王一鸥穿件白色真丝衬衫,戴着墨镜。

即使隔着车窗和墨镜,鱼多云知道她们对视了。但王一鸥只是僵了一下,猛踩油门绝尘而去。

下雨了。雨点噗噗地砸到干渴的地上,激起一层淡淡的尘烟,土腥气冰凉扑面。车灯点点亮起,红色尾灯汇成河流。鱼多云跨上电瓶车汇入那洪流,眼中只有那辆白色小车,任由尖厉的鸣笛和雨水抽打她的脸颊。

到了西洛理工大学家属区,小车沉入地库倏然消失。鱼多云被保安拦住:"找谁?"

"找——"

找谁?找"鱼多云",找我自己!鱼多云憋得想哭,又想大笑,想进去杀了王一鸥,想绑架她女儿,想告诉她老公、告诉所有人,我才是鱼多云!

雨渐渐停了。黄亮的阳光忽然打在鱼多云湿透的后背上,像舞台上的灯,热刺刺的不真实。这种浓亮的光衬得她心里越发黑。

下楼取快递的王一鸥一头撞见仍旧站在那里的鱼多云,露出害怕、恶心和厌烦的神情。

"你想干吗?"王一鸥迅速走到背阴的樱花树下压低声问。这种樱花近年来很受城市的青睐,到处都是,浅褐树叶和深粉花团挤得密不见天,湿漉漉的,不时砸下水滴。

"把我的名字还给我。"鱼多云沉沉地说。她听见自己声音不大,但舌头却很大,说话有点含混。迷茫、愤怒把她烧昏了。

抱着快递盒的王一鸥手肘、肩膀压制不住地抖起来。不可能还的，怎么还？

"已经这样了，现在纠缠我还有什么用？想要钱吗？要多少？多少够？!"她努力硬起嗓子说。

"一百万！"鱼多云忽然尖叫起来，"一千万！一个亿！——你说多少钱，你说多少钱？!"

王一鸥干咽一口唾沫，两腿僵硬地转身走了，心却还留在当地。恐惧使她的身体和心都分离了。

这晚，鱼多云第一次接到王安升的电话。

王安升的内心是崩溃的。他在办公室静坐了整整一下午，才接受麻烦已经寻上门的事实。最后，他给王安仁打了电话。

王安仁先是很激动："她还敢诈骗？给个屁钱！"然后很嫌弃："你先出五万看看。"

王安升环视自己的独立办公室，老板桌、老板椅、大红旗，吊兰叶子直垂到水磨石地面，角落里支着一张床。严格说来，这也不算独立办公室，作为局里的副手，他和督察专员共享一间。但专员马上退休，不常来。

获得这间独立办公室是王安升人生的巅峰时刻。再也不用听人问："你解决了吗？""解决"，意味着升到处级；"解决"，好像一天不升上处级，人生就一天悬而未决。啊，总算解决了，总算不用再抻着脖子到处看了。这么多年苦吃苦干，争斗窥伺，终于没有白费——原先的副局忽然调走，剩下的科级干部女的女、老的老，而且都没有背景。老天有眼，老天有眼！终于该着他升。

升后，王安仁带点酸味地嘱咐："当领导可要谨慎。"

这话王安升听进去了，所以他什么字都不签。要签字找正局长，我官不够大嘛;但到了要跟上级部门汇报的时候,我官又大了,科长去汇报就行。总之,违规的事固然不干,不违规的事也是不干。有人背后笑:"这领导慎重,树上掉片叶子都怕把头砸了——少干少错,不干不错呀。"

这些王安升都知道。让他们扯去吧,我只想太太平平地端着这个职位!他恼恨地想,然后听见鱼多云说:"喂。"

"你这个孩子,遇事不要激动嘛。激动能解决问题吗?不能!注销学历?啥注销学历?你这是损人不利己!是找事!我们要解决问题,解决问题!我怎么不配喊你孩子?你小时候我还见过你。什么?你说话注意点!我怎么先说话不客气了?我一个长辈。我怎么不配当长辈?你去闹去!还闹北京,闹联合国也没人管你!好娃哩,别的事说都不要说了,现在就说钱,你要有礼有节,我马上打钱,三万!"

3

鱼多云第一次到杜邑区信访接待中心,接待她的是个极其苗条、苍白的中年女人,像条微微皱缩的白色软虫。虫身上裹着条与年龄不符的嫩黄细格子裙,耳朵一边垂下一滴绿珠子耳环,左右晃着,夹住一张四五十岁的天真的脸。

听了鱼多云的陈述,白色软虫啪啪啪敲完电脑,然后看着她。

鱼多云也看着她。

"还有什么事?"白色软虫问。

鱼多云说:"你给我处理啊!"

白色软虫诧异:"我可没有权限,只能尽快上报领导,再做答复。"

"要多久?"

"可能一周,可能两周,可能一个月,可能三个月。"她答得很坦然。

鱼多云"啪"地一拍桌子,虎口生疼。

白色软虫吓了一跳,把电脑屏幕转过来推给她瞧:"我真的登记了,马上给领导汇报!——不然你去找纪委去。"

门口的保安眼睛看向别处,像知道点啥似的笑答:"纪委啊,四楼。"鱼多云转身上楼,他才饶有兴致地盯住她的背影看。

这次鱼多云直接去找书记。书记正在忙,听她说了两句,就打电话叫来一位年轻女科员。女科员眼睛大而鼓,显得实诚,嘴唇丰腴红润,像只温柔的青蛙。女科员把鱼多云带到自己的办公室。

鱼多云松弛了一点,对她说:"你们这儿的房管局有个人叫鱼多云,学历是假的。我们是高中同学,我才叫鱼多云,她叫王一鸥,当时冒名顶替我上了大学!"

女科员的大眼睛鼓了一鼓,也啪啪啪地在电脑里登记了。

鱼多云继续说:"如果你们不尽快解决,我就上网发帖、找媒体、到北京上访!我去过北京,我有经验。"

女科员微微吃惊,眼睛鼓得更大了:"你先别急,我问一下领导。"她站起来又跑回书记的办公室。

片刻后她回来:"你看这样行吗?你留下手机号,有进展我随时通知你。"

后来在手机里通知鱼多云的却不是女科员,而是一位男科长。科长声音松弛,稳重,很有磁性。比起女科员,他像只滑溜溜的河马。从他那里,鱼多云没能了解到这事的任何进展,倒把她自己的家庭背景、个人经历交代得明明白白。

没有进展,鱼多云又跑回鹤川找教育局。教育局已变成一片玻璃水泥组成的建筑,当年的教育局局长当然和旧砖楼、大椿树一样不在了。

现在的教育局副局长看起来人蛮好,五十来岁,身体很瘦,脂肪主要集中在肥肥的眼泡和嘴唇上,有点像老掉的尖叫鸡。他叹口气,眯缝着眼泡,气若游丝地说:"你是咱鹤川出去到西洛打拼的年轻人,不容易。但这事啊,隔太久了,没法查啊。"

"那我就上省教育局查!"鱼多云急说。

副局长的眼泡往开处分了分:"省上是教育厅呀,娃。唉,这样吧,一个月,一个月后我给你回话。"

"我等着!"鱼多云用钉子一样的眼光盯住他说,然后转头就走。

副局长忽然又叫住她:"咦,对了,去年你爸是不是来过?就为这事。"

鱼多云缓缓回过头:"我没有爸。"

从鹤川回西洛的高速路上,鱼多云忽然发现自己很久没涨奶。她仔细回忆,才想起自己最后一次给女儿喂奶是个下雨的早晨,追王一鸥那天。转眼,过去两个月,夏天了。

鱼多云心急火燎地从车站赶回家。天色昏暗,屋里静悄悄的。一时间,她心里慌慌的,觉得孩子丢了,没了,吴刚也跑了。她的目光急切地划过苍白的墙壁,划过脏乱不堪的诸多物什,终于在床沿发现了一大一小两处起伏。

鱼多云扑上前,从被子里掏出女儿,揭起上衣把乳头捺进她的嘴里。梦中的女儿嗫喏了一下,薄薄的、小夹子样的嘴巴马上吸住她。吴刚蓬头垢面地坐起,一言不发。

鱼多云看着他:"你啥意思?你觉得我白折腾是吧?只能被人当猴耍是吧?——都把我当猴耍!"

女儿哼唧一声,舞舞小手。吴刚小声答:"没有,我没那个意思。"

"那你什么意思?!"

女儿什么都吸不出来,吐出乳头,亮开喉咙哭了。

"我意思……我意思就是你想干啥就干啥,我给咱把娃管好。"吴刚起身边拿奶粉边说。

鱼多云愣住,怀里的女儿一脚踢到她肋上。她把头埋进女儿的小被里,这么久以来第一次哭了。

第二天她接到一个陌生电话:"鱼女士吗?我是《东方今报》。请问您接受采访吗?"

4

周一早晨,王一鸥醒来眼皮直跳。女儿小鸥慢悠悠穿鞋,她又急又烦地尖叫一声:"快点!我要迟到了!"

小鸥吓得一哆嗦,手底下更慢了,赵李彬便吼王一鸥:"大清早鬼叫什么鬼叫!影响人心情!"说完他的脸就黑了,好像又在说:你把负能量传给我了,已经传给我了,完了,我不好了,我本来压力就大,单位那么多王八蛋,你还刺激我……

这往往是漫长黑夜审问的前奏。

王一鸥吓得心里一瘫,好像站到沼泽边上。她一声不吭地拉起女儿的小手,尽量保持稳定的速度、正常的声响赶紧出了门。

进了电梯,小鸥天真地笑说:"爸爸怎么又发火了。你也发火。"

王一鸥说:"闭嘴。"

小鸥还是笑:"胡兜兜说今天会给我神秘礼物。"

看着小鸥进了幼儿园,王一鸥忙转头奔向办公室。早饭来不及吃了。在办公桌前坐到十点半,正饥肠辘辘,忽然有个女熟人推门进来:"鱼多云,你出来一下。"

王一鸥出去,看见自己单位的两位科长已等在外面,表情严肃怪异又讳莫如深。

女熟人拿眼睛点点人数说:"好,两人陪同,那大家就跟我上去一趟吧。"

这时王一鸥才想起,女熟人的工作单位是纪委。她们去年在一次饭局上见过,散后王一鸥顺便载她回家,两人还"孩子""婆婆"地尬聊了一番。现在,她看起来却像完全不认识自己一样。

女熟人摁了电梯。王一鸥麻木地跟她进出几扇门,走进一间房间。房间门里挂着个铜黄牌子:谈话室,前面并排坐着两个酱黄晦暗的中年人。区政府有很多这样的中年男人,像一团团带着烟味的灰黄物体,王一鸥从来分不清谁是谁。

王一鸥按指示坐下。女熟人也坐下,低头看看桌上的纸启口:"我是西洛市杜邑区纪委的工作人员,今天跟你谈话,需要了解、核实一些事实,请你如实回答。"

这些话她一定说过很多次,有种模式化的流利。王一鸥麻木地点点头。

女熟人又重复一遍:"我是西洛市杜邑区纪委的工作人员,今天跟你谈话,需要了解、核实一些事实,请你如实回答。"

女熟人的眼珠大而鼓,晶体前端被照进来的一缕晨光射得淡褐而透明,没有情绪。去年聚餐时,这双眼珠还是温暖含笑的,王一鸥背后听人评论过她,说她没什么上进心,刚生完孩子,是个贤妻良母。

"好的。"王一鸥木然答。

"好。你叫什么名字?工作单位是什么?"

"我叫鱼多云。工作单位是西洛市杜邑区房管局。"王一鸥不假思索地回答。

单位的科长们坐在后排,垂下眼睛。他们神情沉重,甚至有一丝沉痛,但耳朵却支起。

"你的名字是否和你的身份证信息一致?"

"一致。"王一鸥没有停顿。

女熟人拿出一沓复印件:"你大学之前的户口与学籍资料显示,你的本名叫'王一鸥'。"

王一鸥愣了一下。久违了。这名字好像在叫另一个人,那个面目模糊的、自卑忧郁的少女。

"我高考时改了名字,改跟我妈姓。"王一鸥解释。

女熟人又拿出一沓复印件:"你用'王一鸥'的名字参加2002年7月6日的高考并取得成绩342分,然后于2002年8月10日在鹤川县户籍部门改名'鱼多云',接着用'鱼多云'的490分的高考成绩,进入西洛财经学院。你怎么解释?"

王一鸥身体里轰然一响,很多灰飞起来。

"你的学籍档案有涂改痕迹,你怎么解释?"

"请解释。"

"请你快点解释。"

"请你如实解释。"

王一鸥迅速眨动眼睛,心脏下坠,呼吸困难。

"你是不是顶替鹤川中学1999级女生鱼多云上了大学?"坐在右边的中年男人忽然大声问。

"嗯……"王一鸥的喉咙发出颤声,不知是承认还是仅仅出于恐惧。

"好的。你在后来的研究生入学考试及事业单位公开招考中还有没有其他舞弊行为?"女熟人接着问。

"没有!我自己考的!我吃了好多苦!"这次王一鸥干涩地尖叫出来。

女熟人鼓鼓的眼珠被睫毛掩盖了一下，再出现时似乎现出了同情的神色。

"下面我宣布纪委就此事的处分决定。"坐在中间的中年男人似乎已经很不耐烦，"经举报后查实，房管局不动产登记处干部鱼多云在2002年通过篡改学籍档案、冒领入学通知书等方式顶替他人进入西洛财经学院学习。经研究，西洛市杜邑区组织部、人社局同时对鱼多云作出开除公职的决定。"他的普通话里夹着很重的杜邑方言。

"你有什么要说的吗？如果你对以上事实有什么异议，请现在说。"待中年男人说完，女熟人接着说。

一个炸弹接着一个炸弹，王一鸥的内心好像一片弹坑累累的平原，回荡着"嗡嗡"的炸后音。阳光强烈了些，女熟人的眼珠前端的晶体轻盈透明，但除此之外，所有人都像铁铸般冷酷。

"如果你对事实有什么异议，请现在说。"女熟人再说。

嗡嗡嗡嗡嗡——

"如果没有什么要说，请签署处理决定书。另外，为避免社会影响，组织要求你不得接受任何媒体采访。"女熟人顿了顿又轻声补充，"也为了保护你自己。"

"你出去吧。"中间的中年男人说。

"你马上把处理文件拿给政府办和区委办，领导等着呢。然后联系那个鱼多云，告知她处理结果。"王一鸥走后，坐在中间的中年男人对女科员说。

女科员拿着文件走了，中间的中年男人问："上周三早上的新闻？什么报？"

旁边的中年男人答："倒不是大报，发行量一般，主要现在有网络，转发快得很。得赶紧灭火。"

中间的中年男人说:"加了几天班,咱的事了了,灭火有人家宣传部门。临县去年也出了个这事,他们前几天就去学习经验了。"

旁边的中年男人说:"这两年形势就是这。中午吃啥?"

王一鸥用脚走回办公室,但心里什么都不知道了。"周雪童"和"燕飞飞"还像平时一样跟她打招呼,她却想不起她们的真名。

王一鸥本以为会没事的。最近她不时观察每个人的脸色,尤其是局长的脸色,毕竟如果有什么事局长一定最早知道。刚巧上周六局长的女儿结婚,王一鸥赶紧提前去帮忙,还出血包了个超大红包。婚宴开始前,局长拍拍她的背,说她太客气了。局长那厚厚的肉掌隔着薄薄的衬衫将热力传到王一鸥身上,那分明是一种亲切、安稳的热力,使王一鸥整个人都为之融化的热力,她一下感到无比轻松和愉快。没事的,局长都拍她的背了,肯定没事。事实上,婚礼一结束局长就接到纪委电话。他马上叫科长们开中层会,并要求绝对不得外传。

因此,直到王一鸥彻底离开政府大楼,"周雪童""燕飞飞"们还不明所以。这叫她离开得稍微容易一点儿。

5

王安升十天瘦了十斤。目之所及,所有人都怪怪的,连司机都在俯视他、笑他。

局里唯一把他当领导尊重的女科长,今天忽然用手拍拍他的胳膊。她的手黄而轻,像一片落叶拂在他皮肤上,有安慰的意味。她干吗安慰他?她听说了什么?怎么,纪委要有动作?

回到家,鱼树蕙也怪怪的。鱼树蕙绝对有问题,而且有问题好几年了。她经常饭都不做,她自己也不吃,或者去食堂吃点学生都看不上的狗食。有一回她提着一份食堂饭进门,看到王安升才如梦方醒:"哦,你也在!"好像对自己有丈夫这件事很吃惊似的。

王安升把女科长那一拍告诉鱼树蕙。鱼树蕙说:"哦。"

王安升:"哦?"

鱼树蕙皱眉:"那还咋?王一鸥已经被开除了,我愁也没用。这边人家要是查出来,该处分就处分,都是命。总不至于坐牢吧。"

"坐牢?!还坐牢?!"王安升吼着这句话在家大发了一场疯。

"我一辈子兢兢业业,叫我站着死,我不敢坐着死啊!"

"谁体谅我,谁理解我啊!"

"我是对不起工作还是对不起老婆、娃啊!"

"为啥把人逼到这一步啊,为啥啊!"

实际上也没有逼到哪一步。独立办公室还是独立办公室,但那一股幽微的、使人脊背发凉的风到底是吹起来了。事已至此,王安升心上最要紧的已经不是女儿的公职保不保得住的问题,而是自己保不保得住、自己大半生的果实保不保得住的问题。王安升更频繁地找王安仁。两人尽力活动,分别使出野兔的狡猾和鹰隼的狠厉,但仍觉得脊背发凉。昨天王安升在县委门口碰见王安仁,他脸上的肉一块一块油津津的。王安仁往树底下走几步对着他说:"这事跟我没关系了,以后不要来寻我。"

王安升说:"真要翻腾,你跑不了!"又说,"好哥哥,现在不是推脱的时候,都是一根绳上的蚂蚱。你不跟我一起灭火,让我去死呀?"

王安仁说:"那你就死去!"

晚上周萌萌妈来访,不找鱼树蕙,却找王安升。王安升躲在卧室里不出去。周萌萌妈坚持等在客厅:"不要紧,让老王多休息一会儿。"

鱼树蕙疲惫地笑说:"不好意思,不好意思,我家那人最近有些累。"

周萌萌妈心里看不起鱼树蕙。这么多年,连个护士长都没混上,一天昏昏沉沉，不知道自己该干啥似的，老公升了领导也不知道辅佐。周萌萌妈已经是系主任，老公虽然不行，女儿却拿到霍普金斯大学的免疫学博士学位，取得美国的执医资格。

王安升在卧室门口一闪，周萌萌妈立刻站起来："老王啊，你听说没，卫校要拆？"

王安升听了这话才走出来摆摆手："这片拆不了！政府根本拆不起，但学校肯定要搬。"

学校已经往山脚下搬了一半了。周萌萌妈知道自己问错了人，便微笑着说："是吧，我还不知道呢，谢谢。那你休息，我不打扰了。"

"你能不知道？你来就是笑话我消息不灵通、职位保不住的吧？你一步十个谎。"王安升在心里骂。

周萌萌妈一走，鱼树蕙就打开电视。纷乱的光线和声响立刻铺满了幽暗的房间。王安升四下巡视，心想，这是什么日子啊。攒了那些钱，家里连凳子都这么旧，到处灰突突。新房子买了扔一两年，也没人装修。王安升恍惚想起十年前，不，二十年前，就在这个家，王一鸥还在她房里假装写作业，他们夫妻还齐心想要个儿子。十年又十年，最早的鱼树蕙什么样？天天就爱折腾家，又没钱，便没完没了地收拾烂灯罩、烂窗帘、烂门帘，这儿绣一朵花，那儿描一根草，气得他骂："闲疯了是吗？"

现在，电视里画面一闪，年轻得油光发亮的男女用韩国话庆祝，"初雪，初雪"。雪光映着异国大街，也映进他的旧客厅，映上鱼树蕙衰旧的脸跟头发。老妻。王安升心里升起这个词，连带升起一阵悲伤。

"上个月单位体检，医生说我血压高得很。"王安升气若游丝般启口，"我都瘦了。"一切都完了。明天，就像一只怪兽趴在黑影里，不知会用什么方式吃了他。

过了很久，鱼树蕙才搭言："望六十的人了，血压高正常。"说这句话时鱼树蕙都没有看他一眼。她好像被电视施了定身术，除了眼皮偶尔缓慢地一眨，整个人都凝固在沙发里。

第二天鱼树蕙出门时才看见王安升在客厅上吊，之前她在卫生间慢悠悠刷牙洗脸，上厕所。她前去抱那悬垂踢腾的腿，被一脚踢到脸上。

被开除公职的事王一鸥告诉了父母，但没有告诉丈夫赵李彬。只要对着他，她就张不开口，像舌根被人摁住了似的。

不用上班的第一天，王一鸥惯性地按时起床，送小鸥，然后开着车出门，等到下班时间才回家。再不可思议的事只要开了头，好像就能理所当然地延续下去。从此，她每天都如此。

早高峰挤在车流里，红灯时间太长她还会惯性地发急。很快高峰过去，人们被关进办公室，街道变得空虚，她就开往东大街。东大街永远是热闹的，她没想到竟有这么多人不上班，男男女女，乌泱乌泱，大学生、老人、家庭主妇，还有许多不明身份的壮年。这些人中也许有失败者、诈骗犯、杀人犯，跟她一样"万人如海一身藏"。

又一个红灯，刹车，王一鸥才发觉她竟把自己和罪犯划为同类，不由得笑了。

不久前西洛财院打来电话，说学院收到举报，经研究决定撤销她本科、研究生学历、学位，请她尽快来取相关文件。挂了电话她感觉脚下空了，身体掉，掉，掉，一直往下掉，却怎么都触不到底，仿佛被取消的不是学历，而是那些漫长的岁月。

听到父亲自杀未遂的消息，她的脚触到了底。底是黑的、冷的、死的。父亲竟然会干这种事！虽然父亲在家暴的事上显得软弱无情，但他毕竟是她人生的护航员。

绝望中，不知怎的，王一鸥想起小时候的一幕。她大概七八岁，趴在桌上写作业，父亲路过说："圆珠笔都画脸上了。"说着从裤兜掏出皱巴巴的旧手帕给她擦。可能干的擦不掉，他"呸呸"往手帕上吐点口水擦掉了。那一刻，王一鸥仰头半睁着眼，闻见脸蛋上挥发出的口水味儿。当时应该是秋冬季节，窗帘半闭，光线幽暗，父亲头发乱糟糟的。这是她的家，她的父亲，王一鸥感到一种窝囊又安全的爱。

纪委对王安升的处理结果出来了，开除党籍，降低岗位等级。他为之奋斗终生的副局长位置终于杳然飞去。

不过经历了那一吊，王安升的想法倒变了："再大的领导，退休了还不都是一样！多少人退休后不习惯，还得病呢。我这样也好。也算安全着陆。我现在只要顾好身体。"他这么告诉自己。

于是，没事他就跟鱼树蕙撒娇：我疼呢。我饿呢。我肝不舒服。我手麻。在撒娇中，他渐渐肿胖起来，渐渐行动不便，变成了一个真正的老人。

6

有一天，赵李彬忽然疑惑："你是不是有什么事瞒着我？"

王一鸥笑笑："你说呢？"

"什么？"

"什么什么？"

赵李彬火了："我发现你最近脾气大得很！我警告你，别说我没警告你，你爸抑郁症闹自杀你伤心我是应该让着你，但你也别蹬鼻子上脸，给脸不要脸！"

王一鸥走近他："怎么给脸不要脸了？你给过我脸吗？"话没说完，脸上果然挨了一掌。

这时手机响了，是女博士："出来吗？最近有点不开心。"

赵李彬夺过电话："你敢出去试试！"

晚上，王一鸥偷偷跑了。蹑手蹑脚地关上门，钻进电梯开出车，她感到一阵逃命成功的颤抖。

女博士能有什么不开心的呢？在咖啡馆坐定后王一鸥想了想。这些年了，无非是恋爱的事。她是女博士的粉红垃圾桶。王一鸥真不明白：女博士能帮省里阻挡错误投资、挽救数十亿资金，能联系院士协助产业扶贫，解决几千户贫困户自食其力的问题……如此优秀强大，怎么还这么需要"爱"？

"被他人注意、被他人关怀，得到他人的同情、赞美和支持，这就是我们想要从一切行为中得到的价值。"女博士笑吟吟地引申阿兰·德波顿*。女博士经常得到这种价值，许多优秀男人告诉她她很有价值，但这次，这个年轻男下属却不肯告诉她。

不用说，王一鸥都能想象出男下属承受的精神压力。女博士不是不好，她聪明渊博，美丽热情，有社会地位，还会撒娇，她是太浓太好了，让男下属像撞进蜘蛛网里，完全失去自己行动的能力，只想逃。

"他给我回消息了！"女博士忽然握着手机说，脸瞬时被暖风吹开。

王一鸥"吭"地笑出声。权力无处不在，爱情里也有权力。男下属掌握了这个权力，便能用暖风把上司吹来吹去。

女博士婚后和自己的父母住，丈夫孩子由父母照顾。她的社会关系倒置，仿佛她才是男人，获取着家庭的恒久和全方位的支持。女博士已经是正处。

"……你觉得他那句话是什么意思？"女博士问。

王一鸥回神，生出一股恶意："意思就是不舒服，不乐意，不喜欢

---

* 语出阿兰·德波顿《身份的焦虑》。

和你在一起。"

女博士微微睁大眼睛，没有介意王一鸥的首次冒犯。可能她不相信王一鸥会冒犯她，面容反而变柔和："你爸现在怎么样？老年抑郁症很常见，要多关心。你也要关心自己。赵李彬也挺好吧？"

王一鸥笑笑："他家暴。"

女博士的脸有一瞬的凝固："哦，家暴。"

过了一会儿她认真说："如果需要，你可以暂时住我在南郊的房子。反正也是空着。"又说："其实你不说，我也早有感觉了。"

王一鸥的肩膀瞬时塌下来，低下头。

女博士忽然微笑："还有个办法，但你不要让他知道我知道这件事，免得以后尴尬。你不敢离婚的话，家暴也不一定非要离婚的。"

几天后赵李彬回家，脸色又虚又不自在，说话都小声许多。晚上王一鸥刷牙，他走进来关上卫生间的门："下午我们院开会，我走得晚了一点儿，副院长就跟我说了些奇奇怪怪的话，什么今年通过了反家庭暴力法，要大家加强家风建设，注意学校影响……他什么意思？"

王一鸥冷冷一笑："楼上楼下都是学校的人，院长知道有什么奇怪？"

赵李彬看起来更虚弱了，转身出去。王一鸥打开手机，给女博士发微信：谢谢姐姐。

早晨王一鸥送小鸥时想，要不找个幼儿托管班的工作吧，感觉挺适合无学历、有孩子的女人。可要是被熟人看见怎么办？王一鸥不敢想徐教授夫妇看到她穿件红马甲、打个旗接送小朋友时的表情。

但她现在卡里只剩一万四千元，赵李彬那儿不可能永远骗下去。所以，她真正该想的是：怎么做个不挨打的教授家的主妇。

好难。

这年的夏天好像长得没完没了。白天没地方去，为省油，家附近的星巴克、肯德基、麦当劳都被王一鸥坐遍。一开始她还装作办事的白领，对台电脑敲敲点点，后来干脆拿部手机靠在沙发里哈欠连天。

雨季来了。王一鸥坐在家中的马桶上，卫生间小小的窗外下着大雨。

王一鸥最爱这种天气，昏天暗地，雨丝做茧，她缩成个蚕。不像之前那些艳阳天，天一亮，热而重的阳光就强行扒人眼皮看世界，不想看但必须看。

嘀嗒，嘀嗒嘀嗒，三四条新闻跳进她手机，比阳光更直接地楔入她的眼睛：

"鱼多云：被窃取的大学梦"

"鱼多云被顶替事件最新进展"

"网传假鱼多云父亲被双规"

王一鸥大喘了一口气。

7

鱼多云已经几个月没好好接单了，忙着见记者、见律师。在一遍遍痛苦地叙述、痛苦地承受陌生人同情的过程中，鱼多云才慢慢了解：她被一群人有预谋地选择、欺瞒、牺牲了，而她蒙在鼓里十来年。她毫不知情，毫无抵抗地过了十来年。

她连条狗都不如。

王一鸥被开除公职，王安升被开除党籍，鱼多云问："就这样？这样就完了？"

燕飞飞说："完不了。咱们按法律起诉，要求调查公开，追究所有相关人员责任！"

相隔十多年，燕飞飞第一次出现在鱼多云面前时，两人都不禁在对方的脸上寻找记忆中的轮廓，解读它的变化。燕飞飞从厦门大学硕士毕业后做了律师，并且结婚生子。人见人羡间，公婆忽然生意崩盘，夫妻感情也坏了。她很吃了一番苦头才离婚拿到钱和孩子的抚养权，当地已不便久居，便回西洛开了自己的律师事务所。比起少女时，燕飞飞的美成熟了，清晰了，凌厉了，同时也有些微微下坠的疲累。

燕飞飞通过网络找到鱼多云，自荐做鱼多云的律师，免费。在她略带虚伪的义愤填膺中，鱼多云学到许多新词："公民""公平""权利""义务"，以及那种铿锵有力、逻辑清晰的说话方式。鱼多云答应了。她当然不相信燕飞飞帮她是纯粹出于同学之情。但燕飞飞和那些新词糅合起来，是一种新鲜的希望的力量，鱼多云希冀它可以切断自己的痛苦和迷惘。

雨季天天下雨，鱼多云应邀到燕飞飞的律所签些材料。律所很小，在一栋大楼里占据一个空间，和租车公司、美容院做隔壁。推开玻璃门，鱼多云发现有个熟悉的记者也在场，正采访燕飞飞。燕飞飞对她亲昵一笑，示意她稍等。

记者："您为什么要无偿代理'鱼多云高考顶替案'呢？"

燕飞飞："简单说就是'社会需要公义，女性需要力量'。我们每个人都有可能遭遇不公，女性尤其如此。在这个行业，其实我看过很多让人唏嘘的案子，比如在婚姻法领域。我想无论什么时候，女性都不能做弱者，要从内到外地加强自己的力量。"

采访结束，记者拍了燕飞飞和鱼多云的合照，又问有没有王一鸥的照片。鱼多云曾从王一鸥QQ空间里下载过一张，但她迟疑了一下说："没有。"燕飞飞垂下眼睛一笑。

从律所出来，雨大得没法骑车，鱼多云乘公交车回店里。快到时，她发现就在一条街外，一家新广告店刚刚开张。店主打伞出来，是她最倚重的那个工人。

小白车的雨刮器一下一下地刮出"云朵设计"几个字。王一鸥和鱼多云隔着大雨和玻璃凝视对方,如果她们的目光可以燃烧,那绝不是这场雨能浇熄的。

雨炽烈地下着,中午像傍晚。鱼多云没进店门,直接走到王一鸥车前。

王一鸥降下车玻璃,雨点立刻打湿了座椅。

鱼多云拉开车门坐进去:"走,吃饭。今天我请你!"

在潮湿黏腻的川菜馆,王一鸥抱臂而坐,尽量不接触周围,因为一动皮肤就被桌椅黏住。

鱼多云叫老板点菜:糖醋里脊,红烧蹄髈,松鼠鱼。

"我都这样了,你为什么还要继续找律师、找媒体,难道非要逼死我?!"王一鸥在昏暗里凄厉地问。

菜很快上来,老板拉亮灯。白炽灯哗然,照出墙壁的油垢和黑色裂缝。王一鸥真瘦,鱼多云看着自己黄而壮的手臂想。她莫名有些恍惚,不知道自己怎么到了这里,怎么和王一鸥到了这个地步。周围像个白亮的梦。雨哗哗地下着。

"我没想逼死你,我只是依法维护我的权利。"鱼多云说。

糖醋里脊甜得发齁的气味冲进王一鸥的鼻腔。蹄髈流油,松鼠鱼红得像血。王一鸥整个人像是抖了一下:"你的权利?还依法……你到底想咋?"她露出了鹤川乡音。

"我想搞清楚这一切是怎么回事,"鱼多云看着王一鸥,"我想睁大眼,把你们的坏、恶毒,看个一清二楚!"

"你已经把我的人生毁了!我现在都不知道该怎么活了——你还不够?!"王一鸥尖叫。

"我把你的人生毁了?你不知道怎么活?!"鱼多云往前一冲,简直想笑,椅子与地面发出刺耳的"哧"声,"我才不知道怎么活!"

王一鸥愣愣看着鱼多云,忽然仰脸笑了:"无所谓,真的无所谓了。我什么都没了,还怕什么?我爸都自杀了。闹吧,你闹吧!"

"你爸死了?"鱼多云先是一惊,随即竟感到有毒般的痛快,嘴角不受控制般咧向两腮。

"救过来了。你还有没有人性?"王一鸥虚弱地问。

鱼多云咬牙说:"没有。他怎么就没死呢?死了我才高兴。"

王一鸥的表情像被谁猛撞了一下,鱼多云冷笑出声。在她自己的笑声里,她不知怎么忽然感到恶心和厌倦。

"王一鸥,你给我道歉吧。你给我道歉,我们的恩怨就到此为止。剩下的都是以前那些大人的事。"

夜里,赵李彬在马桶上看手机,忽然提起裤子出来找王一鸥。

王一鸥已经换了真丝睡衣,有些麻木地问:"你今晚不用忙吗?"赵李彬科研压力大,经常需要熬夜。

他疑惑地、静静地举起手机:"这新闻说的不是你吧?"

但他直觉就是她,自己的妻子,原名王某某,顶替鱼多云上了大学,现在被杜邑区某单位辞退。他有些蒙,不想相信。他以前就问过,多云?怎么会有人叫多云,多么奇怪的名字。

所以说,行将就木的岳父,沉默寡言的岳母,天天睡在一张床上的妻子,全是骗子?那女儿是不是自己的呢?还有什么是真的?

王一鸥说:"你想打就打吧。"

"你他妈叫我以后怎么做人?"赵李彬声音有些哑。

"哦,你要酝酿怒气了。"王一鸥小声说,说完她自己先打了个抖。

不行,我要活着,心里有个声音小声说。她忙又笑了:"你冷静点儿，有话好好说，离婚也可以。"完了，她又说错了。

"离婚？你他妈也配跟我提离婚？我弄死你！"赵李彬喊。

"啊！啊！啊！"王一鸥尖叫了几声。后来她就不叫了，只知道蜷起身体，用柔软的后背和胳膊保护更为柔软的肚子和乳房。

夜晚很长。赵李彬也不会把她打死，他只会在不影响自己人生的界限内打她。最后，躺在地上的王一鸥被大力拉起。

"你现在跟我说，从头到尾怎么回事！说！"大灯照下来。

公婆在隔壁擂墙："好了，睡觉吧！深更半夜的！"

赵李彬转身去把二老叫起来："你们来看咱们找了个什么人！咱们买房，装修，三媒六聘，给她管娃，迎进来个什么人！"

二老衣衫不整，满面厌倦地过来。

王一鸥松口气，前臂蜷得像双鸡爪，抖抖索索地说："我说我说，我说。"

公婆互相对视一眼。赵李彬双手抱胸坐在床边，听一会儿冷笑一声，还抽冷子扇王一鸥一巴掌。王一鸥又哭又笑地说着，几近疯狂。

最后，赵李彬喃喃道："你他妈叫我以后怎么做人，我怎么面对明天的太阳？啊？我怎么面对明天的太阳。"他心里怕得要命。

太阳升起后，王一鸥开着车在三环游荡。

岔进这个路口，就可以上绕城高速；然后再岔进某个路口，就可以通往上海方向，北京方向，深圳方向。走吧？王一鸥忽然想。但是就算到了上海、北京，然后呢？一个三十二岁的女高中毕业生，肩不能挑，手不能提。

雨后晨光熹微的车窗外，一位肩宽背厚、身形有些像鱼多云的女农民披着自制的塑料袋雨衣在车道上走。

王一鸥不由得放慢车速看她。女农民停住脚，她的头几乎全被塑料袋包着,但肢体和下半边脸都透出警觉和凶恶,好像个疯子。王一鸥吓得赶紧一踩油门把车开走了。

她还能去哪儿,能干什么呀?连那个女疯子都不如。前窗起了雾,王一鸥打开冷风吹着,感觉遍体生寒,冰冷直逼脚尖。

她的车又向家滑去。

8

鱼多云一睁眼就看见王一鸥苍白的脸。"我凭什么道歉?现在我还用道歉?!"她眨眨眼,那张脸又变作自杀的王安升的脸。

愤怒、怜悯、恐惧……情绪交战使鱼多云刚醒就觉得疲惫。她重新合上眼,忽然听见沉重、急促的敲门声。吴刚半梦半醒地爬起来去开门。

四位长相相似的农村老汉排立在雨后清晨的幽暗里。要不是雨味、门廊消防箱的铁味和农村特有的草灰味混合起来直冲脑门,鱼多云还以为自己在做梦。

"你们找谁?"她站到吴刚前面。

一声苍老硬倔的乡音先木棍般给她一记:"我是你大伯!"

鱼多云一下子醒了。

"不准再跟记者联系,听见没有?不要给村里惹事。"木棍继续敲她。

"你说你个女娃,这么多年也没给家里办过什么事,现在猛地戳出这么个大事,让镇长书记都找我们了。"另一根木棍也敲过来。

"你大伯是咱鱼嘴镇四隐村的村长,你这样叫他咋做人?"

"女娃不指望光宗耀祖,至少不要给人寻麻烦。"

鱼多云被定在那儿。哦,伯伯们。上次他们聚在她面前时她还是个幼童,他们的腿像一片树林。"这次我不救,谁救谁伺候。"王红梅说,然后他们嗡嗡嗡嗡，就决定了她父亲的命运。

鱼多云咬紧牙关，一言不发，"砰"地把门关了。伯伯们消失，她面前只剩一块棕红的铁门。

门外静了一瞬，接着是此起彼伏的呼喊和"通通通"的敲门声。鱼多云困兽般在短短的玄关处来回转圈，猛然朝门踢了一脚。吴刚跟在她后面劝，被她一掌揉到一边。等她顺口气再打开门时，外面已清净了。从三十楼的窗户看下去，四个伯伯用一模一样的动作陆续登上一辆面包车走了。

看着那类似的身影，鱼多云有些想笑，眼泪却从眼角流出来。爸爸的身影是什么样？她记不清楚了。她只记得爸爸曾留给她一样东西，但具体是什么她也记不起来。要是爸爸没有死，这一切是不是就不会发生？

新公寓一装修好鱼多云就搬了进去。她告诉王红梅："以后谁问我住哪儿都不要说，你也要注意安全。"

王红梅说："我不怕，他们还能把我怎样。"

"挺好的，挺好的。"吴多彩第一个来做客，对气味刺鼻的小开间、便宜的装修家具以及满脸蚊子包的外甥女赞不绝口。

"你们能自己买房子已经很不错了，多少人根本买不起。"她真诚地说。

吴刚带孩子下楼散步，吴多彩拉起鱼多云的手："姐，你看，你现在的日子多好。守好老公，管好娃，顾好店，你啥没有？干吗揪着过去的事情不放，你是不是傻？"

鱼多云说："心里难受。"

吴多彩摊手："难受有啥意义呢，王家现在不可能私下给你钱了，人家公职都没有了。即便你打官司，陪个三五万又怎样？"

鱼多云张嘴欲辩解，吴多彩又抓住她的手："我知道，你不要钱，你要'公平''正义''权利'。好姐姐,别信那些记者、律师、公知的鬼话,他们就是利用你挣钱出名。燕飞飞现在多火你知不知道?微博粉丝嗖嗖地涨!案子、广告接得手都软。你呢,你落下了什么?"

鱼多云沉默,吴多彩接着说:"这事连我大伯都听说了,好心让我来劝你。真的姐,再闹对你不好,对亲戚也不好。"

鱼多云猛地抽回手:"吴永芳的哥算我什么亲戚?"

省政府是一座二十世纪的建筑,看上去庄严朴素。以前,鱼多云连路过这里都没有过。

在门房检验身份证、拍照后进去,鱼多云发现里面极其干净、安静,有回声似的,即使身在其中仍然感觉遥远。大厅内墙壁上的巨幅铜版山水画震撼到她,很大、很美。水磨石地板上稀稀落落地来往着几个人,看起来都光鲜、轻松、神秘,讳莫如深。他们脑子里都装着什么?鱼多云揣测不来。

"我为什么不能上我本来该上的大学?那通知书是给我的呀!"鱼多云问教育厅的工作人员。

工作人员答:"教育厅没有接到西洛财经学院的申请,所以无法作出让你恢复学籍的决定。"

陪鱼多云去的记者连忙说:"西洛财经学院正是因为没有接到教育厅的通知,所以才没申请啊!我们要求见厅长。"

工作人员露出微笑:"抱歉,厅长开常务会去了。"

出了省政府,记者满脸恼火地在路牙上转着打电话。打了有半个小时,他说:"咱们上电视吧。"

于是,鱼多云又对着黑洞洞的摄影镜头叙述、叙述。那些看电视的人会同情她还是嘲笑她?她有些痛苦地想。

省台的节目刚一播出,"云朵设计"便迎来了鹤川县的女县长。

女县长来前，鱼多云的手机已被所有鹤川的熟人轰炸过，其中包括李树田。"鱼、鱼多云，你还记得我吧？我是你的小学老师。"李树田磕磕巴巴地说。鱼多云不由得笑了，因为想起卷头发、黄本本、半夜鸡叫。多年不见的人像早逝的人一样不会变老，李树田在她心里还是那个傻乎乎的青年。她现在已经比那个青年老。

"县长找你，你好好接待，啊？"傻乎乎的青年李老师谆谆叮嘱，"咱只是小老百姓。"

女县长个子小小的，脸白白粉粉，稍微往下坠着，短头发，斯文里带着架子。两位男公务员恭恭敬敬地簇拥着她。

"你这个丫头，叫你回鹤川你还不回，架子大得很，非得我来找你啊。"女县长一见她便说。

鱼多云没吭声，心想叫谁丫头呢，你也不比我大多少。

女县长接着讲了一堆大道理。她是这么说的：

"现在是信息时代，你随随便便上个报纸、电视，对鹤川的影响都大得很、大得很！

"我们所有人，鹤川这么多乡亲在经济、文化上的努力，被你一句话就抹杀了。书记晚上都睡不着觉！

"一个人，怎么能不怀恋故乡、抬爱故土呢？"

"那王一鸥不是都被开除了吗？也挺可怜的，她爸还差点死了。"说到这儿，她的话里还带出一点儿微妙的同情，"你看你现在不挺好？有房有店。就算上了大学也不一定能挣到这些钱。不信你问问他们，现在一个月能拿多少工资？"女县长看向两位年轻的男公务员。那两位互相看看，不好意思地笑了。

县长的话听了使人冤屈软弱，却无法反驳。幸亏鱼多云已经有了经验，知道这叫官话。官话就是这样，让人吃暗亏。因此，她理理脑子说：

"故乡？故乡就这么对我！我妈卖菜供我上高中多不容易，我考上大学，机会被你们剥夺了。我妈在大巷子买房，又差点被你们强拆。这就是故乡？"

"怎么是我们给剥夺了呢？"女县长说，"是你让我们被动呀，你不要再闹了！"

鱼多云低头想了想，慢慢走到门口："我愿意咋样就咋样。就算你是县长，也管不住我。"

女县长心里顿时不喜，脸一板走出店门："你这样真的让我们很为难，难道你以后就不回鹤川了吗？"

鱼多云觉得这话耳熟。她疑惑："我回鹤川又不犯法，你还能把我抓起来？"

女县长忍气说："我的意思是，你总还要回故乡，乡里乡亲的，不要弄得这么难看、这么尴尬。"

鱼多云盯住她。

"十几年前的事了，又不是我们干的……"女县长无奈了。

女县长走后，鱼多云受中央电视台之邀去了北京。北京变了，不是她当厂妹时那个北京，她完全认不出来。坐进橙白相间的节目间，头发锃亮的男主持人说：

"截至目前，这起事件仍然疑云重重。没有人知道这件事具体是如何发生的。

"错过的大学已然错过。那错过的人生呢？

"鱼女士，你感到委屈吗？"

"我主要是感到迷茫。"鱼多云答。接着，在全国人的注视下，两行眼泪从她眼中流出来。

2017—2018

1

舆论爆炸，中央成立专案调查组去了鹤川。鹤川县原人大代表王安仁、鹤川中学原校长、鹤川县教育局招生办原主任等十人或被处以党内警告等处分，或被移交司法机关。

"他们会坐牢吗？"鱼多云问。

燕飞飞抱歉地笑笑："恐怕刑法上没有依据。"*

鱼多云问："那我起诉的其他要求呢？道歉呢？我的案子到底什么时候开庭？是不是永远开不了庭？"

燕飞飞微笑："我们可以抱着希望。"

鱼多云看着律师事务所的纸杯上"法平如水"几个字。燕飞飞推过她的相片桌摆："看，我儿子。我们快半年没见了，在鹤川，我妈管着。等他来，我们一起遛娃玩。"

---

* 2021年3月1日《中华人民共和国刑法修正案（十一）》施行，明确将冒名顶替入学、就业安置等行为入刑。见《刑法》第二百八十条之二第一、二款："盗用、冒用他人身份，顶替他人取得的高等学历教育入学资格、公务员录用资格、就业安置待遇的，处三年以下有期徒刑、拘役或者管制，并处罚金。组织、指使他人实施前款行为的，依照前款的规定从重处罚。"

一位女明星的出轨事件上了热搜,"鱼多云高考顶替"超话的微博便渐渐清零,好像冬天水落石出,只剩一片干涸的滩涂。

想出名的律师,要发言的公知,怕出事的官员,情形相似的难兄难弟、难姐难妹……也像雪花融化一样急遽地消失。

"云朵设计"店内的海景图不见了,拉开卷闸门,店内的萧索一览无余。水晶字们散乱着,鱼多云进去,在一个"静"字上坐下。

中午,鱼多云在电磁炉上下挂面,最后一个工人走来,说他要回老家了。

生意不行就像掉牙,一颗掉了别的都跟着掉。城中村的小工厂房忽然不再续约,租来的机器忽然坏了一半,环保局忽然来人说不许再在市内进行这种高污染的小作坊作业。以前,鱼多云少赚一毛钱都心里发慌,现在下金蛋的小工厂彻底完了,她倒没什么感觉。

"政府和那人不是给你赔了一百万吗?"房东笑着说,"你有钱!"

吴刚重找了一份工作,鱼多云关了店门在家带孩子。她和孩子不亲,却被寒冷和雾霾圈进五十平方米的四壁内。一日一日的琐碎麻烦,她发现孩子确是王红梅所骂的讨债鬼。一天早晨她起来,很冷静地算了算自己还有多少钱——少得可怜。她把这些钱分为两半,一半留给吴刚和孩子,一半准备给王红梅汇去。

出门穿鞋,鱼多云发现脚肿了,半天塞不进那双旧运动鞋里去,她气得使劲往里一踩,"噗",鞋带断了。这一断让她心里一警:她汇钱给王红梅干吗?

因为她要去死啦。

鱼多云吓了一跳。她不知道自己竟然背着自己想自杀。鱼多云踢掉鞋,抬头到镜子里找自己的脸。不到一年,这张脸竟变得这么厉害,仇恨、焦灼、绝望在上面践踏过后,又被一张灰白的雾膜封住。那几乎已经是一张死人的脸了。

鱼多云的眼光由那脸下移，……咦，脖子上那包是怎么回事？

"甲状腺瘤。"医生说，"做个CT吧，主要担心癌变。"

拿到诊断证明，鱼多云用百度搜索，发现自己的数值结果大大偏向恶变一方。

她感到膝盖前方一空。就这么结束了，这一生？如此可悲。坐到医生面前，鱼多云眼圈发红。

医生是个白胖老头，扶扶眼镜："怎么啦？"

鱼多云把单子递过去。

老头看看，很和气地问："那你想活多久呢？"

强烈的酸气冲进鱼多云鼻腔："我不想死。我女儿才一岁——我还没上大学！"

后面等待的患者看向这个将死的中年女人，又同情又疑心她精神有毛病。

医生老头说："你要是想活到一百一，现在得跟我谈谈；要是七老八十就行了，就出门左拐，明年再来。"

周围人哄地笑了。

鱼多云拿着药吸着鼻子走出医院，发现春天来了。春天竟然还会来，她感到一阵诧异和惊喜。

一辆绿色的出租车像说好一样"唰"地停在她脚边。鱼多云流利地打开车门坐进去："到杜邑区教育局。"

教育局高招办的工作人员是位二百多斤的青年胖子，头大如斗，坐在电脑前面呼哧带喘，弄得好像屋里有只熟睡的水牛。

"鱼多云？"他对鱼多云的年龄不感冒，但对名字疑惑，"怎么这么耳熟。"

鱼多云不吭声。这大半年她对政府已相当熟悉，要是这胖子想起她是谁，她今天这事就办不成。

这时忽然有个喇叭一样的声音洪亮地响起："国家规定，只要遵守《中华人民共和国宪法》和法律；高级中等教育学校毕业或具有同等学力；身体健康，就可以报名。"

鱼多云回头，"喇叭"是个黑黑矮矮胖胖的老头，头发胡子全白，软旧没式样的衬衣包着个大肚子，眼睛像两只灯泡，精神矍铄得不正常。他咧嘴一笑："我今年七十，考了七回大学啦！这是第八回。"

青年胖子"哧"一笑打招呼："又来了您。"

鱼多云和老头一起交了报名费、体检费二十五元。

从教育局出来，鱼多云觉出了饿。"你就是电视里那个鱼多云？没吃饭吧，走，我请客！叫我老孙。"老孙说，"我有车。"

鱼多云一看，树荫下停着一辆破旧的北斗星。

鱼多云坐进去，车往巷里七拐八拐，停在一家黑黢黢的小店前。老孙边停车边喊："两碗米线！"

鱼多云把鼻子伸进碗里一嗅，啊，是真鸡汤，连忙拾起筷子吃起来。

老孙吸溜溜眨眼吃完一碗，掏出个皱巴巴的手帕满头地擦："我这人就是爱慕知识，爱慕文化。1977年我二十九岁，'文化大革命'结束恢复高考，我就参加了。当时有一道选择题：'英国的首都在哪里？A. 伦敦；B. 柏林；C. 华盛顿。'我选对了，是伦敦。"说完他哈哈笑，像吃了什么甜的。

"但我没考上。没考上我就继续开车，我是司机嘛。我大女儿说，爸爸没事，将来我给咱考大学！我大女儿是捡的，就在我们厂门口，我们厂长说，小孙你没孩子你捡起来，我给你出钱。捡起来就捡起来，我就把她捡起来了。后来我和她妈又生了一个儿子，儿子学习不成，她成，她就上了大学,后来当了老师。我说我把你的襁褓还留着呢,你想找你亲爸妈就找去,她说她才不找。后来她结婚生子,要离婚,说对不起我。我说那有啥对不起的,不就是离婚!她就又回我家来,带着我外孙。我外孙后来考上理工大电脑系,不想上,想学音乐。我说那你就学音乐。他复读一年,现在师大钢琴系毕业,给小学生当音乐老师,晚上还去酒吧唱唱歌,我看挺好。人不能为难人。"

"我现在一个月三千块的退休金都没地儿花,也没事干,就考大学。还能学些新知识,认识些新朋友。"说完他看着鱼多云,意思鱼多云就是他的新朋友。

鱼多云说:"再来一碗。"

2

"鱼多云。"

王一鸥回头,看见婆婆神色复杂的脸。赵李彬冷笑一声。

"吃饭。"婆婆含混补一句。

"鱼多云。"

王一鸥抬头,这回是徐教授年轻美貌的妻子,她的招呼打得很含混。楼层一到,年轻美貌的妻子一脸"我什么也不知道"地出了电梯。

"轰隆——"电梯被吊上去,王一鸥也被吊上去。"鱼多云""王一鸥",王一鸥感觉自己正在被分离。现在似乎所有人都知道她究竟是谁了,而她自己不知道自己是谁。

王一鸥开车逃回了鹤川。在卫校门口等抬杆时,一个头缠绷带的农村男人站在太阳里看她,他的老婆高举吊瓶,也看她。那是王一鸥熟悉的眼神,鹤川农村穷苦人的眼神,羡慕又绝望,滚烫又淡漠。以前她坐王安升的公车,从桑塔纳到奥迪,一直是这类眼神凝视的对象。

她还想起上大学时，有一次王安升送她去学校。路上有农妇摆的早点摊，热水盆里卧着塑料袋装牛奶。王安升下车问一袋奶多少钱。因为他看起来已经颇像一个官了，农妇蝎蝎螫螫地讨好说，你买就一块钱！别人买一块五。

王安升掏钱买了，农妇脸上走马灯一样闪过怕、恨和悔。怕坐车的当官的，恨当官的坐车，悔自己少收了五毛钱。

我已经不是那个县城千金了呢。王一鸥滑过农村男人与他举着吊瓶的老婆。

用习惯了西洛的眼光看，卫校实在是老了。枇杷树老了，满身灰壳，红色筒子楼更老，窗户倾圮，整个好像缩小了。实际上一切都缩小了。

鱼树蕙给她开门："没拿钥匙吗？"

王安升出去转了，鱼树蕙现在完全是个老妪的样子，新染的黑发像顶新帽子盖在头上。

王一鸥坐进客厅，抱住水杯哑着嗓子问："妈，你怎么也不管管我？我顶替鱼多云时你不管我，我嫁给赵李彬时你也不管我。"问完哭了。

鱼树蕙嗫嚅，上唇下唇相碰，发出很大的声响，站起来走进厨房。不一会儿出来，端着两碗西红柿面。鱼树蕙的西红柿去过皮，青菜撕过筋丝，鸡蛋过筛，吃到嘴里一片顺滑，但王一鸥仍要伸长脖子才能勉强咽下。

吃完面，鱼树蕙把空碗摞起来，筷子并齐："我这儿给你留着钱呢，你想好怎么用时就给你。"

到出门时，鱼树蕙先拿出两万元现金。王一鸥这才真正抬眼看见母亲的家。这已经不是那个她度过少女时期的地方，尽管房子还是这间房子，家具还是这些家具，但不对了，一层蛛丝般的阴影覆盖了每一寸空间。这里是衰老的卫校的心。

"妈!"王一鸥哑着嗓子叫了一声。

"走吧,"鱼树蕙站在门口催她,"到了给我电话。"

真相大白也有个好处,就是王一鸥不用再假装上班。

教授楼窗下有一行柏树,晴光穿过时,像打开一排一排淡的光的屏风。赵李彬的爷爷生病,公婆赶回老家,白天家里就剩她一个人。人坐在窗前,钱放进抽屉,王一鸥觉得安全了一些。

然后王一鸥开始看电视。先是坐着看,然后躺着看,躺累了趴着看,看着看着睡着了。在睡和醒之间,王一鸥在大脑里制作了一团迷雾,把精神蜷进去。迷雾从脑中漫出,渐渐包裹了她整个人。于是,她变得面目模糊了,没有人能看清,也就没有人跟她说话。

除了赵李彬。赵李彬现在每天都处在爆发的边缘。他觉得自己实在倒霉——辛辛苦苦上学读书求上进,规规矩矩结婚生子,结果竟然遇见这种事!

"你倒挺爽!"他回来一摔门。

王一鸥连忙从沙发上爬起来,立正稍息,死皮赖脸地问:"喝水不?"

晚上,王一鸥的胳膊抱住赵李彬:"要不咱们再生一个?"

这时,两具身体好像都不是他们自己的,两颗心隔着皮与肉像隔着橡皮墙,那么互无感觉,那么互不作用。一种耻感从心底爬起,王一鸥依然笑着,她的身体却变得更加麻木和冰冷了。

赵李彬厌恶地推开她。

王一鸥躺回自己那边拿出手机。最近她经常刷手机刷到天亮。作为局外人,她通过这扇小小的、能举在手中的窗口看世界。

世界里满是骂她的人。声援鱼多云的人歇了,骂她的却没有歇。"求人肉""求地址""求真实电话号码",好像她王一鸥不是顶替了鱼多云,而是顶替了千千万万人。有时她被那激愤吓得猛然抽动,身边的赵李彬迷迷糊糊暴怒:"不睡觉就滚!"王一鸥便轻轻地爬起来,到空旷客厅的沙发上躺下,转刷娱乐资讯。那是个没有真实苦恼的世界。

刷到天快亮的时候,世界脱掉黑暗的庇护,茶几、电视柜渐渐显形,王一鸥也便疲惫了。太多的信息和情绪把大脑变成退潮后的海滩,堆满死鱼烂蟹腥海带。原来人们的戾气不止针对她,连爱不同的明星也能让他们互相骂得死去活来。王一鸥不由得从鼻孔里鄙夷地轻笑了。

这时,一条QQ信息跳出来:"你还好吗?"信息发送人是"六一"。

王一鸥下意识地看看墙上的钟,这时指针已经依稀可辨:五点一刻。这个时候没在睡的人,要么是最颓废的熬夜者,要么是最健康的晨练者。不知六一属于哪一种。

王一鸥开车出去跟六一见面,才知道夏天来了。

光似沸水一样暴烈地泼下,打开车门走向餐馆的路上,王一鸥感觉自己已经被融化。

吃饭是王一鸥提的,没想到六一马上答应。地点在师大附近,一家逼仄的日料店,橱窗内挨挨挤挤地放着一株仿真樱花树。

王一鸥看到坐在木椅上的六一,便恍惚想起过去的卫校,紫丁香的花园,上学的早晨和放学的黄昏。她觉得六一没怎么变,起码眼睛和神态没变:还是微凸的大眼珠,钢针般的睫毛,坦然又温和。

"王一鸥。"他叫。

这一声让王一鸥有些恍惚。有一瞬间,她觉得自己也没有变,她还是最初的王一鸥。

好像纯粹只是旧友重逢,六一语气柔缓地问,孩子多大,上什么学,听话不听话。王一鸥慢慢一一告诉他。接着就是一片略带尴尬的沉默。

"你还好吧?家里呢,也还好吧?"六一终于问。

这个问题令王一鸥喉头发紧。这时，两位穿日式浴衣的服务员端着红漆食盒上来："埼玉烟花祭经典小食！"说着把剪刀递到王一鸥的手里。

食盒上绑着一根红色缎带。王一鸥有点蒙，抬手"咔嚓"剪断。两位服务员马上齐喊一声："たまやね！たまやね！"（编者注：玉屋啊！键屋啊！）随即笑着走了。

像婚礼祝福似的，程式化的敷衍的喜悦。王一鸥竟不由得生出些羞赧。她看向对面的六一，不知他是否有同样的感觉。

六一却说："你记不记得小时候，你砸沙包老是'全锅烂'。"

王一鸥扑哧笑了。

"你记不记得……"这个话题说了一会儿，两人都变得活泼。说着说着，六一语气如常地加进一句："刚上大学时，我喜欢你。我想了好多办法和你联系都没联系上。"

"你怎么弄成这样？"六一低下眼皮又说。

王一鸥不禁愣了。这些日子她受了多少比刀还尖、比剑还利的话，都还能支撑，现在却因为这句话溃散了。她像个三岁孩子一样，紧紧抓住这句话狠狠吸吮。喜欢你，喜欢你，喜欢你。她咳嗽一声低下头，慢慢趴到桌子上。眼泪透过真丝衬衫的衣袖，温热地打湿她手臂上的皮肤。

等她终于抬起头，六一递来纸巾。王一鸥沾掉眼睑下的泪痕，说："听说你最近也没上班。"

"你喜欢上班？"六一微笑问。

"早就上够了。"

第二次吃饭，两人便有些心照不宣的意思。阳光嘭嘭地拍打必胜客的落地玻璃窗，走廊里人来人往，孩哭孩跑，他们食不知味，胡乱吃两口便略显尴尬地分了手。

第三次又吃饭，窗外天色阴沉。王一鸥站起来说："走吧。"

车刚发动，硬币大的雨点子便"啪啪"用力甩在前窗玻璃上。王一鸥踩油门驶出去，驶进大雨滂沱。

六一把手放在她手上。他的手老了，不是少年的手，但那点接触却像闪电划进王一鸥心灵。她打开双闪，将车违停到暴雨中的行道树下。路上几乎没有车和人，混杂着泥土的雨水漫街横流。车内响起没系安全带的提示音，嘀，嘀，嘀。他们接吻了。

王一鸥理理头发喘口气："你来开车行吗？"

没想到六一有些尴尬地答："我不会开。"

王一鸥愣了一下，发动车子开向附近的酒店。

3

仙人掌的花竟然这么金黄，这么柔嫩，像蜂蜜一样。鱼多云看着咖啡厅里的杂志彩页想。

那天早晨五点半，六一在QQ上问"过得好吗"，鱼多云刚刚起床。高考报名后她每天都五点半起床。

鱼多云提议喝咖啡。六一也是研究生，应该和王一鸥、燕飞飞以及那些记者们一样，有事没事就喝咖啡。这个想法刺着鱼多云。

但当六一左避右让地穿过众多咖啡桌，两手交握地对面坐下，鱼多云心里的刺一下平了。十五年不见，没想到六一变成了这个样子。

一般男人在社会上冲撞打磨出的成熟也好、油腻也罢，六一全都没有。他好像十五年来什么也没有做，只是由十八岁的少年变成了三十四岁的中年。但世界对中年的压制可要严峻得多，所以，他向下滑落一样地衰老了。曾经活泼刚健的海狮眼里满是退意和软弱。

"你现在做什么工作？"鱼多云小心地问。

六一笑着答:"我很久没上班了。这会儿刚从南郊的村里过来,那边一户农民家里藏着只旧石器时代的陶碗,我跟几个朋友去看。"说完他低头看菜单,"阿馥奇朵、馥芮白……这都是什么啊?"

"你也不知道?"鱼多云吃惊。

六一笑:"我也不知道。"

鱼多云忍不住笑了,两人于是大喝免费的柠檬水。

"你还是你啊,鱼多云。"六一说。

"你好像有点变了。"鱼多云低声说。

"是吧。人都会变,所以佛说无常才是常。"说到佛经,六一话多起来。

鱼多云看着六一,忽然想到王一鸥。为什么呢?六一滔滔说着,鱼多云忽然明白,因为他们有种相似的脆弱。六一的脆弱里还带点孩子气,甚至有点纯真。也许是纯真使他软弱。

晚上女儿睡了,鱼多云对着数学书苦苦寻找,寻找那久远的熟悉的丝线,好把此刻的她和十八岁的她连接上。忽然电话响了,一个女声说:"没忘了我吧?"

鱼多云握着手机,眼前出现一双巨大的粉红眼。

"我刚听说你的事,就从六一那儿要到你的号码打给你。"周萌萌的声音很熟悉,还是那样冷而认真,"我现在在纽约。"

"你好,你好。"鱼多云笑了。鱼多云还没坐过飞机。纽约对她来说不仅隔着空间,好像还隔着时间。十八岁的周萌萌在她心里扶扶粉红眼镜,换上一套美国白大褂。

"看到新闻我太吃惊了,没想到王一鸥会顶替你上大学!"周萌萌喊。

鱼多云说:"我也没想到。"

"我太同情你了。"周萌萌说,"我打电话还因为想起一件事,鱼多云,你记得吗?我 1996 年没有考上鹤川初中,我怎么会考不上?那张数学卷子我到现在还能默写出来。我绝对、绝对一道题都没有错,怎么可能才考 79 分?"

鱼多云不知该怎样回答这样的疑问。1996 年……

"因为我也被人掉包了!今天我才明白。其实当时我就怀疑,但我才十二岁,我不敢相信。我们班的莫婷婷你还记得吗?她学习超差,但初中考试她数学考了满分!这怎么可能?但当时我认为失败者说什么都只会被人嘲笑,所以我什么也没有说。毕竟才十二岁。"周萌萌说着笑了。

鱼多云忽然想起周萌萌小时候的经典表情。

周萌萌继续说:"但那件事真的对我影响特别大。我感觉就像……就像被一块石头压着,永远怀疑自己的努力,自己的运气,担心命运不知在什么时候、什么地方就会忽然掉了链子……"

"我知道这种感觉。"鱼多云说,"就像在黑夜里走路一样。"

"你不知道,就是因为这个我才没敢上手术台,选择了免疫学研究。我怕,我总觉得要稳妥,要保守。"

电话忽然挂断了。片刻后她又打来:"不好意思,我刚刚情绪有点……你现在怎么样?"

鱼多云笑了:"我正准备重新高考。"

"啊?"周萌萌鼻子齉着,半天没说话。

鱼多云笑说:"没事儿,高考费才二十五块钱,我今年考不上明年考,明年考不上后年考,怕什么呢?"

周萌萌由衷道:"我佩服你。"

"哎,"鱼多云咧开嘴,"你还佩服我?你都跑美国了!美国怎么样?"

周萌萌认真思索一下答:"不过如此。"

鱼多云不由得笑出了声。她仿佛看到童年的周萌萌睁着巨大的粉红眼,面对美国,扑哧一笑。

后来周萌萌拿起手术刀,成了大赚钞票的肿瘤科医生,又跟一个医生结婚,住在像用手术刀切割出来般的光明整饬的大房子里。再后来她又离婚,离开美国,到挪威一个小城镇的幼儿园当园医。那个小镇是她旅行时发现的,据说非常美丽,非常宁静,和童话书里写得一模一样。她说累了,不想再按照母亲的要求上进,也不想再结婚,她想背对世界,过一种返璞归真的生活。那时,鱼多云不禁想起鹤川中学霏霏细雨的早晨,红绸落下,白色卷发的女神露出。SOL、太阳神、北欧的神,那么远的。周萌萌竟然去到那儿了。

2017年6月7日,一位熟人记者发微信问鱼多云:"今天你感慨良多吧?"

鱼多云回:"不感慨,没空,我在备战明年的高考!"

第二天她这句话就见了报。

六一找到鱼多云,迂回了一会儿慢慢说:"王一鸥现在挺惨的,工作学历都丢了,家庭也快保不住了。你能不能原谅她……她那时年纪太小。"

鱼多云放下夹回锅肉的筷子:"那她现在还小吗?我就要一个道歉!"

六一为难地低下头。

鱼多云看着他轻声说:"六一你见过流水线吗?你肯定没见过,你们都没见过。你也没见过人在他乡,全身却没有一分钱的人。那个人就是我。你们是不是觉得,像我这样的人经历这些就没什么?像我这样的人，不上大学也是应该的？"

"不不不，不是！"六一急忙摇晃双手，洗得旧而软的T恤下的宽肩后退、缩小了。

"我就是觉得在这个世界上，咱们这些从小一起长大的人，何必呢。"半晌，六一小声说。

鱼多云笑了一声，把脸往旁边一偏。餐桌上放着六一买给她的《高考模拟》。沉默，横亘在两人中间。

"其实我对这个世界没办法了……"六一忽然温和、绵软、掏心窝地说起来，又奇异地好像是在说别人的事，"不知道怎么回事，小时候感觉很幸福的，越长大就越不对了。以前我也上过班，同事、领导……所有人我都不适应。我感觉他们太坏，人太坏，但世界就是这样。我没办法。"

六一停下来，但剩下的话他不必说了，鱼多云已经从他的眼角、他的目光、他指甲上部的皮肤以及衣服上的褶皱上读出，他的一日日怎样在父母购买的房子中抛走。桌上摆着化石赝品、照相机、数据线和灰尘，他钻进爱好里，在一个人的世界里寻觅意义（程序员的工作，同事间的倾轧扯皮，让他觉得没意义）。前进多难啊！退后，好像就容易一点儿。鱼多云又看到那只活泼泼的海狮，睫毛像钢针，抓恐龙时排在第一。

"我学佛了。"最后六一说，"我妈说只要我身体好，我儿子说只要爸爸不出家，怎样都行。"

又说："我们要学会放下。"

鱼多云深深看着六一说："六一，如果是一年前我听你说这一堆，我早就烦得叫起来了。我会在心里骂你吃饱撑的，没出息。但现在我不会了。我能理解你，因为这个世界、这些人真的很坏。但我和你不一样的是，我不想也不能软弱。而且我想，佛也不要人软弱，不然为啥每个寺院都有'大雄'宝殿呢？"

4

  王一鸥和六一赤裸地躺在酒店床上。暴雨用声音和气味统治着一切。他们喜欢在这样的天气里约会，王一鸥说："要是大学时就这样多好。"要是她没有顶替鱼多云，要是六一学了考古……他们想象着，商量着。

  六一忘情地说："要是那样，现在结婚的可能是我俩。"

  王一鸥的眼珠在幽暗里一亮。和六一结婚，这个想法她一直不敢放在明处想。可能吗？一颗种子瞬间枝繁叶茂。她看到一间旧房子，不需要很大，阳台上种点小花。她做好饭喊六一，伏在阳台栏杆上的六一回头，已经有了一张晚年慈祥的脸。

  幻想到这里，另一张女人的脸忽然横亘进来。六一的妻子。

  暴雨停了，阳光令人厌恶地投入房间。

  "把窗帘拉上。"王一鸥偏过脸说。

  六一依言拉上，光立刻被斩断，四周重新陷入黑暗。但雨意没有了，室内氤氲着体味、外卖的饭味以及酒店房间特有的微微刺鼻的气味。

  "临时"的气味。王一鸥的心变得烦乱又阴郁。六一借着卫生间透出的微光走到床边找手机，王一鸥把手机塞进枕头底下。

  六一笑："看看几点了——我要去接刘一轩，你也要接小鸥。"

  "今天回去我们就摊牌。你敢吗？"王一鸥盯住六一的脸。

  六一没有回避，只眨了眨微凸的大眼。过了一会儿，他有些沉重地答："好吧。不过，你还是不要说了吧，男人对这种事容忍度很低。你真要离婚吗？"说到这里，他的声音变得很弱。

  "他家暴！你说呢？"

  "你有没有找找别的原因？能解决最好还是解决吧。"六一有些吃力地说。

毕竟离婚是件令人茫然的事啊。

一上自己的车,王一鸥就把六一的微信和电话都拉黑了。但走进幽昧长夜里,她又把他拉了回来。毕竟现在能让她感到快乐的只有六一。每次他叫她名字——王一鸥,她都感到一种回归。好像一切可以从那个点重新再来。但六一却没再理她。

一夜之间,王一鸥的心情就从厌弃转为害怕,害怕六一从此消失。那她就连最后的稻草都失去了。

直到早晨七点,六一才终于回微信:"吃早饭了吗?怎么半夜给我来那么多电话,有什么事?我昨晚睡得早。"

王一鸥的心又放下了。随即她想到,昨晚她为他们的关系辗转反侧,而他却只是在老婆身边睡觉而已。

王一鸥没有再拉黑六一,但见面减少了,日子就这么过吧。赵李彬却更加暴躁易怒:"你前一阵态度还可以,这两天又怎么了?别把你那些烂事的情绪发泄给我!"

王一鸥刚反问了一句"到底是谁在发泄情绪",脸上就挨了一巴掌。

她马上跟六一见面,抱住他痛哭。六一海狮般的大眼睛也湿润了。他眨着长睫毛,低声说:"要不,就离婚吧。这不可能长久了。"

王一鸥满脸是泪地抬起脸:"但你不可能离婚的,对吧?"

"我也爱她啊。"六一坦白。

5

初秋,鱼多云跟一群十七八岁的少男少女坐进艺考班画室,生平第一次系统地学习素描、色彩、速写。绷在画架的雪白画纸像一面纯净的冰湖,新鲜、清冷,使她感到羞惭。但提起笔那一刻,她一阵战栗,跃入那冰湖，把所有嘈杂沉重都脱去了。

她感觉心上的蜕层层剥落，献出一颗新的心。这颗心比课堂上那些少年人的还要纯真，还要鲜嫩。她重新感觉到光线穿过玻璃时轻微的折射，笔尖滑过微涩的白纸时颗颗粒粒的波动，一道夕照抖落进黄叶的金彩，雨后树叶锋利的冷香……"美是自由呼吸"，画室墙上贴着。

黄昏，她从画室出来，十字路口雨后的霞光与霓虹灯用空气和倒影制作出梦幻的色雾。满地人影幢幢，拉满移动的倾斜直线。她的感觉丰富又复杂，轻盈又沉重，像跨度极大的光谱，又像最低音到最高音。鱼多云在路口停了片刻，车声人声她都听不见了，转身快步返回画室，拿起画笔。

鱼多云擅长过陀螺的生活。画画、挤公交、做饭、帮婆婆和吴刚带孩子，她的时间以十分钟为一个单位。晚上孩子睡着后，她才打开书本。开始时，因为困和累，她得鼓起一种恶狠狠的情绪——看吧，王八蛋们，我再考上给你们看！但十分钟后，她便平和了。知识纯洁、真实，是另一个安稳世界。

婆婆对她参加高考一事不置可否，吴刚一向随她，只有王红梅不时打电话来骂：作吧，你就作吧，犟屄！都快四十了还考大学，还学画画！店也没了，再把这个家戳散，你还要睡大街去呢！

艺考结束那天，鱼多云提着画架走出学校，看见六一站在门边。他两手交握着，对她露出讨好的笑容。天非常冷，像要下雪，阴天底下六一显得很疲倦。吃回锅肉盖米饭的时候，六一说："王一鸥离婚了。"

王一鸥一直奇怪自己出轨竟然没人发现。她经常白天溜出去，时而异常快活兴奋，时而颓废沮丧，不发一言。这么激烈的情绪冲突，丈夫、孩子和公婆却没一个人看出来——直到有一天，面对冰冷的厨房时，她忽然明白：她人虽然还在这个家里，实际却已经被隔绝在外。

小鸥过五岁生日，戴着纸王冠跑来跑去，撞掉了王一鸥手上的蛋糕盘。蛋糕盘覆在木地板上，小欧踩在上面仰面滑倒，大哭起来。公婆黑着脸扶起孩子，怨天怨地，怨生日哭运气不好。也不完全针对王一鸥，这是二老的日常情绪：总是活在抱怨和恐惧中，时时刻刻地谨小慎微，害怕一切兆头，然而没有用——生活还是随意出牌。比如，分到一个倒霉媳妇。

赵李彬急躁地走过来："怎么回事？"

小鸥害怕地止了哭："我没看见妈妈走过来。"

赵李彬又问："你和妈妈到底谁撞了谁？"

王一鸥感到滑稽，这点事还要判官司吗？然后看到女儿先是看了看她，然后环视房间内每个人，最后张开小嘴说："妈妈撞我。"

王一鸥吃惊地看着自己的孩子。小鸥垂下眼睛，忽然又哭了。王一鸥感觉到了她的痛苦、愧疚和迷茫。

赵李彬果然马上骂："你撞的孩子！你干什么吃的啊！"

生日会结束了。

王一鸥默然收拾完地板回卧室，看见赵李彬正捧着她的手机觑眼看。

赵李彬看得很吃力，一个字一个字地看了好久才明白了。他感觉像忽然掉进沙漠，喉咙干燥，不敢相信。他丢下手机又拾起来，很奇怪，他觉得自己应该发火，可内心却并没有火。慢慢地，他才把情绪调动上来，干打了王一鸥几下。出轨这事到底是在侮辱他。

王一鸥的感觉也很奇怪，她应该恐惧的，可内心却并没有恐惧。

第二天早晨，王一鸥照镜子，看见一张淡紫的脸。她莫名想起小时候看的武侠小说里的名词"心脉已断"。她又低头看向雪白的空荡荡的盥洗池，感觉它正像自己的婚姻，什么也不剩下。

晚上赵李彬下班回来找她谈话，内容竟然是希望等孩子上了初中，住校后再离婚。

"这样也是为你好,不然你怎么办?"他说。

王一鸥听了,何止没想到,简直是想不通。她看着赵李彬。他这几年身材越发魁梧,更像熊了,与之相伴的是脸越发瘦削,更像羊,额发已经见秃。

王一鸥说:"以前每次家暴时,我都想离婚,但不知怎么总还有些留恋,留恋这个家,留恋你,留恋孩子。现在不了。但我也没有勇气死,所以除了这条命,别的我不想要了。"

"你敢!?你敢!?"赵李彬愣了一会儿,忽然狂叫起来。

王一鸥钻到床下拨110,赵李彬发疯一样拽着她的脚腕把她往外拖。王一鸥尖声大喊:"理工大学家属区三十号楼一单元202!救命!"

警察来时,王一鸥只是头发有点乱。除了小鸥,全家人整整齐齐地站在客厅沙发旁。

"对不起,对不起!""误会,误会!"公婆脸上的笑纹扭曲、惊恐,埋没了眼仁。

赵李彬则像去了势一样垂头站立着,不像大学老师,倒像个小学生。

王一鸥抓住年轻的警察:"我常年遭受家暴,现在要离开,请你们等我收拾一下东西带我走。"

两位警察对视一眼,赵李彬拉住警察申辩,王一鸥冲回卧室收拾衣物。

她双手发抖地把长裙、短裙、真丝衬衣、羊绒大衣塞进两只大箱,这就是她这些年来的财产。婆婆的两条腿木桩般树在旁边,一边监督她都拿走了什么,一边小声说:"好,好,你闹得大!你自己就是贼,别人的名字你都偷了,你还好意思叫警察。"

王一鸥使劲磕上箱盖。有一只怎么也合不上,她整个人扑上去,半响才发现是一条羊绒毛衣的袖子卡在那里。她觉得自己收拾了一万年,生怕警察不耐烦走了,出来却听到赵李彬还在申辩,讲她不管孩子、乱花钱、自私自利。

年轻的男警察像居委会大妈一样劝着:"我女朋友才不懂事呢。女人还是要哄一哄的。"

赵李彬终于崩溃:"她出轨呀!"

警察一愣:"要离婚去法院,不许打人。"

王一鸥冲过去打开门,一股冷风吹得她打了一个冷战。赵李彬伸手拽她,警察卡在中间:"动口不动手,动口不动手。"

王一鸥冲出门那个瞬回头扫了一眼,最后看到的是小鸥房间门上的粉色兔子圆环。

窗外下起雪来,鱼多云碗里的肉汤起了油皮。"原来你跟她……那现在她离婚了,你准备怎么办?"

六一垂下钢针样的睫毛又抬起:"我也不知道,尽量帮她吧。"

外面天黑了,窗玻璃变成镜子,镜子里另有一间川菜馆,也另坐着一个鱼多云,一个六一。鱼多云发现他们都有了白发。她忽然想起十七岁时那个蓝色勋章的梦。

"你现在状态好多了,"六一说,"我特别高兴。"

"要是王一鸥当初没有顶替我……会怎样?"鱼多云看看玻璃说。

"不知道,生活太难琢磨了。"六一答,然后惭愧地笑了,"我是没办法。"

2018—2019

1

高考时,好像全世界都在高考,许多路段禁止通行,禁止鸣笛,警灯闪烁。

考完出来,太阳在蓝天上微微地西斜,鱼多云觉得如果场外家长们的焦虑和祈祷有能量,肯定能像原子弹般把蓝天烧穿个洞。

这时老孙越众而来,举着一只烧鸡。

鱼多云迎上去,老孙又从裤兜拿出一瓶白酒。两人往绿荫深处走,找个穿堂风处坐下,一人一块肉、一口酒,在风里展直了双腿。

鱼多云一直没收到入学通知。

通知截止日,她心里长草一样等到晚上,西洛师范大学终于打来电话。鱼多云长吐口气:"我还以为又被人顶了!我想我分数够呀。"

那边的年轻男声笑了:"怎么会?你的通知书我们亲自给你送去,绿色通道。"

几天后吴刚上班走了,女儿先是打翻饭碗,被鱼多云一骂,又尿在椅子上。鱼多云头昏脑涨地收拾,听见有人敲门。她扔下拖把开门,只见外面站着三个穿白衬衣的男人,其中年轻白净的那个笑问:"你是不是鱼多云?"

西洛师范大学的通知书很特别,像小时候的贺年卡,一打开,一栋白色礼堂站起来,礼堂门楣上写着:西洛师范大学。礼堂前的地面凸出八个红字:厚德、积学、励志、敦行。

鱼多云立在尿液和满地的婴儿米糊间,感觉幸福像潮水冲刷过她。她变得轻盈,也变得崭新了。那条路迷雾散开,向她袒露,引她探索,仿佛在说:走走看看。

"拍个照。"年轻白衬衣男忽然手脚轻捷地掏出手机,另外两位领导模样的中年白衬衣男立刻上前一左一右夹住她,"咔嚓"共同拍了照。照片上,鱼多云像被劫持了似的一脸惊愕。

在左边劫持鱼多云的领导开口:"走吧,现在去学校报到。"

鱼多云一脚踢开拖把:"马上!我换件衣服。"

"不用换,现在就走。"右边的领导说。

"我孩子没人管呀,婆婆不在。"话音刚落,老孙像救命菩萨一样冒了出来。"领导、领导、领导。"老孙给每个来人打招呼。

于是,鱼多云都来不及擦干手背上的水,就被劫持进他们开来的黑色轿车。上车后那三个人就都不说话了,车内充塞着奇异的谨慎气氛。幸而窗外的街景是鱼多云熟悉的,正是去师范大学的路。

校园里的年轻人像蜜蜂一样飞来飞去。时逢初秋,红黄绿褐,色彩浓艳,再被少男少女的生气一烘,简直像黄金一般。鱼多云被那三个人夹着,无暇细看,直接上了行政楼。

穿过罗马柱,走过肤色不一的科学家、教育家的画像,年轻白衬衣男替鱼多云推开沉重的实木门,校党委书记的大办公室豁然显现。

知识的高雅感和权力的威严感扑面而来,鱼多云肃然起敬。党委书记,一位戴眼镜的温和老头,大热天穿着灰色细格纹羊毛西装,从光线明润的大窗户前转过身,笑逐颜开地说:"鱼多云,欢迎你来到西洛师范大学。"

夹着她的三个人顿时也笑逐颜开，比书记笑得更灿烂，好像受欢迎的是他们。鱼多云不由得笑了："谢谢书记。"

"祝你在这里度过愉快的四年。"书记说完，微笑看着她。欢迎式完了。年轻白衬衣男恰如其分地把鱼多云领出办公室，留下那两位中年领导。

出了行政楼，年轻白衬衣男对她笑说："我以后是你的辅导员，你叫我唐老师吧。"

"好。"鱼多云答应。唐老师立刻一脸倦怠，好像把一张活跃、愉快的面具陡然卸去，肩膀都不挺了，整个人疲疲塌塌地走了。

过了没一会儿，鱼多云正在食堂吃饭，手机响了。

"你马上去书记办公室！"又是唐老师，听起来火烧眉毛，而且有气似的。

这次进了行政楼，先前的笑容和气氛全都消失，书记严肃地质问："你为什么要接受采访？你有意见可以直接跟我们提呀！"

鱼多云反问自己："我什么时候接受了采访？"

这时唐老师踩着风火轮一样也赶进来，满脸焦急、沮丧、悔恨，好像是他让鱼多云接受了采访似的。

鱼多云这才想起她早晨发过一条朋友圈："我上大学啦。"没想到这么快就上了新闻。网络上爆了。

"你要记住，从此你就是西洛师范大学的学生，一言一行，要代表学校的形象。任何形式的对外宣传，都必须通过学校。"

领过书记恩威并施的告诫，走到外面，唐老师苦着脸告饶样说："鱼多云，你分给我我就要负连带责任了，高校里也要讲政治，你明不明白？我儿子刚满月，我这正赶着回家换尿布呢，你就给我喊回来了。"

说这话的唐老师变成一个可亲的普通人。鱼多云觉得抱歉。

大学生涯新奇又忙碌，军训让鱼多云瘦了四斤，之后更接连不断地瘦下去，直到瘦成高中时的体重为止，好像这些年的疲倦都跟着赘肉一斤斤地卸掉了。在她的严词拒绝下，记者们渐渐都散了，只剩一位看着很穷的络腮胡中年导演锲而不舍，非要拍她的纪录片。鱼多云怕领导们不高兴，也不想当"网红"，仍旧再三地拒绝掉了。

美术系教油画、水彩、国画、教育学、艺术概论和中外美术史。油画老师跟鱼多云差不多年纪，随便穿件黑毛衣，胸部高耸，脖颈雪白，发髻丰厚，像大理石雕塑，本身就散发出源源不绝的美的气息。

除她之外，秋日阳光下金翠辉煌的校园，体面的教授，小鸟般的青年学生，也都非常美。比起外面的世界，大学果然有些世外桃源的意思。

时间很快到了期中，年级举办汇报画展，优秀画作和作者都要上校刊。鱼多云早早去帮忙，远远看见油画老师拧身进了画室，像是生气，把唐老师和女朋友剩在门口。女朋友是鱼多云的女朋友，今年大三，学生会的，是个粉红可爱的圆脸女生。鱼多云这些年忙着挣钱做生意，没交下什么朋友，进了校园举目四望，都是热热闹闹的小孩，更觉孤单。女朋友就在此时出现，活泼、热情，像一块草莓味的黏糖，陪鱼多云吃饭，打扮她，帮她选让她啼笑皆非的衣服，带她去学校后门有帅哥理发师的理发店剪头发。鱼多云从未有过这样的女学生生活，感觉自己好像变小了，变得和女朋友一样小。

鱼多云跟女朋友打招呼，女朋友对她眯眼一笑。她进了画室，喜滋滋地看了一圈，发现她的画被撤了。

唐老师站在窗前勉强说："这次入选的画太多，下次轮到你。"

路灯洒下雨一样的金光，映得沥青路面仿佛湿漉漉的。鱼多云裹着女朋友帮她淘的便宜大衣和格子围巾，抱着包跺着脚等公交回去管娃。

这时，女朋友从大门里追出来跟她告别，说大三下学期要准备实习，没时间再陪她，但有个学妹可以接着陪。

鱼多云不由得笑了："你忙你的，我又不是小孩，不用人陪。"

女朋友扑哧笑着接口："不用人陪也得陪。我们都是有任务的。"

鱼多云的嘴闭上了。

女朋友呆了呆，到底是小孩，勉强笑说："我真的很喜欢你的，云姐，我真的觉得你人很好。"

那也是带着任务的。鱼多云的嘴依然闭着。

"坦白讲，你的情况特殊，我们都要万般小心。毕竟你现在出任何新闻都会伤害我们的学校。"女朋友鼓起脸颊坦白，然后到底脸红了。

鱼多云笑了笑，忽然想起老孙，好久不见了。

鱼多云没想到自己会赶不上见老孙最后一面。

追悼会那天下着雪，车轮在雪泥汤里滚来滚去，鞋子也被弄得很脏。小而旧的殡仪馆"雪松厅"里，人们乱哄哄的，不但没什么肃穆的气氛，简直还有些生机勃勃。家属们抱怨天气，谈论子女，有人提议结束后去"坊上人"吃羊肉泡馍，大家都同意。

棺材内的老孙被冻得硬邦邦，脸还在笑，有点滑稽，好像在说："好家伙，够冷的！"鱼多云把一朵白菊花放到他头边。

一个瘦瘦的穿黑羽绒服的男青年拿起话筒，沉吟了一下说："我爷一辈子笑呵呵的，希望大家送他时也笑呵呵的。感谢大家来，待会儿就去'坊上人'。"

他这么一说，几个女眷倒呜地哭了，其中一位五十来岁的戴眼镜的斯文女人拿手绢在脸前晃了晃，又笑又哭。她想必就是老孙收养的那个离婚的女儿，男青年是她搞音乐的儿子。

一位很像老孙的中年男人擦着通红的眼睛说："行了行了，尽心就行了,把这都撤了,后面还有人排队呢。"鱼多云回头看,偏屋里果然等着另一群孝子贤孙,为首的小男孩怀里抱着个老太太的黑白像。

工作人员把老孙推下去,人群里又爆出一两声不舍的抽咽。鱼多云下意识地跟着老孙走,在下半部分被漆成蓝色的走廊上,男青年过来看着她说:"鱼多云是吧?我爷临死还提起你。"

老孙被推进焚烧间,男青年在走廊的长椅上坐下,鱼多云也坐下。对面推拉窗呼呼地钻风,枯树枝摇晃,雪飘飘洒洒。鱼多云不停地抬手抹眼泪,男青年却忽然哼起歌来:

椰风挑动银浪 夕阳躲云偷看

看见金色的沙滩上 独坐一位美丽的姑娘

眼睛星样灿烂 眉似新月弯弯

穿着一件红色的纱笼 红得像她嘴上的槟榔

她在轻叹 叹那无情郎

想到泪汪汪 湿了红色纱笼白衣裳

哎呀南海姑娘 何必太过悲伤

年纪轻轻只十六半 旧梦失去有新侣做伴

"这是我爷最爱听的歌。"唱完男青年说,"他呀,2016年就得了癌,多活一天都高兴得要命。"

鱼多云扑哧笑了,又哭起来。

"好了。"工作人员喊他们。

鱼多云跟男青年走进一间蓝色小房间,房间中央放着台金属架,金属架中央则放着一只长方形的雪白搪瓷盘。

"怎么是粉色的?"看到盘里的骨头,鱼多云脱口问。

男青年拿架上的夹子在骨头间拨弄了两下,露出一根钢钉:"有这个呢。前几年出了一次车祸。看不出来吧,走路跟没事儿似的。"

鱼多云拿起夹子,把粉色的老孙夹进骨灰盒。

走出殡仪馆,天上毛毛地下着很薄的白色灰片儿,跟雪花一起落在人的头发上。

男青年摘掉头上的白长条孝布:"走吧,大家一起吃个饭,谢谢你来。我爷经常提到你,说佩服你。"

鱼多云在停车场看到那辆破北斗星。男青年上车打开抽屉翻腾,保险公司送的假琉璃吊牌啊、旧折扇啊、风油精啊,一阵老孙的味道。

"喏,在这儿。"男青年从最底下翻出张折叠着的纸,四边都脏了,皱皱巴巴的,递给鱼多云。

假如生活欺骗了你——赠鱼多云
【俄】普希金

假如生活欺骗了你,不要悲伤,不要心急!
忧郁的日子里须要镇静:相信吧,快乐的日子将会来临!
心儿永远向往着未来;
现在却常是忧郁。
一切都是顺(瞬)息,一切都将会过去;
而那过去了的,就会成为亲切的怀恋。

老孙

2

王一鸥找了间四十平方米的短租公寓落脚,一月一付。她不想回鹤川,鹤川没有人不知道她的事。钱包见底时,王一鸥惶恐地给鱼树蕙打电话。第二天,她卡里多了很丰厚的一笔钱。她又把那辆大众小白车卖了,凑在一起。在车管所办完手续,看着车被开走那一刻,王一鸥觉得还有很多别的东西也被带走了。

现在她拥有的过去的物品,就是两大包衣服。没什么可偷的,但晚上睡觉前,王一鸥仍要检查三遍门窗。以前不用这样。有点荒谬——赵李彬竟给过她安全感。

为省钱,这间小公寓所有的陈设都趋向简单,暖气更若有若无,因而给人荒冷之感。躺在这样的小公寓里,婚姻消失了,网络上的谩骂也渐渐消失了。王一鸥从这二者的沼泽里拔出鼻孔,吸取着荒冷的空气。

冷气中,王一鸥仿佛看到自己的未来:满头银发,弓腰驼背,倒在无人的房间里。

王一鸥竟遇见女博士,在超市买卫生纸时。认识这么久,王一鸥倒是第一次看见她生活化的一面,女博士皱着眉头,像发生什么大事似的严肃地问工作人员哪种拖把好,要工作人员给出一个有说服力的答案。王一鸥推着车子顿住脚,踌躇间,女博士已经看见她。

王一鸥也不知道自己为什么纸都没买,跟上女博士出了超市。可能因为女博士绝不是个好拒绝的人,而是只大功率推动机。她喜好推动所有人,下属也好,朋友也好,情人也好,她一片热心地做出她认为好的建议,毋庸置疑地把你推到她确认的位置——而且还持续回访,看你还在那个位置上没。

女博士不说话,只眼露寒光地盯着她,好像在探究什么。和往常她们的聚会不同,这次她们站在充斥着噪声、灰尘、尾气、车流的街头。

王一鸥垂眼不作声,拿整个人作答案。在西洛的高知圈里,离婚不算奇事,教授的妻子学历造假却是奇事。女博士肯定什么都知道了。

"简直荒诞。"女博士终于按捺不住,一脸的痛心疾首、难以置信。周围很吵。"高考有那么难吗?居然干这种事。我想都想不到。"她提高声音,眉头似乎要拧到鼻尖上。

"你重新上学吧。学历可以撤销,学习的经历却是不可撤销的!你受过训练,很轻松就能再念个学位。"女博士凝神边思索边自问自答。

"比起被你顶替的人,你仍然是幸运的。"女博士又说。

"怎么上学,跟鱼多云一样重新参加高考吗?她参加高考是勇士,我参加……"王一鸥终于笑笑启口,"别找骂了。"

"那有什么,你这次堂堂正正地考试就好了呀!"女博士说完沉吟,"嗯,舆论压力可能是比较大。"

又说:"那又怎样?我要是你,我就重新高考,证明自己!"

接着她又恼怒:"我怎么能跟你交上朋友呢!简直没有底线。"

王一鸥一笑:"你也不是多有底线的人。"

女博士一愣,神情冷静下来,看了她一会儿,低声说:"你可能不知道,你是我唯一的女性朋友。"

"我知道。"王一鸥说,"我当然知道——除了我,谁会愿意天天捧着你?永远要立形象,永远要赢,永远压人一头。"

"哦。"女博士睁大眼睛,过一会儿才说,"立形象也不算什么错误。"

"你什么都有,家庭,事业,美貌,有了一切还要再有,还要没完没了地恋爱。你累不累?"王一鸥继续说。

她的话音消失在周遭的噪声里。两个女人在滚滚人流间沉默了。

"上周日我早上起来,跟我先生说,我在看心理医生——没错,我工作压力太大,已经看了半年心理医生了。我先生说:好。

"他就说:好。再没有多一个字。直到今天。

"我不知道这一切是怎么回事,一切都很完美,但我是很孤独的。"

王一鸥听着。

"我儿子成绩特别好,但每次我跟他说话,他都不耐烦,急着要看电视，要玩玩具，要找姥姥。有次他说：'妈妈我跟你谈话，谈完可以奖励我多看会儿电视吧？'我说'可以'，他就定了个闹钟：'我和你谈五分钟，然后让我看十五分钟电视。可以吧？可以我们就开始谈。'我说'我不想谈了'。

"我的心理医生说，他们都是典型的回避型依恋人格。那有什么办法呢？那仍然是我的家，我的婚姻。我不可能离婚的。我爸妈真的会疯掉。"

王一鸥听着。是的，就算是女博士，也是鹤川人啊。

"我跟你说这些，因为你真的是，曾经是我唯一的女性朋友。"

王一鸥看着女博士，第一次感到她并没有那么坚硬，第一次看到焦虑、紧张、孤独在一个女人脸上留下的痕迹。王一鸥张张嘴，还没说出什么，女博士已经转身走了。

王一鸥呆在原地，半晌，方走进陌生混乱的人群中。公交车错过了，她就拖着脚往住处走。手机响起，她边走边拿出来看。

我建议你去日本留学。理由如下：一、相比欧美，留日相对容易；二、在日留学期间容易打工，可解决经济问题。

我师姐现在大阪一所大学任教，我已托她帮助你。如你去日本可与她联系。名片如下。

"人一旦被扔进这个世界里，他就必须为他所做的每一件事负责。"* 希望你负起责任生活。

王一鸥把手机装回兜里。太阳煌煌的。低头又走了一会儿，她抹着鼻涕眼泪拿出手机，打出"谢谢"。

"对方开启了好友验证，你还不是他的好友，请先发送好友验证，验证通过后，才能聊天。"她已经被女博士删除了。

---

* 语出萨特《存在主义是一种人道主义》。

2019—2020

1

周末,鱼多云回鹤川,因为王红梅讲"有喜事"。鱼多云心想莫不是母亲要结婚?见到才知道是买了房。

"三十万!"兴奋和恐惧让王红梅的声音发颤,"昨天刚交钱签字。"

鱼多云知道王红梅是把棺材本全拿出来了。

"你不是说这辈子绝不再买房?"

王红梅答:"卫校的房。"好像这个理由就已足够。

母女两个人四只手拎着七八个大包裹,结伴往卫校走。雌性巨人般的泡桐林早已消失无踪,让鞋跟咯吱乱晃的水泥碎块化作平整的砖面,卖水果的红帐篷变成四四方方蓝白相间的药店,但路还是这条路。

这样走着,塑料袋和布条扭成的绳索向下勒着手心,鱼多云不由得想起所有在卫校的日子和被卫校赶走的日子。现在,要堂堂正正地走回卫校,走进真正属于她们的家,连鱼多云都感到和风煦煦,似苦还甜。

鱼多云不踏进卫校大门足有十八年。她觉得一切都小了一圈,而且旧了,脆了。空空的门诊楼外那几株白花紫薇倒还在,不合时宜地招摇着小簇小簇冰清雪冷的绉皱花瓣。穿过门诊楼,学校操场成了临时停车场,篮球架上的篮环生锈,向天空张着圆嘴。礼堂木门倾斜,窗下结着一坨风干的大便。

太阳非常强烈。迎面走来一对母子，王红梅眯着眼大声招呼，鱼多云才猛然认出：是胡彪小刺郎和他妈。小刺郎变大了，遗传他爸健壮多毛的体育教师体格，满脸胡子；他妈妈则变小了，成了一个瘦弱的老妇。他们像都担着什么心事，匆匆点点头与鱼多云母女擦肩而过。

王红梅两只饱满的颧骨间还夹着个过分热烈的笑，一下收不回来，只好转投给鱼多云。

鱼多云回以笑容。她的脚踩到一大片淡紫色的水泥地上，头顶是棵树冠庞大的老女贞树。怎么地是紫的？一群长尾喜鹊呼啦从树丛中飞起，嘎嘎叫着，她忽然明白：是鸟们吃紫色的女贞果后拉的紫黑鸟粪，年复一年无人打理，雨水冲刷后就成了这种淡紫色。

不久后，鱼多云跟胡彪小刺郎在西洛再相遇，鱼多云将这次对卫校的印象跟他的话连缀起来，形成了一幅完整的画面：这家鹤川县老事业单位已经裂为两块，一块是卫生学校，并入鹤川职校；另一块是附属医院，被私人买走。职工们像地震中的鸟兽纷纷奔逃。当年小刺郎听从父母安排，从西洛医学院毕业回到卫校附属医院放射科当医生，眼看一辈子就要像父母一样在这个院子里度过了，上班看片，下班吃饭。但公立医院忽然变成私立医院，体制内忽然变成体制外——小刺郎也成了奔逃的一员。

"没办法，我现在来西洛的私立医院了，至少能图个高工资。"小刺郎说。

单位消亡，当然没有人再管卫校院子的物业。免费的水和冬天烧得滚烫的暖气都没了，地面变紫也只好由它。最让人哭笑不得的，是院子已被政府划入新的规划区，说不好什么时候就要拆迁。

2

房管局的"周雪童"请王一鸥参加她第二个儿子的满月宴,微信是群发的。

这时王一鸥已经办好签证,准备两周后飞往大阪。她在网上看过,灰蓝的大阪港像水洗过一样明净,摩天轮被天与海切成两半。对从内陆小城到内陆大城的王一鸥来说,那确乎是另外一个世界。

她偷偷来到办满月宴的酒店,这天是吉日,除了满月宴,还有三家在结婚。热热闹闹的生活离王一鸥很远了,她完全是在看别人的事。热闹的、痛苦的、欢乐的、拥挤的人群里,她一看就是个不得志的剩女或脾气古怪的离异女,办喜事亲戚不得不叫她,又多少嫌着她。

王一鸥幽灵一样走进三楼大厅,默默望向昔日同僚。熟悉的脸们百无聊赖,浮皮潦草地表现着喜气。圆桌下首的单位司机,魁梧得像扇门,皱眉抱怨多宝鱼处理得不干净。他惯常这样,用批评显得自己精于此道。除了精于多宝鱼,他还精于茶叶、香烟、区政府的人事和羽毛球。然而他仍然只是个司机,在阶层最低处,他不时感到痛苦。在他以上,科员扎成一堆,科长则围着局长,层次分明。

太熟悉了。从王安升身边笑吟吟的人脸看起,这些脸,基层公务员的脸,王一鸥已经看了太多年。杜邑区的脸不过是鹤川县的脸"借尸还魂"。只有在位的领导眼睛里还存些锐气,不能晋升的大多数已退化为混沌的灰云。

她本来也要汇入那片云,大体安稳,小事计较,琢磨着,琐碎着,过一生。

王一鸥忽然觉得非常疲倦,眼皮沉得都抬不起来。现在这样的疲倦经常突袭她。

退出酒店,街上又是春夏之交,柳条如浪。但像揭去了面幕一样,满街脸庞忽然生动起来。冷冷的少女的眼睛,酣畅的少男的眼睛,天真的孩子的眼睛,温顺的农民工的眼睛……王一鸥不禁从那些眼睛里拼命汲取,获得一点生命的活力。

当六一告诉鱼多云,说王一鸥要去日本时,鱼多云先是冷笑了一下,随即想无所谓,各人干各人的事。然后,从内心深处,她竟也为王一鸥感到一丝轻松。为少女时的王一鸥。

下午,班长在同学群里问有没有人想要赚外快,鱼多云第一个回"有"。同学们好像是先静了一下,然后才陆续地回应了几个"有"。外快是给一家粤菜馆画壁画。鱼多云一个人画三面墙,画了几个通宵。她见过南方——树叶阔大,颜色苍绿,雾气混沌,仿佛一种从未见过的夏天。画完女老板很满意,"蛮有调调的",配盏金色灯,一开灯,像清晨或黄昏来到雨林。老板给了鱼多云一千块,还加两百。在回学校的公交车上,清晨阳光金灿灿地打在她额头,让人像孩子一样高兴。用喜欢的事情赚钱就是这样。

刚走到学校门口,迎面碰见雕塑一样的油画老师。老师说:"鱼多云,走,一起玩!"鱼多云睡眼惺忪地跟着她上了车。去的地方很远,已经能看到蓝绿的南山,原来是油画老师在校外的工作室,一座小别墅,正在办画展。油画老师靠在粉墙上,一手叉腰,笑嘻嘻说:"鱼多云,我在这儿给你办个画展,怎么样?咱们不跟学校那些假模假式的人玩。"

鱼多云吓了一跳:"老师,我才开始学画。"

"我知道,你拿两幅最好的来。"

不久后,晴风丽日,油画老师真给鱼多云办了个画展。来的人不多,十来个,但气氛不错。有人带鲜花,有人带酒菜,看完画把东西往院里长桌上一摆,就开始聚餐。最后,一位开酒馆的朋友买走了鱼多云最喜欢的一幅油画，画上是一朵十分有重量感的云，天空凝滞，光线锋利。鱼多云笑得嘴角挂在耳朵上。人都走后，油画老师把一次性餐碟收进垃圾袋，把空酒瓶放到廊下，发现廊下还放着一幅画。

鱼多云忙跑过来说：“这个是水墨，我学了没多久，害怕人笑话，没拿出来。”

油画老师笑着低头看，看了一会儿说：“是挺笨的，这么重的笔，一笔不虚。”又眯眼念题词，"请看石上藤萝月，已映洲前芦荻花。"

2020——

春节，鱼多云带女儿回到王红梅买的卫校房子，鞭炮声零零落落。冬天光线半明半暗，走进屋内，三室两厅，地板光滑，吊顶石膏线平整干净，上个主人保养得很不错。这无疑是王红梅住过最好的房子，虽然冷点儿。

大概正因为这个，每次跟王红梅出门，她都要像向导一样满院子介绍：瞧瞧，这么大的操场，停车多方便（她们家没车）；看看，有个头疼脑热，抬脚就能进门诊楼（马上搬走）；听听，院里多安静，以前住哪儿有这么安静？睡觉都沉了（她在哪儿都睡得沉）。

"而且这一片政府根本拆不掉——没钱拆。"最后王红梅神秘兮兮地总结。

"退一万步，就算要拆，这么多公家人在，还能不给个好价钱？"

"鱼树蕙也在这儿住着！就是要羞她——让她娃顶替你上大学，浑蛋！现在你照样成了大学生，气死她们！不过你真不该关店，脑子被驴踢了，跟钱有仇。"王红梅又得意又惋惜，摇摆着花白的头。

所以，王红梅现在是全卫校里住得最开心、最满意的人。意识到这一点，鱼多云不由得微笑了。

吴多彩跟王红梅和好后仍很少回鹤川,王红梅为姐妹俩准备的小卧室常年空着。夜里鱼多云关掉灯,对面墙上便浮出一片接一片的淡白的小长方块,像分割好的一方方月光。将要睡着的一瞬,她忽然了解了——这是周萌萌少女时期的房间。那些小长方块是她的众多奖状的留痕。

鱼多云拍照片发给周萌萌。

"我家的房子卖给你们了?!"周萌萌很快回微信。

不等鱼多云说话,周萌萌继续说:"你们买在高点上了。现在那房子根本卖不上价,大家都知道卫校散伙了。"又说,"你妈怎么跟我妈做生意呀?做不过的。"

鱼多云打字:"我妈喜欢这儿。她可能就是这命,买哪儿拆哪儿。不过她很高兴。看着这个墙,我就想起我们小时候。"

周萌萌:"是啊。小时候。"

"这是我房东太太画的画,怎么样?她独身,快八十岁了,每天早晨出去跑步,回来听音乐,吃圆面包,画画。今天我俩一起吃了饺子,韭菜是我在她花盆里种的,骗她是兰草,她把大鼻子伸进去深深闻一口,可陶醉地说:中国的兰草!所以今天我割下来包饺子时她吃惊坏了。"

鱼多云:"哈哈!卫校人都说你学习学得脑子不正常了,所以跑到天边上去当幼儿园阿姨。你妈听了可生气!"

周萌萌:"哈哈哈。天边上的幼儿园阿姨。你还记得卫校的幼儿园吗?"

鱼多云便看到一棵喷泉般的大椿树,在蓝色木门里舒展开来。

一觉醒来,武汉封城。

"什么病毒,还能到咱鹤川山里吗?咱不怕,就算来,咱就住医院后面,安全!"王红梅又找到一条开心的理由。

大年初五,鹤川封闭了所有高速和国道。初十,西洛师范大学通知暂缓开学。

王红梅发挥菜贩子的优势,整天在卫校里高声大叫,给大家供应便宜蔬菜,厚棉口罩都降低不了她的嗓门。

城市间断绝交通,家庭间也不允许串门,每天吃饱了饭,鱼多云母女三代戴着口罩手拉手在卫校院子里散步消食。

"你看看,要不是买了这个房,能有这么大的院子逛?"王红梅又说。

于是,她们把卫校的边边角角都逛遍了,探险遍了。这儿以前是图书馆,透过铁栏杆看,月亮门变作盘丝洞,枯藤老树尘灰缠绕,已经走不进人。礼堂背面是食堂,王红梅曾在这儿工作数个春秋,现在仿佛还能听见穷学生们吃完饭挤在圆形水泥池前洗碗的声音,铁勺铁饭盒叮叮当当。礼堂曾经召开数百人的职工大会,周萌萌的妈当选先进工作者,得了全票。现在空空荡荡。

卫校确实老得皱缩了,每次逛完她们都诧异:"这就完啦?怎么才这么大?"但每次还要逛。

记忆是格外丰满的。记忆中绿叶黄花的菜园、鸽蓝枣红的平房,拿现实的尺寸来看,无论如何也放不下。她们兴致勃勃地争论、测量,绕着灰色的楼房喋喋不休。再走过完全荒败的小红楼,谈起谁家本来住几楼几号,现在去了哪儿,老公得了什么病,女婿是干什么的,那更没完没了。

鱼多云母女们这样快乐,没能像周萌萌的妈那样先人一步卖掉旧房,再在鹤川房价涨起前购入新房的人们,这时也暂停了气愤、痛苦。吃饭引起空前的兴趣,大家每天守在家里做各种吃的,吃完了聊天,看书看电视。

上元节,刘大头来家里吃饭,夹菜还戴口罩,夹起来掀开口罩吃一口红油猪耳赶紧又盖上。鱼多云说:"摘了吧,要传染早就传染了。"

刘大头看着鱼多云胆怯地答:"不不不,现在出门都要注意哩,风里都有病毒,可不敢给你妈、你娃传染了。"

鱼多云说:"摘了吧。"

鹤川与西洛的高速一解禁,吴刚便借了辆车来接鱼多云母女。

女儿睡着了。车辆在山间穿行,手机软件播放完几首鱼多云常听的老歌,忽然推送了一首交响乐曲。

在激昂澎湃的音律中,山峦、树木、树木间农家的白色房屋在车窗里迅速退去。鱼多云被那音乐摇撼着。

后来人们说这一年是动荡的一年,疫情疯传,美国大选,日本欲倾倒百万吨核污水,泰国爆发大规模游行……还有人说这是划时代的一年,贫富差距增大,全球化结束,人类将从团结走向分裂。鱼多云此刻却只是坐在小小的车子里,在群山的环绕间。

"柏辽兹,"鱼多云凑上去看手机屏,一个字一个字地念,"没听过这个人。"生于1803年的法国,热爱革命的浪漫作曲家柏辽兹也没听过鱼多云这个人。

"《葬礼与凯旋交响曲》,"吴刚握着方向盘也瞄手机屏一眼,"葬礼和凯旋怎么放到一起?"

"可能葬礼和凯旋才应该放在一起。"鱼多云大声答。

这时,王红梅一个人出门百无聊赖地遛弯儿。楼下花圃久成菜畦,小青菜冒出嫩芽。王红梅低头看着,拉下口罩用鼻孔深吸清冷的、带着泥土味的潮湿空气。

余光里她瞧见另一个人走过来,但看见她又趔趄着退后几步。王红梅直起身抬起头,鱼树蕙讪讪地站定,手前后晃了晃,好像不知道放哪好。

王红梅一梗脖子,继续看小青菜。鱼树蕙悄无声息地走过去。

"到日本去了?"王红梅忽然高声问小青菜。

鱼树蕙怔了一下忙答:"哦,哦!"停了一下又说,"我看见你娃刚走。"

"走了!都是白养的。"王红梅大声回答青菜。

鱼树蕙不出声了。

王红梅有些无聊,心里又不大得劲,咕哝说:"到日本,好。哼,你们到底……"

鱼树蕙赶紧答:"好啥呀,生活节奏快,天天没日没夜地打工、上学。一个人,都奔四十了……"

王红梅立马横她一眼:"我娃不是奔四十?我娃不是这会儿才上学?"

鱼树蕙不敢吭声了。

这时空气忽然变了,像温柔降临,又像她们忽然被换到了另一个世界。原来是黄昏来了,初春的第一个黄昏。云,软软淡淡,到处被加上一层浅紫的光气,要多温柔有多温柔。

她们停下来,不觉间共享了这一切。

王一鸥开着租来的车,在去北海道的路上。途中来电话,是同学打来的,她把车停到路边。同学叫她小鸥。当时鹤川县公安局给她打电话,要她回鹤川重新办理身份证。户籍警察问,要改名吗?要的,她说。鱼树蕙已经找算命先生给她起了个新名字,保佑她以后顺顺当当。但填表时,她心慌意乱,填成了"王一鸥"。再给你一张表?户籍警察又问。她犹豫不决又痛楚不已,她浑身都绷紧了,她看着那三个字,王、

一、鸥。

她还是用了王一鸥这个名字。她说不清为什么，也许是因为软弱。她失去了十几年，剩下的只有这个名字；她的肩背也承担不起一个新的名字，以及它代表的新的顺当的人生。她的人生不会"新"了。她想起过去的自己，那个混沌、天真、脆弱的少女。但至少那是她自己。

挂了电话，王一鸥忽然觉得累了，就靠在座位上刷了刷手机。这时刷到一张熟悉的脸，是一篇关于高层次海归女性的新闻访谈。

女博士是被访谈的第一位，她告诉记者她已辞去体制内的工作，预备自己创业："为国家产业结构合理化贡献自己的力量。"

"这时候疫情暴发，对你的决定有没有影响？"记者问。

"即使万事俱备，也欠东风。我要做自己的东风。"女博士笑着答。

王一鸥不由得也笑了。是女博士啊。而对自己这样软弱的人来说，生活，仅仅日复一日的重复就够让人泥足深陷。

再出发便走错了路，黄昏降临时，她不知道自己在哪里，却赶上一场大型烟火大会。

"たまやね！たまやね！"

烟花和雪花同时在她车窗外绽开。陌生人的呼喊令她觉得耳熟。啊，是去年，她跟六一吃饭，日料店员曾这样对着他们喊。她原以为是爱的祝福，实际却只是烟花公司的名字，近似于"加油"的意思。

"加油啊！"异国人用异国的语言喊着。

王一鸥拿出手机，输入一个不敢想起却早已牢记的电邮地址，然后打下那三个字。邮件发送成功，"对不起"立刻顺着电波，穿过轰然炸开的烟花，穿过海洋，去到鱼多云身边。

"云真美啊！"鱼多云扒着车窗惊叹。气温还低，云却已经是春天的云了。是美丽的云把整个世界都映得浅紫而温柔。

一艘小船，摇摇荡荡，不经意间从意识深处闪现，忽近忽远，忽隐忽现。鱼多云半张着嘴凝视着天空，忽然之间，小船清楚地泊岸——啊，名字，是一个名字！

"鱼美云！"鱼多云惊呼出声，她想起来了，"这是我的名字。"